Albert Camus

TAGEBUCH

März 1951 – Dezember 1959

■

Aus dem
Französischen übertragen von
Guido G. Meister

Rowohlt

Die Originalausgabe erschien 1989 bei
Éditions Gallimard, Paris, unter dem Titel
«Carnets III, mars 1951 – décembre 1959»

1. Auflage September 1991

Gesetzt aus der Garamond (Linotronic 500)
Gesamtherstellung Clausen & Bosse, Leck
Printed in Germany
ISBN 3 498 00889 7

Dieser dritte Tagebuchband umfaßt die Hefte VII, VIII und IX mit Camus' Aufzeichnungen von März 1951 bis zu seinem Tod. Von Heft VII, März 1951 bis Juli 1954, gab es zu Camus' Lebzeiten ein maschinengeschriebenes und teilweise von ihm selbst korrigiertes Exemplar. So erklärt es sich zweifellos, weshalb die maschinengeschriebene Fassung von Heft VII Stellen enthält, die sich nicht im Manuskript finden. Andererseits wurden mehrere Stellen vermutlich vom Verfasser in der maschinengeschriebenen Fassung weggelassen.

In den beiden anderen Heften wurden jeweils in einer Fußnote das Wort oder die Wörter angegeben, die nicht entziffert werden konnten. Und schließlich wurden aus verständlichen Gründen verschiedene Eigennamen weggelassen und einige Initialen abgeändert.

Der Verlag dankt den Nietzsche- und Musil-Kennern, die bei dem Aufspüren der Originalzitate (durch doppelte Anführung ausgewiesen) halfen.

SIEBTES HEFT

März 1951 – Juli 1954

■

Wer erkannt hat, was groß ist,
muß auch danach leben.

Nietzsche

Vorwort zu Licht und Schatten[1]
«... so begann ich damals, die Kunst mit jener heftigen Leidenschaft zu lieben, die mit dem Alter nicht etwa geringer, sondern im Gegenteil immer ausschließlicher geworden ist... Diese Krankheit fügte zu den bereits bestehenden Fesseln neue hinzu, und zwar die härtesten. Aber letzten Endes begünstigte sie jene Freiheit des Herzens, jenes unmerkliche Abstandwahren gegenüber den Interessen der Menschen, das mich stets vor der Verbitterung und dem Ressentiment bewahrt hat. Seit ich in Paris lebe, weiß ich, daß dieses Privileg (denn es ist eines) ein königliches Vorrecht ist. Aber in Tat und Wahrheit habe ich es

1 *Licht und Schatten*, erschienen 1937 bei Charlot in Algier, ist Camus' erstes Buch. Der Verfasser hat einer Neuauflage in Paris, bei Gallimard, erst 1958 zugestimmt. Aber diese Zeilen von 1951, die sich teilweise in dem für die Ausgabe von 1958 geschriebenen Vorwort wiederfinden, beweisen, daß er sich schon lange mit diesem Gedanken trug. Vgl. *Sechstes Heft*, I, S. 286 (in Albert Camus: *Tagebücher 1935–1951*. Reinbek 1972 [rororo 1474]).

rückhaltlos genossen. Mein Leben als Schriftsteller habe ich in Bewunderung begonnen, was in gewissem Sinn das Paradies auf Erden bedeutet. Meine Leidenschaften als Mann waren nie ‹gegen› etwas. Sie galten immer Menschen, die besser oder größer waren als ich.»

■

Wahnsinn des 20. Jahrhunderts: die verschiedenartigsten Geister verwechseln die Neigung zum Absoluten mit der Neigung zur Logik. Parain und Aragon.

■

11. Juni 1951. Brief von Régine Junier[1], die mir ihren Selbstmord ankündigt.

■

Der Schöpfer. Seine Bücher haben ihn reich gemacht. Aber er liebt sie nicht und beschließt, sein großes Werk zu schreiben. Er schreibt einzig dieses Werk, immer und immer wieder. Allmählich nistet sich Bedrängnis im Haus ein und dann das Elend. Alles bricht zusammen, er aber lebt in einem fürchterlichen Glück. Die Kinder sind krank. Er muß die Wohnung vermieten, in einem einzigen Zimmer leben. Er schreibt. Die Frau wird neurasthenisch. Die Jahre vergehen, und in der totalen Vernachlässigung macht er weiter. Die Kinder fliehen. An dem Tag, an dem seine Frau im Krankenhaus stirbt, setzt er den

1 Régine Junier, eine Amerikanerin, die Camus empfangen hatte. Sie hat sich tatsächlich das Leben genommen.

Schlußpunkt, und die Person, die ihm sein Unglück mitteilt, hört ihn nur sagen: «Endlich!»

■

Roman. «Sein Tod war sehr unromantisch. Sie wurden zu zwölft in eine für zwei vorgesehene Zelle gesperrt. Er erstickte und fiel in Ohnmacht. Er starb an die fettige Wand gedrückt, während die anderen zum Fenster blickten und ihm den Rücken zukehrten.»

■

N. R. F.[1] Ein merkwürdiges Milieu, das die Aufgabe hat, Schriftstellertalente zu wecken, aber wo man die Freude am Schreiben und am Schaffen verliert.

■

Bei ihr forderte das Glück alles, sogar den Todesstoß.

■

Das Naturell ist keine Tugend, die man besitzt: sie wird erworben.

■

Antwort auf die Frage nach meinen zehn bevorzugten Wörtern: «Die Welt, der Schmerz, die Erde, die Mutter, die Menschen, die Wüste, die Ehre, das Elend, der Sommer, das Meer.»

■

1 *La Nouvelle Revue Française*

Die ewige Stimme: Demeter, Nausikaa, Eurydike, Pasiphaë, Penelope, Helena, Persephone.

■

O Licht! Dies ist der Aufschrei der Menschen, die in den griechischen Tragödien in den Tod oder in ein furchtbares Geschick gestürzt werden.

■

Der Mensch von 1950: Er fickte und las Zeitungen.

■

Ich habe immer den Eindruck gehabt, mich auf hoher See zu befinden: mitten in einem königlichen Glück bedroht.

■

G. oder der Simulant: Nur an das glaubend, was nicht von dieser Welt ist, gibt er vor, sich in der Wirklichkeit zu befinden. Er hält sich an die Spielregeln, aber ostentativ. Deshalb glaubt man nicht, daß er mitspielt. Er simuliert doppelt. Und nochmals: Ein Teil seiner selbst ist wirklich an das Fleisch, an die Genüsse und an die Macht gefesselt.

■

Akzeptieren, was ist, ein Zeichen der Kraft? Nein, es enthält Knechtschaft. Aber akzeptieren, was war. In der Gegenwart, der Kampf.

■

Die Wahrheit ist keine Tugend, sondern eine Leidenschaft. Deshalb ist sie niemals barmherzig.

■

M... und ihre Sprachticks: Und alles – Alles in allem – Massenweise... – Sie wissen, nicht wahr, Sie wissen... – Ich habe sie nicht interessant gefunden – Sie zweifelt an allen, das ist peinlich. – Es sagen! Man muß es sehen, um es zu glauben – Das ist einzig – Als sie eben operiert werden sollte... – Zerstreutes (nicht zusammenpassendes) Besteck – Das hab ich nur so gesagt, nun meinetwegen, ich lasse dich zahlen – Erinnere dich, du weißt doch, sie hatte einen Schick – Papperlapapp – Ergo... – Du ziehst eine Schau ab (zu ihrem Mann, der ohne Pullover ausgeht).

■

Id. Augusta, der gegenüber ein Soldat, ihr Kriegspatenkind, seine Dankbarkeit mit folgenden Worten ausdrückt: «Frau Pellerin, für mich waren Sie schlimmer als eine Mutter.» Sie erzählt vom Luftangriff auf Nantes. Sie wurde mit einer Freundin auf der Straße überrascht und flüchtete mit ihr in einen Hauseingang. «Ich hatte einen Fuchs und ein neues Kostüm. Als es vorbei war, stand ich im Unterrock da.» Die Freundin verschwindet unter den Ruinen. «Ich zog sie an den Haaren. Nur ein Finger war übriggeblieben...» – «Und unterdessen genoß mein Mann die Wonnen der Liebe, ohne sich zu fragen, ob ich mich aus den Trümmern befreien würde... Am Tag vorher hatte ich meinen Personalausweis machen lassen. Besondere Merkmale, keine, hatte ich angegeben, und am nächsten Tag war meine Schnauze futsch.»

■

Ein Baptist, der fünfzig Tage und fünfzig Nächte im schwarzen Bunker von Buchenwald sitzt. «Als ich herauskam, schien mir das Konzentrationslager so schön wie die Freiheit.»

■

«[O laßt uns scheiden...] Und eines bleiben, die zu rechter Zeit/Aus eigner Kraft die Trennungsstunde wählten.» Hölderlin. Der Tod des Empedokles.

Id. «Doch du, du bist zum klaren Tag geboren.»

Id. «Vor dem/In todesfroher Stund am heilgen Tage/ Das Göttliche den Schleier abgeworfen.»

■

Victor Serge versichert, daß die Grausamkeiten des Admirals Koltschak den Tschekisten in der russischen KP zum Sieg über all die verholfen haben, die für mehr Menschlichkeit eintraten.

■

1920. Abschaffung der Todesstrafe. In der Nacht vor dem Inkrafttreten des Dekrets werden Gefangene von den Tschekisten hingemetzelt. Ein paar Monate später wird die Todesstrafe übrigens wieder eingeführt. Gorki:

«Wann werden wir aufhören, zu töten und abzuschlachten?»

■

Victor Serge. «Alles, was in der UdSSR gemacht worden ist, wäre von einer sowjetischen Demokratie sehr viel besser gemacht worden.»

■

Vorwort zu *Licht und Schatten*[1]. – Mein Onkel – «Als Voltairianer, wie man dies zu seiner Zeit war, bekundete er die unbeugsamste Verachtung für die Menschen im allgemeinen und seine bürgerlichen Kunden im besonderen. In Satire und Verwünschungen war er blendend. Er hatte auch Charakter, und der Umgang mit ihm hat mich anspruchsvoll gemacht. Jetzt, da er tot ist, langweile ich mich in Paris, sooft ich an ihn denke.»

■

Wie der Sozialismus des 20. Jahrhunderts sich dank dem Krieg ausbreitet: Der Krieg von 1914 läßt die Revolution von 1917 auflodern. Krieg mit dem Ausland und Bürgerkrieg ergeben in China zusammen Mao Tse-tung. 1939 sowjetisiert die polnische Ukraine und Weißrußland, die Baltischen Länder und Bessarabien. Der Krieg von 1941–1945 führt Rußland an die Elbe. Der Krieg mit Ja-

1 *Licht und Schatten.* Der Onkel hieß Gustave Acault; er hatte eine Schwester von Camus' Mutter geheiratet und war Fleischer in der Rue Michelet in Algier.

pan bringt ihm Sachalin, die Kurilen und Nordkorea. Womöglich auch Finnland und Südkorea.

■

Person für Roman. Ravanel[1]. Reine Intelligenz. Buchführung des Terrorismus. Mondäne Langeweile. Militantismus. Polizei. Staatsanwalt. Siehe weiter oben Erzählung Staatsanwalt.

■

Man muß seine Prinzipien für die großen Sachen einsetzen. Für die kleinen genügt das Erbarmen.

■

Die zynischen und realistischen Standpunkte erlauben, zu entscheiden und zu verachten. Die anderen zwingen, zu verstehen. Daher das Ansehen der ersteren bei den Intellektuellen.

■

Wir arbeiten in unserer Zeit ohne Hoffnung auf wahren Lohn. Sie arbeiten tapfer für ihre persönliche Ewigkeit.

■

1 Ravanel, Polytechniker, Kommandant der *Groupes Francs* in der Widerstandsbewegung, wird von der Gestapo verhaftet, entflieht, wird regionaler Führer der M. U. R. (der Mouvements Unis de la Résistance, der Vereinigung der Widerstandsbewegungen) und, wie Henry Frenay versichert, «heimliches Mitglied der kommunistischen Partei». Zu der «Erzählung Staatsanwalt» vgl. *Tagebücher, Sechstes Heft,* I, S. 266.

Was immer das Jahrhundert vorgeben mag, es ist auf der Suche nach einer Aristokratie. Aber es sieht nicht, daß es zu diesem Zweck auf das Ziel verzichten muß, das es sich lautstark setzt: den Wohlstand. Es gibt nur eine Aristokratie des Opfers. Der Aristokrat ist in erster Linie ein Mensch, der gibt, ohne zu empfangen, der *sich verpflichtet*. Das Ancien régime ist untergegangen, weil es dies vergessen hatte.

■

Wilde[1]. Er wollte die Kunst über alles stellen. Aber die Größe der Kunst besteht nicht darin, über alles erhaben zu sein. Sie ist im Gegenteil an allem beteiligt. Wilde hat dies schließlich dank dem Schmerz erkannt. Aber darin liegt die Schuld dieser Zeit, daß sie immer des Schmerzes und des Zwangs bedarf, um eine Wahrheit zu erahnen, die sich auch im Glück findet, wenn das Herz seiner würdig ist. Knechtisches Jahrhundert.

■

Id. Es gibt nicht ein Talent, um zu leben, und ein anderes, um zu schaffen. Das gleiche genügt für beides. Und wir können gewiß sein, daß ein Talent, das nur ein unechtes

1 Unter dem Titel *L'Artiste en prison* hat Camus ein Vorwort zu einer franz. Ausgabe (Falaize, 1952) von Oscar Wildes *Ballad of Reading Goal* geschrieben, das 1954 im *Encounter* wiederabgedruckt wurde.

Werk hervorzubringen vermochte, auch nur für ein frivoles Leben dienen konnte.

■

Roman. C. und ihr geblümtes Kleid. Die Wiesen am Abend. Das schräge Licht.

■

Ich bin von Werken ausgegangen, die die Zeit verneinten. Allmählich habe ich die Quelle der Zeit wiedergefunden – und das Reifen. Das Werk selbst wird ein langes Reifen sein.

■

Sie wollten die Schönheit und die Natur zum ausschließlichen Vorteil der Intelligenz und ihrer erobernden Kräfte verstoßen. Faust wollte seinen Euphorion, aber ohne Helena. Das Wunderkind ist nur noch ein mißgestaltetes Monster, ein Homunkulus aus der Retorte.[1]

■

Revolte, wahrer Schmelztiegel der Götter. Aber sie bringt auch die Götzen hervor.

■

Empörender Tod. Die Geschichte der Menschen ist die Geschichte der Mythen, mit denen sie diese Wirklichkeit

1 Anmerkung zu *Défense de L'Homme révolté*. Vgl. Goethe, *Faust II*.

verdeckt haben. Seit zwei Jahrhunderten hat das Verschwinden der überlieferten Mythen eine Umwälzung der Geschichte bewirkt, weil der Tod hoffnungslos geworden ist. Und doch gibt es keine menschliche Wahrheit, wenn es nicht endlich zu einer Akzeptierung des Todes ohne Hoffnung kommt. Es ist die Akzeptierung der Grenze, ohne blinde Resignation, in einer Anspannung des ganzen Wesens, die sich mit dem Gleichgewicht deckt.

■

Roman. Ein guter Tag. «Auf der Croisette schwankte sie in ihren Stöckelschuhen. Sie sah noch einmal ihr Bild im Spiegel, ehe sie das Zimmer verließ. Gewiß, diese Hose aus geschmeidigem Flanell modellierte sie ein bißchen zu stark. Und ihre Hüften waren offensichtlich breiter als ihre Schultern. Wenn schon, wirkliche Frauen sind so. Und auch zu viel Brust. Aber das war noch lange keine Katastrophe, und genau besehen war es auch weiblicher. Alle diese Körper, die dort unten am Strand Volleyball spielten, mußte man schon genau betrachten, um zu wissen, ob sie Männer waren oder Frauen.

Die kleine schwarze Silhouette ging am Meer entlang. Zwischen dem Halstuch und der Brille sah man dort, wo sich ehemals die Augenbrauen befanden, nur zwei mit dem Pinsel gezogene Striche und den weißen und fetten Raum der Stirn, die vergeblich versuchte, sich im blendenden Glanz der Sonne zu runzeln.»

■

Kleiner Akt über den Verführer.

Nein, ich trinke nur Wasser – Essen Sie – Ich esse wenig. Wenn ich manchmal trinke, dann aus Gesundheitsgründen.

Was fügt die Liebe dem Verlangen hinzu? Etwas Unschätzbares, die Freundschaft.

Ich verführe nicht, ich gebe nach.

Warum die Frauen? Ich kann die Gesellschaft der Männer nicht ertragen. Sie schmeicheln oder sie richten. Ich ertrage weder das eine noch das andere.

Um Mitternacht nichts, der Kommandeur ist nicht gekommen. Der Verführer ist traurig. Er geht fort. «Kommen Sie», sagt Anna. «Nein, man kann nicht am gleichen Tag recht haben und glücklich sein...» (er besinnt sich anders). «Und doch, wenn Sie recht haben, bleibt nur das Glück – Es bleibt sogar nur die Liebe, an die Sie nie geglaubt haben, da Sie nie aufgehört haben, an Ihre eigenen Träume zu glauben, die Sie Gott nannten.» Er schaut sie an. «Ist das, was ich in mir aufsteigen fühle, also die Liebe? – Zweifellos ist es das. Aber entfernen Sie sachte alles andere rings um dieses zarte Pflänzlein. Sachte, sachte, machen Sie endlich Platz für das Glück.»

■

Roman. Eines der Geheimnisse von B... ist, daß sie weder die Krankheit noch den Tod je hat akzeptieren oder ertragen oder ganz einfach vergessen können. Daher ihre tiefe Zerstreutheit. Sie erschöpft sich schon damit, bloß zu leben wie die anderen, das bißchen Unbekümmertheit und Unschuld vorzutäuschen, das notwendig ist, um weiterzuleben. Aber in ihrem Innersten vergißt sie nie. Sie besitzt nicht einmal genügend Unschuld für die Sünde. Das Leben ist für sie nur die Zeit, die ihrerseits Krankheit ist und Tod. Sie akzeptiert die Zeit nicht. Sie stemmt sich in einem von vornherein verlorenen Kampf. Wenn sie nachgibt, treibt sie alsbald an der Oberfläche des Wassers, mit dem Gesicht einer Ertrunkenen. Sie ist nicht von dieser Welt, weil sie sie mit ihrem ganzen Sein ablehnt. Davon rührt alles her.

■

Dordogne[1]. Hier ist die Erde rosarot, die Steine sind fleischfarben, die Morgen rot und von reinen Gesängen gekrönt. Die Blüte stirbt im Verlauf eines Tages und aufersteht bereits bei schrägstehender Sonne. In der Nacht gleitet der schlafende Karpfen den fetten Fluß hinab; Fackeln von Eintagsfliegen flammen an den Laternen der Brücke, hinterlassen ein lebendiges Gefieder in den Händen und bedecken den Boden mit Flügeln und Wachs, aus denen erneut ein flüchtiges Leben aufbrechen wird. Was hier stirbt, kann nicht vergehen. Freistätte, treues Land, hierher mußt du zurückkehren, Reisender, in das Haus, wo die Spur bewahrt wird und die Erinnerung und das, was nicht stirbt im Menschen, sondern in seinen Söhnen aufersteht.

■

1 Eine Reise im Auto, im Juli 1951.

Es ist nicht wahr, daß das Herz sich abnutzt – sondern der Körper, der dann zur Täuschung wird.

■

Die Leute, die ihre Prinzipien ihrem Glück vorziehen. Sie weigern sich, glücklich zu sein, es sei denn unter den Bedingungen, die sie im voraus für ihr Glück festgelegt haben. Wenn sie überraschend glücklich sind, stehen sie alsbald ratlos da – unglücklich, weil sie ihres Unglücks beraubt sind.

■

Eine Tragödie über die Keuschheit.

■

Roman. V. (und sie gab gleichzeitig meine eigene Wahrheit wieder): Ich begehre nichts als das, was ich habe. Es ist mein Unglück und meine Strafe, daß ich nicht zu genießen vermag, was ich habe.

■

Id. Als Jüngling und noch lange Zeit danach interessierte ihn in der Liebe einzig und allein das Unbekannte, also das Wissen. Deshalb hatte er Abenteuer. Aber das Abenteuer ist nie völlig grob, es gibt immer einen Anfang, so kurz er sein mag. Häufig genügte dieser Anfang für das Kennenlernen, wenn es wenig zu wissen gab, und dann akzeptierte er das Verhältnis, gewiß, daß es ihm nichts Weiteres bringen werde.

So werden die Liebe und das Wissen von jenen verwechselt, die hochmütig genug sind, zu Recht oder zu Unrecht überzeugt zu sein, daß sie sich selbst genügen. Die anderen geben ihre Grenzen zu, und dann ist ihre Liebe einzig, weil sie alles fordert, und eher das Sein als das Wissen.

■

Roman. A. W., ein junger Amerikaner, der nach Paris gekommen ist, nachdem er den Krieg mitgemacht hat (in den er, der glückliche und konformistische Student, gestürzt worden war). Er lebt in Paris, verflucht Amerika und sucht leidenschaftlich jenen Abglanz der Größe und Besonnenheit, den er noch auf dem Antlitz des alten Europa liest. Er lebt als Bohemien. Er hat das Polierte der amerikanischen Gesichter verloren. Er ist nicht glatt – er hat Ringe unter den Augen. Dann wird er krank und stirbt in einem schmutzigen Hotel. Und nun schreit er nach jenem Amerika, das zu lieben er nie aufgehört hat, und nach dem Rasen der Harvard University in Boston und dem Geräusch der Baseballschläger und den Rufen in den ausklingenden Abenden am Fluß.

■

Roman. Erster Teil: Fußballspiel. Zweiter Teil: Corrida.

■

Gewisse Abende, deren Milde sich lange hinzieht. Die Gewißheit, daß solche Abende auch nach uns wiederkehren werden, hilft uns beim Sterben.

■

Eine Frau, die wirklich liebt, mit ihrer ganzen Seele, mit völliger Hingabe, und dann erlangt sie eine so maßlose Größe, daß es mit ihr verglichen keinen Mann gibt, der nicht mittelmäßig wäre, erbärmlich und bar jeder Großmut.

■

Roman. Die Nase an die erleuchtete Skala des Radios gedrückt, hört ein Kind in einem dunklen Zimmer Musik.

■

Roman. Zwei Personen: der deutsche Freund. – Marcel H.

■

So wie das Absurde sich nicht in der Welt oder in uns fand, sondern in jenem Widerspruch zwischen der Welt und unserer Erfahrung, so findet das Maß sich nicht in der Wirklichkeit oder im Verlangen, sondern... Das Maß ist eine Bewegung, eine Transposition des absurden Bemühens.

■

Tagebuch der Gräfin Tolstoi.[1]
S. 45 zu T's Arbeitsmethode.
T.: «Schreiben ist so lästig.»

1 In zwei Bänden, Plon 1930–31.

Die Gräfin am 9. Oktober 1862 (die Heirat fand am 23. Sept. statt): «Jeder Geschlechtsverkehr ist widerlich», und im Dezember der echt weibliche Aufschrei: «Wenn ich ihn töten und ein ihm in jeder Beziehung gleichendes Wesen schaffen könnte, täte ich dies mit Vergnügen.»

April 63. «Der physische Aspekt der Liebe spielt für ihn eine sehr große Rolle, aber für mich überhaupt keine.»

63. «Was bleibt von dem Mann, der ich war?» fragt T.

Sept. 67. «Ich bin nur ein jämmerliches Kriechtier, das man zertreten hat, ich tauge zu nichts, niemand liebt mich, ich leide an Übelkeit, ich habe zwei faule Zähne und rieche aus dem Mund, ich bin schwanger... usw.»

78. Wir erfahren, daß Tolstoi bei Tisch liest.

87. Er brüllt ihr zu, daß er von der Idee besessen ist, seine Familie zu verlassen.

90. Sie liest heimlich das Tagebuch ihres Mannes, der es wegschließt.

Dez. 90. Er schreibt: «Die Liebe existiert nicht. Es gibt das sinnliche Verlangen, sich mit einem anderen Wesen zu vereinen, und das vernünftige Verlangen, einen Lebensgefährten zu haben.»

91. «Es ist für mich eine Qual», sagt er ihr, «von Dienstboten umgeben zu sein.»

91. Die Gräfin berichtet, daß sie sich nicht an die Unsauberkeit und den üblen Geruch des Grafen gewöhnen kann. Id. S. 283 (97).

Die Gräfin verrät, daß L. T. nur durch die physische Liebe fröhlich gestimmt wird.

Sie glaubt, daß sie von allen bedauert und «als Opfer» betrachtet wird.

Dann Streitigkeiten um Urheberrechte SS. 81 und 97, 131–137, 216, 145.

S. 88. Geständnis zur doppelten Liebe.

«Die Menschen, die im Leben den falschen Weg eingeschlagen haben, die Schwachen und die Dummen stürzen sich auf die Schriften des Leo Nikolajewitsch.»

«Diese Stelzen, auf die er klettert, wenn Ruhmlose anwesend sind.»

97. Er verläßt das Haus und kehrt erst am Morgen zurück.

97. Er spielt jeden Morgen Tennis.

Mit 70 Jahren, und nach 35 Werst im Schnee, erklärt er der Gräfin seine Leidenschaft, was sie mit großer Verwunderung vermerkt.

■

Stalin, der von seinen Genossen (1917) den Spitznamen «der graue Fleck» erhält.

■

Auf dem Höhepunkt des Glücks – und die Nacht kam mir entgegen.

■

Niemand hat mehr als ich die Harmonie, die Hingabe und das endgültige Gleichgewicht begehrt, aber ich habe immer auf den steilsten Wegen, im Aufruhr, in Kämpfen danach streben müssen.

■

«Gewiß», sagte er, «ich fürchte, im Tod nicht tot genug zu sein und in der Erde nicht genug Luft zu bekommen. Aber ich rede mir vernünftig zu. Ich fürchte, nicht genug Luft zu bekommen, weil ich fürchte, daran zu sterben. Entweder … oder; entweder ich sterbe nicht daran und fahre fort, nicht genug Luft zu bekommen, ohne deswegen Angst zu haben. Oder ich sterbe, und in dem Fall – wozu die Angst?»

■

Roman. Jeanne P. und ihre mechanische Geste.

Id. Die Soldatenfriedhöfe im Osten. Mit 35 Jahren besucht der Sohn das Grab seines Vaters und entdeckt, daß er mit 30 Jahren gestorben ist. Jetzt *ist er der Ältere geworden.*[1]

Die Araber, die hier liegen. Und von allen vergessen.

■

Roman. Die Phantasien im Auto unterwegs nach Bérard.

■

1 1947 sah Camus zum erstenmal das Grab seines Vaters in Saint-Brieuc. Er war 34 Jahre alt. Lucien Camus wurde in der Marne-Schlacht tödlich verwundet, als er noch nicht ganz 29 Jahre alt war.

V. Ich habe erkannt, daß es tatsächlich Menschen gibt, die größer und wahrhaftiger sind als andere. Und daß sie auf der ganzen Welt eine unsichtbare und sichtbare Gesellschaft bilden, die es rechtfertigt zu leben.

■

M. Ein lachhafter Tod am Ende eines lachhaften Lebens. Nur der Tod der Hochherzigen ist nicht ungerecht.

Die spanischen Flüchtlinge. Domenech (Bürgerkrieg – Krieg 39 Widerstand, Buchenwald – Arbeitsloser) Garcia (dem A. B. eine Schuld von 140000 F. erläßt. «Oh, du bist wie ich, du wirst nie reich») Gonzales (es gibt Klassen – und sie können nicht zusammenarbeiten – weist alle Liebenswürdigkeiten des Arbeitgebers zurück – er will mit Härte behandelt werden) Bertomeu: Der Gesangverein (und dann läßt er im Büro Sardinen grillen).

■

James (Die Gesandten). «Ich hasse mich selbst, wenn ich bedenke, wieviel man dem Leben der anderen wegnehmen muß, um glücklich zu sein, während man nicht einmal dann glücklich ist.»

■

Mauriac. Bewundernswerte Macht seiner Religion: Er gelangt zur Nächstenliebe ohne den Umweg über die Großmut. Er hat unrecht, mich unablässig auf die Angst Christi zu verweisen. Mir scheint, daß ich mehr Achtung davor habe als er, da ich mich nie berechtigt gefühlt habe, das Leiden meines Erlösers zweimal wöchentlich auf der Titelseite einer Zeitung für Bankiers zur Schau zu stellen. Er sagt von sich, er sei ein launischer Schriftsteller. In der Tat. Aber er hat in der Laune eine unüberwindliche Neigung, sich des Kreuzes wie eines Wurfgeschosses zu bedienen. Das macht ihn zu einem erstrangigen Journalisten und zu einem zweitrangigen Schriftsteller. Dostojewski der Gironde.

■

Roman. «In diesen Augenblicken empfing er den Schock der Lust, mit geschlossenen Augen, wie ein im Nebel plötzlich aufprallender und vom Rumpf bis zum Kiel angeschlagener Segler, und alles in ihm erdröhnte unter dem Schock vom Deck bis zur Fock und der Unzahl der Taue und Seile an beiden Enden des Schiffs, das dann anhaltend erbebt, bis es sich schließlich langsam auf die Seite legt. Dann kam der Schiffbruch.»

■

Roman. Dann stellte er beeindruckt fest, wie ausnehmend wenige Gegenstände es bei ihm gab. Das Notwendige, nie war ein Wort besser veranschaulicht worden. Als seine Mutter in einem Zimmer lebte, hinterließ sie nie eine Spur außer, zuweilen, ein Taschentuch.

■

«Ich wünschte, ich riefe die allerhöchsten Leiden herbei, da ich nunmehr gewiß war, das in ihnen enthaltene

Glück zu finden (fähig zu sein, das Glück zu genießen...).»

■

Wer anfängt zu geben, verurteilt sich dazu, nicht genug zu geben, auch wenn man alles gibt. Und gibt man je alles –

■

Nie von einem Mann sagen, er sei ehrlos. Handlungen, Gruppen, Zivilisationen können es sein. Ein Individuum nicht. Denn wenn es sich der Unehre nicht bewußt ist, kann es eine Ehre, die es nie besessen hat, nicht verlieren. Und wenn es sie besitzt, ist die fürchterliche Brandwunde, die dies bedeutet, wie ein glühendes Eisen auf Wachs. Das ganze Wesen schmilzt, es birst im Feuer eines unerträglichen Schmerzes, in dem es zur gleichen Zeit erneuert wird. Dieses Feuer ist das Feuer der Ehre, die zu Recht aufbegehrt und sich gerade im Übermaß ihres Schmerzes bestätigt. Zumindest habe ich dies an jenem Tag, genau gesagt in jener Sekunde empfunden, in der ich mich infolge eines Mißverständnisses einer wahrhaft schändlichen Tat überführt glaubte. Es traf nicht zu, aber in dieser einzigen Sekunde habe ich gelernt, alle Erniedrigten zu verstehen.

■

Dezember 51.
Ich warte geduldig auf eine Katastrophe, die langsam wächst.

■

Meine Erklärungen im Radio – Wenn ich mich höre, finde ich mich zum Verzweifeln. Paris macht mich so, ungeachtet all meiner Anstrengungen. Zu unablässig allein, seit *Combat* eingegangen ist, ohne irgendwo sprechen, verteidigen, darlegen, gelegentlich auch rechtfertigen zu können. Nie der Wärme der anderen oder wenigstens dem Schauspiel ihrer Großmut angeschlossen. Mich friert schließlich, und eben daher mein eisiger Ton, zu geringschätzig, um wirklich Geringschätzung auszudrücken, aber unerträglich anzuhören. Wenn ich auch nur eine Sekunde lang wirklich Vertrauen hätte, könnte ich lachen, und alles wäre in Ordnung.

■

Die Vorstellung, die ich mir von der Vulgarität mache, verdanke ich ein paar Großbürgern, die auf ihre Kultur und ihre Privilegien stolz sind wie Mauriac, sobald sie das Schauspiel ihrer verletzten Eitelkeit bieten. Dann versuchen sie, genau dort zu verletzen, wo sie getroffen wurden, und gleichzeitig entdecken sie das genaue Niveau, auf dem sie in Wirklichkeit leben. Und dann triumphiert in ihnen zum erstenmal die Tugend der Bescheidenheit. Tatsächlich kleine Dürftige, aber in der Bosheit.

■

Ich war der Welt, der öffentlichen Meinung, nie sehr botmäßig. Aber so wenig es sein mochte, ich war es. Nun habe ich jedoch die endgültige Anstrengung unternommen. Ich bin überzeugt, daß meine Freiheit in dieser Hinsicht vollkommen ist. Frei, also wohlwollend.

■

Ich mache mir tagelang die häßlichste Vorstellung von mir.

■

Leben von Velázquez. Kommentar zu Velázquez.

Maß. Sie halten es für die Lösung des Widerspruchs. Es kann nichts anderes sein als die Bestätigung des Widerspruchs und der heroische Entschluß, sich daran zu halten und ihn zu überleben.

■

Für die UdSSR besteht der beste Schutz gegen die Atombombe in der internationalen Moral, die sie mit öffentlichen Verurteilungen zu entwickeln sucht. Sie kompensiert somit ihre einzige Unterlegenheit mit Hilfe eines moralischen Urteils, das sie jedoch in ihrer offiziellen Philosophie leugnet.

■

Die heuchlerische Ungerechtigkeit ruft die Kriege hervor. Die gewalttätige Gerechtigkeit überstürzt sie.

■

Der Marxismus macht der jakobinischen und bürgerlichen Gesellschaft den gleichen Vorwurf wie der Christianismus dem Hellenismus: Intellektualismus und Formalismus.

■

Stück. Er kehrt aus dem Krieg zurück. Nichts hat sich geändert, außer daß er sich nur noch poetisch ausdrückt.

■

Emerson: Jede Mauer ist eine Tür.

■

Nie jemanden angreifen, vor allem nicht in Schriften. Die Zeit der Kritiken und der Polemik ist vorbei – Schaffen.

■

Die Kritik und die Polemik *vollständig* ausmerzen – In Zukunft einzig und beharrlich die Bejahung.

Verstehe sie alle. Liebe und bewundere nur ein paar wenige.

■

Das schlimmste Schicksal ist die schlechte Laune. Das weiß ich aus Erfahrung. Und das war nach vielen Jahren des Glanzes und der Stärke meine eigentliche Versuchung. Ich habe ihr nachgegeben, eben genug, um jetzt Bescheid zu wissen, und dann habe ich sie aufgegeben.

■

Overbeck hatte den Eindruck, Nietzsches Wahnsinn sei vorgetäuscht. Den gleichen Eindruck hatte ich stets bei jedwedem Wahnsinnigen. Vielleicht ist die Liebe auch so. Zur Hälfte vorgetäuscht.

■

Die «Grenze» muß die Wahrheit von allen sein. Sie ist es für mich, insofern ich allen gehöre. Aber nur für mich: Die Wahrheit, die man nicht sagen kann.

■

Guilloux über Chamson: «Für ihn ist der andere lediglich der mögliche Schalter.»

■

Ströme trauriger Musik, die aus Millionen von Wundermaschinen kommen, überfluten die ganze Welt.

■

Judas erhebt den Verrat und den Haß zum Prinzip, um wenigstens indirekt für Christus Zeugnis abzulegen. Ergebnis: das 20. Jahrhundert. In Ermangelung der Liebe die Lager.

■

Der Journalismus, für Tolstoi: ein intellektuelles Bordell. Er wollte einen Roman schreiben, «in dem es keine Schuldigen gäbe». Brief des sterbenden Turgenjew an Tolstoi: «Ich war glücklich, Ihr Zeitgenosse zu sein.»

■

Roman (oder Stück) – Person: Ellan – Fur. Vgl. Heliosang.

■

Der Mythos des Euphorion. Der Sohn des zeitgenössischen Titanismus und der antiken Schönheit. Goethe läßt ihn sterben. Aber er kann leben.[1]

■

Gestern P. Vianney getroffen[2], hatte ihn seit der Besatzung und den wunderbaren Tagen der Befreiung von Paris nicht wiedergesehen. Und plötzlich eine zum Weinen gewaltige Sehnsucht nach den Kameraden.

■

Man of Aran[3]. Das schreckliche Leben dieser Fischer. Und anstatt sie zu bedauern, bewundert und achtet man sie. Nicht die Armut oder die unaufhörliche Arbeit erniedrigt den Menschen. Vielmehr die schmutzige Versklavung der Fabrik und das Leben in den Vororten.

■

Zwei Uhr früh. Zwei seit Jahren immer wiederkehrende Träume, von denen einer in verschiedenen Formen stets die Hinrichtung betrifft. In dieser Nacht schrecke ich aus dem Schlaf auf und kann viele Einzelheiten aufzeichnen.

1 Vgl. Anm. S. 18.

2 Philippe Vianney, Widerstandskämpfer, einer der Führer der Nationalen Befreiungsbewegung (M. L. N.).

3 Film von Robert Flaherty (1934).

Ich bin auf dem Weg zur Hinrichtung. Scotto Lavina (ein Freund aus Algier, den ich sehr selten sehe, aber mag) begleitet mich. Er flüstert mir ins Ohr (die Gruppe marschiert beschleunigt): «Meine Frau hat mir noch gestern von X. und von Y. gesprochen.» Und ich: «Keine Eigennamen, vor allem keine Eigennamen.» Er sehr sanft, wie zu einem Kranken: «Oh! Verzeih mir.» Jemand in der Gruppe (es sind Wächter dabei, deren Anwesenheit ich kaum wahrnehme, und A. ist abwechselnd anwesend und abwesend) will wissen, warum, und während wir am Fuß einer riesigen Treppe ankommen, sage ich: «Ich will im Herzen des Gattungsnamens bleiben», ein Satz, den ich mir in einer Art Frieden immer wieder vorsage. Meine Kinder befinden sich oben an der Treppe, die ich nach wie vor in Begleitung, nach wie vor rasch und, wie ich glaube, mit gefesselten Händen hinaufsteige. (Zudem der Eindruck, daß ich, daß wir gestoßen werden – wir gehen alle nach vorne gebeugt.) Jean begibt sich in eine Ecke, und als ich ihn sehe (aber der Eindruck in mir ist nicht vollständig, eher wie ein Vorbote, eine Art entzückter und angstbeklommener Entdeckung), sage ich: «Und er wird dann neu beginnen.» Ich umarme sie und weine zum erstenmal. Sie verabschieden sich von mir wie gewohnt, so will mir scheinen. Wir verlassen die Treppe und kommen durch eine Art Bahnhof, den ich allein mit A. und Vera verlasse. Vera begleitet mich seit einiger Zeit – ich kenne sie nicht im Traum, aber beim Erwachen denke ich an sie wie an S. Sie ist wie eine Bäuerin gekleidet, ein bißchen Mitteleuropa, wie alle anderen rings um mich. Die Landschaft ist modern, Bahnhöfe, Baustellen, und ein leichter Wind erfüllt die Nacht. Beim Verlassen des Bahnhofs gehe ich nach wie vor entschlossen und ohne Wächter zur Hinrichtungsstätte, und die wachsende Angst wird unerträglich. Aber ich errate, daß Vera eine Pistole alten Stils trägt, die sie im Bahnhof gestohlen hat (wem ?). Sobald ich dessen gewiß bin, stoße ich einen Freudenschrei aus: «Ah! Vera, ich wußte... (nämlich: daß du alles Nötige unternehmen würdest). Wie lieb ich dich habe!» Ich nehme die Pistole, und der Lauf beginnt von neuem. Wir nähern uns einer Gruppe arbeitender Männer. Mir scheint, daß ich ein wenig zögere, als wollte ich noch warten, noch leben. Aber die anderen haben mich knapp überholt. Und ich habe Schwierigkeiten, die Pistole, die zu lang ist, auf meine Schläfe zu richten. Ich schieße schnell und denke dabei, daß ich mich weder von A. noch von irgend jemandem sonst verabschiedet habe. Ein furchtbarer Knall in meinem Kopf. Und ich höre einen Satz, eine Art Protest, aus dem Mund eines der arbeitenden Männer (des Führers, glaube ich), aber im Augenblick, da der Traum zu Ende geht, habe ich ihn vergessen.

■

Schelmenroman. Journalist – Von Afrika zum Universum.

■

Ein Stück zur Liebe.

■

Eure Moral ist nicht die meine. Euer Gewissen ist nicht mehr das meine.

■

V. «Wenn man heute ein Mittel gegen den Tod fände, würde ich es nicht akzeptieren. Mein Schmerz (der Tod ihres Vaters und ihrer Mutter) und mein Glück (seine Liebe) haben nur einen Sinn, wenn ich ebenfalls dort hinab muß.»

■

Emerson. «Es kann geschehen, daß der Gleiche, der diese Doktrin verfochten hat (daß der Mensch eine Seele besitzt), die Flucht ergreift, wenn er die Zeitung liest, die in der Nacht von einem anonymen Schurken verfaßt wurde, der nicht weiß, was er schreibt, und seine Feder in Schmutz und Finsternis taucht.»

■

Id. «Was bleibt uns anderes, als felsenfest zu glauben, daß wir die Stimme und die Sprache eines Menschen erlangen, indem wir die Lüge und den Zorn meiden.»

■

Id. «Nicht mit Skrupeln kann ein Mann groß werden. Die Größe kommt, wie es Gott gefällt, wie ein schöner Tag.»

■

Roman. Während der Besatzung im Zug Saint-Étienne–Dunières an einem Winterabend. Der Zug ist überfüllt, da zwei Abteile für die deutsche Armee reserviert sind. Ein deutscher Soldat entdeckt kurz vor dem Halt in Firminy, daß ihm sein Bajonett gestohlen wurde, während er auf der Toilette war. Wutgebrüll. Zwei Arbeiter, die eben aussteigen und nach vollbrachtem Tagewerk heimkehren wollten, werden gepackt und im Gang festgehalten, während der Zug wieder abfährt. Sie protestieren schwach, mit offenkundiger Unschuld. Am nächsten Halt zwingen die Soldaten sie, auszusteigen. Man sieht sie im eisigen Nebel auf das Schlimmste gefaßt fortgehen.

Der Zeuge steigt ebenfalls aus, er ist unglücklich. Er kann ihnen nicht folgen. Er weiß nicht, wie er sie befreien soll. Er verbringt die Nacht im Wartesaal und denkt an sie. Es bleibt nichts, als weiterzumachen, damit so etwas nicht wieder geschieht. Aber inzwischen wird man sie schlagen, und vielleicht werden sie sterben.

■

Thoreau. «Solange ein Mensch er selbst bleibt, pflichtet ihm alles bei, Regierungen, Gesellschaft, sogar die Sonne, der Mond und die Sterne.»

Id. Emerson. «Der Gehorsam eines Menschen gegenüber seinem Genie ist der Glaube schlechthin.»

■

Nietzsche an seine Schwester im Zusammenhang mit der Affäre Lou[1]: «Nein, ich bin nicht gemacht zu Feindseligkeit und Haß: (...) Bis dahin habe ich nie Jemanden gehaßt (...) Jetzt erst fühle ich mich gedemüthigt.»

Er hält die «Gegen-Alexander» für notwendig, das heißt jene, «die den gordischen Knoten der griechischen Kultur (...) binden, nachdem er gelöst war».

■

Was ich gesagt habe, habe ich zum Wohle aller gesagt und zum Wohle jenes Teils von mir, der dem Alltag zugekehrt ist. Aber ein anderer Teil von mir erkennt ein Geheimnis, das nicht offenbart werden kann – und mit dem ich werde sterben müssen.

■

«Ein labyrinthischer Mensch sucht niemals die Wahrheit, sondern stets und ausschließlich Ariadne.»

■

1 Lou Andreas-Salomé. Von Nietzsche Im Juli 1883 nach seiner Versöhnung mit seiner Schwester geschriebener Brief. Mitte Dezember 1882 schrieb er an Malvida von Meysenbug: «Meine Schwester betrachtet Lou als ein giftiges Gewürm, welches man um jeden Preis vernichten müßte – und handelt auch darnach.»

In der Jenenser Klinik spricht Nietzsche lange Zeit völlig klar mit Overbeck über alles – *außer über seine Werke.*

■

Das Genie ist eine Gesundheit, ein überlegener Stil, eine gute Laune – aber auf dem Höhepunkt einer Zerrissenheit.

■

Das Schaffen. Je mehr es gibt, desto mehr empfängt es – sich verschwenderisch hingeben, um sich zu bereichern.

■

Der einzige Unsterbliche ist jener, für den alle Dinge unsterblich sind (E.[1]).

■

Emerson zufolge sind die Amerikaner nur deshalb so großartige Mechaniker, weil sie die Mühe und die Arbeit scheuen: aus Faulheit.

■

Jeder Schriftsteller, ob groß oder klein, hat das Bedürfnis, zu sagen oder zu schreiben, daß das Genie stets von seinen Zeitgenossen ausgepfiffen wird. Natürlich stimmt das nicht, es wird nur hie und da ausgepfiffen und häufig

1 Emerson.

aus Zufall. Aber dieses Bedürfnis des Schriftstellers ist aufschlußreich.

■

Emerson 1848. «Wie haben wir es bloß angestellt, daß der Fortschritt des Maschinenwesens allen genützt hat, nur dem Arbeiter nicht. Er wurde von ihm tödlich verwundet.»

■

Id. «Jeder Mensch hat das Recht, nach seinem besten Einfluß beurteilt und charakterisiert zu werden.»

■

Die Alten und die Klassiker verweiblichten die Natur. Man drang in sie ein. Unsere Maler vermännlichen sie. Sie dringt in unsere Augen ein, bis sie sie zerreißt.

■

«Keine Psychologie in der Kunst.» – «Weil Sie eben keine haben.» – «Mag sein, aber dies ist das Gesetz des Schaffens: Schaffen mit dem, was man hat. Anschließend müssen Sie nicht das beurteilen, was ich habe, sondern das, was ich gemacht habe.»

■

Um in der heutigen Welt ein Mensch zu bleiben, braucht es nicht nur eine nie erlahmende Energie und eine ununterbrochene Anspannung, sondern auch ein bißchen Glück.

■

Roman. «Zwischen uns kann nicht erst jetzt keine Rede mehr von Liebe sein. Es war nie die Rede davon. Aus meinem Innersten habe ich jahrelang nach deiner Liebe geschrien – Und dann habe ich nur noch nach deiner *Aufmerksamkeit* geschrien. Ich habe weder die eine noch die andere erhalten.»

■

Stück. D. Hochmütig, verächtlich, verzweifelt, kategorisch.

■

G. wird durch eine Szene, die ihm seine Frau macht, in der Arbeit an seinem Roman unterbrochen. Er kommt nach Paris, um zu arbeiten, aber es gelingt ihm nicht, weiterzumachen. In Wirklichkeit *will* er den Faden nicht wiederfinden, um ein Argument zu behalten und seinen Groll nicht zu vermindern.

■

Er richtete alle eigenhändig hin: «Man muß sich persönlich einsetzen», sagte er.

■

Den wenigen Menschen, die mir Bewunderung ermöglichten, schulde ich die größte Dankbarkeit in meinem Leben.

■

Die sexuelle Freiheit hat uns wenigstens eines gebracht, nämlich daß die Keuschheit und die Überlegenheit des Willens jetzt möglich sind. Alle Erfahrungen, die zurückhaltenden oder freien, feurigen oder verträumten Frauen, und man selbst, zügellos oder vorsichtig, triumphierend oder des Verlangens unfähig, der Weg ist abgeschritten. Es gibt kein Geheimnis mehr und keine Verdrängung. Nun ist die Freiheit des Geistes beinahe vollkommen, die Meisterschaft beinahe immer möglich.

■

Projekt. Permanentes Wörterbuch (für Chroniken). *Caprichos* schreiben (in Goyas Art).

■

Tief in mir die spanische Einsamkeit. Der Mensch entgeht ihr nur für die «*Augenblicke*», dann kehrt er auf seine Insel zurück. Später (von 1939 an) habe ich versucht, zu den anderen zu finden, ich habe alle Etappen der Zeit neu durchlaufen. Aber im Sturmschritt, auf den Flügeln des Zetergeschreis, unter der Peitsche der Kriege und der Revolutionen. Heute bin ich am Ende – und meine Einsamkeit ist mit Schatten und Werken überfüllt, die nur mir gehören.

■

Iguapa[1]. Ein Mann vorne auf der Fähre. Die Stadt, die Prozession. Der Mann und der Stein brechen zusammen. Der Besucher hebt den Stein auf, hält aber nicht an der Kirche, sondern geht zum Fluß. Er lädt den Stein auf ein langes Boot und fährt flußaufwärts zum Urwald, in dem er verschwindet.

■

Selbst meinen Tod wird man mir streitig machen. Dabei habe ich heute vor allem den Wunsch nach einem leisen Tod, der den von mir geliebten Menschen Frieden brächte.

■

Eines Abends, als ich zerstreut in einem netten Buch blätterte, las ich ohne zu stolpern: «Wie bei vielen leidenschaftlichen Menschen war der Augenblick gekommen, da der Glaube an sein Leben schwach wurde.» Eine Sekunde später ertönte der Satz erneut in mir, und ich brach in Tränen aus.

■

Etwas in mir hat unsere Epoche maßlos verachtet. Ich habe nie, nicht einmal in meinen schlimmsten Verfehlungen, meinen Sinn für die Ehre verlieren können, und oft hat mir angesichts der extremen Erniedrigung, die unser Jahrhundert betroffen hat, das Herz geblutet. Aber

1 Anmerkung zu *Der treibende Stein* in *Das Exil und das Reich*.

etwas anderes in mir hat diese Erniedrigung und den gemeinsamen Kampf auf sich nehmen wollen...

■

Komödie über die Presse.

«Nuancieren? Wenn ich in Ihrem Wortschatz noch einmal einem solchen Wort begegne, schmeiße ich Sie raus.

(Zum Theaterkritiker) dieser Autor hat hier keine Freunde. Bemühen Sie sich also, zu sagen, daß es sich um Ideen handelt. In Frankreich genügt heute schon der bloße Verdacht auf Intelligenz, um einen zu erledigen. Aber Sie werden bei jeder Gelegenheit schreiben, daß wir das intelligenteste Volk der Erde sind. Das Publikum akzeptiert die Intelligenz nur noch in stumpfsinnigen Sätzen.»

Schluß. Am nächsten Tag schreibt er den Artikel, in dem er alles enthüllt.

Das Publikum hat kein Gedächtnis – Wir sind sein Gedächtnis.

Szene mit dem Leser.

Blick auf die Zeitungen: Der eine, der Christus auf der Titelseite der Zeitung der Satten zur Schau stellt. Der Progressist, der die Lager liebt, usw.

3. Akt bei ihm. Asketisch.

Zum idealistischen Redaktionssekretär

«Ihre Zeitung sieht man nicht.»

«Man liest sie.»

«Eine Zeitung soll gelesen werden, aber mit Abstand. Man muß sie im Exemplar des Nachbarn in der Métro lesen können.»

«Wer sie beim Nachbarn liest, kauft sie nicht.»
«Nein, aber er spricht davon.»

■

28. Februar 1952. Ich entdecke Brasilien, Villa-Lobos – dank ihm besitzt die Musik wieder Größe. Meisterwerk – Ich sehe nur de Falla ebenso groß.

■

Wenn ich heute abend sterben müßte, stürbe ich mit einem furchtbaren Gefühl, das ich nicht kannte und das mich doch heute abend heimsucht. Das Gefühl, daß ich vielen Menschen geholfen habe und helfe – und daß niemand mir zu Hilfe kommt... Nicht stolz auf mich.

■

Medea – mit der Truppe des Antiken Theaters. Ich kann diese Sprache nicht hören, ohne zu weinen wie einer, der endlich seine Heimat wiederfindet. Diese Worte sind meine eigenen, diese Gefühle, dieser Glaube sind meine eigenen.

«Wie groß ist das Unglück des Mannes ohne Heimstatt.» – «Oh, macht, daß ich nicht ohne Heimstatt bleibe», spricht der Chor. Ich habe keine Heimstatt.

■

Nemesis. Die Trunksucht der Seele und des Körpers ist kein Wahnsinn, sondern ein Trost und eine Betäubung. Der wahre Wahnsinn lodert im Scheitel einer endlosen Hellsichtigkeit.

■

Keine Presse ist wahr, weil sie revolutionär ist. Sie ist nur revolutionär, weil sie wahr ist.

■

Ibsen (Kaiser und Galiläer[1]). Nach dem Olymp und Golgatha das Dritte Kaiserreich.

■

Polemik gegen H. R.[2]. Es ist das Massenaufgebot der *«Ténébrions»*. Im Littré lese ich unter *«Ténébrion»*: 1) Freund der intellektuellen Dunkelheiten. 2) Eine Art Käfer, dessen Larve im Mehl lebt. Wird auch Kakerlak genannt. Amüsant.

■

Unsere verfemten Dichter haben zwei Gesetze: die Verfemung und die Intrige.

■

Die Liebe in Gott ist offenbar die einzige, die wir ertragen, da wir stets uns selbst zum Trotz geliebt werden wollen.

■

1 *Kaiser und Galiläer* von Ibsen stellt die Frage, wie Wille und Moral einerseits, Liebe und Freiheit andererseits sich vereinbaren lassen.

2 H. R.: *L'Homme révolté* (*Der Mensch in der Revolte*).

Vgl. Romain Rolland. Das Leben Tolstois. S. 69. Das «Leben» im Roman.

Id. «Es ist schwierig, eine Frau zu lieben und nichts Rechtes zu tun.»

■

Die Bacchen[1]. Pentheus sollte sagen: «Ich will eure Maßlosigkeit nicht. Ich will vielmehr an meiner eigenen sterben.»

■

Sie sind die Revolte, der Stolz, die unbeugsame Mauer, die sich gegen die aufsteigende Knechtschaft aufrichtet. Sie werden diese Rolle niemand anderem überlassen – und wer auf andere Weise zu revoltieren trachtet, wird exkommuniziert.

Wie steht es nun eigentlich? Einer wartet darauf, daß die redlichste Zeitung, die es in diesen Zeiten gegeben hat und die mit den Opfern und der Arbeit Hunderter von Menschen geschaffen wurde, er wartet also, daß diese Zeitung in die Hände eines korrupten Finanziers übergeht, um in den Sold dieses Händlers zu treten, sobald die freien Menschen das Feld geräumt haben.[2] Der an

1 Plan für ein Stück, das (S. 52) den Titel *Die Bacchantin* erhält. Camus schließt sich ein weiteres Mal Nietzsche an, der *Die Bacchen* von Euripides in *Die Geburt der Tragödie* besprochen hat.

2 Anspielung auf *Combat*.

dere, der seinen alten Freund gegen mich verteidigt und beklatscht, schreibt mir zur gleichen Zeit, man dürfe nicht wirklich glauben, was dieser alte Dichter sagt, und schreibt mir von plötzlicher Angst erfaßt noch einmal, um mich anzuflehen, seinen Brief und seinen kleinen Verrat nicht an die große Glocke zu hängen. Noch ein anderer bittet mich um einen Gefallen; er wird ihm erwiesen, worauf er nach Hause geht und einen Artikel verfaßt, der mich beschimpft und zu dem er mir übrigens nachträglich schreibt, um die Wirkung abzuschwächen. Noch ein anderer, der fürchtet, schlecht beurteilt zu werden, weil er lange für einen Verlag gearbeitet hat, der mein Vertrauen mißbraucht hat, bittet mich um eine Aussprache, erhält einen Brief mit der Absage aus reiner Großmut, um ihn nicht mit seinem Arbeitgeber in einen Topf zu werfen, und stoppelt ungesäumt einen Essay zusammen, in dem er bedauert, daß die Moralisten von meinem Schlag eines Tages zu Polizisten werden müssen.

Dies sind unsere Champions, unsere im behaglichen Zelt der Verfemung zurückgezogenen Verfemten, die es nur verlassen, um zu intrigieren. Sie sind es, die unsere Freiheit sichern werden und die erklären, daß sie im herannahenden Gewitter die Fahne hochhalten werden. Dann wird die erste Ohrfeige des Polizisten sie in die Knie zwingen!

■

Fragment eines Briefes zu L'H. R[1].
Wir sind sehr wenige. Aber die Wahrheit geht der Effizienz vor. Man muß die letztere definieren, ehe man sich um die erstere kümmert. Was würde es nützen, Millionen zu sein, wenn das erste Gebot unserer Kirche lautete: Du wirst lügen? Das bedeutet keineswegs, daß die Effizienz keinen Sinn hat. Sie hat einen Sinn an zweiter Stelle. Das Überleben der Wahrheit ist kein weniger wichtiges Problem als die Wahrheit selbst. Es ist ein Problem, das *nachher* kommt. Das ist alles. Indessen muß es gelöst werden... Die Christen waren am Anfang zwölf – die Marxisten zwei.

■

Brief an A. Maquet.
Mir scheint, daß ich als Künstler und als Mensch mit dem gleichen Schritt voranschreite. Und das gehorcht keiner Absicht. Es ist ein Vertrauen, das ich in aller Bescheidenheit meiner Berufung entgegenbringe... Meine nächsten Bücher werden sich nicht von den Problemen des Augenblicks abwenden. Aber ich möchte, daß sie sich die Probleme unterwerfen, anstatt sich ihnen zu unterwerfen. Mit anderen Worten, ich träume von einer freieren Schöpfung mit dem gleichen Inhalt... Dann werde ich wissen, ob ich ein echter Künstler bin.

■

1 *L'Homme révolté* (*Der Mensch in der Revolte*).

Melville zufolge können die *remoras* oder Schiffshalter, diese Fische der Südsee, schlecht schwimmen. Deshalb haben sie nur eine Chance, vorwärtszukommen, indem sie sich auf dem Rücken eines großen Fisches festsetzen. Dann tauchen sie eine Art Rohr bis in den Magen eines Haifisches, pumpen sich von dort ihre Nahrung und pflanzen sich fort, ohne etwas zu tun, da sie von der Jagd und den Anstrengungen des Raubfisches leben. So sind die Pariser Sitten.

■

Es gibt einen Menschenschlag, der weiß, mit wem er sich Freiheiten erlauben kann. Vor allem mit einem, der sich nach Kräften bemüht, großzügig und loyal zu sein – und dem der Anstand verbietet, alle seine Vorteile zu nutzen.

■

Die Bacchantin. Zwei Dionysos: 1) Gott der Erde. Schwarzer Gott, männlicher Gott. Iakchos, ein personifizierter Schrei.[1]

2) Der dekadente Asiate: Wein und Wollust, Geschwätz. Jener, den Pentheus ablehnt.

In Eleusis gab es keine Initiation für die Mörder (Nero wagte es nicht) oder jene, «deren Stimme nicht richtig klingt».

1 Dionysos und Iakchos: zwei Namen für denselben Gott. Iakche war der Jubelruf während der Bacchanale.

Zweiter Tag der Mysterien: «Ins Meer, die Eingeweihten.» [1]

Um in die Unterwelt zu gelangen, muß Dionysos selber rudern.

3 Götter in Eleusis: Iakchos, Demeter (die Mutter) und Triptolemos.[2]

Sinn: Der Tod ist nicht schmerzhaft. Das irdische Dasein ist ein Tod, der Tod ist Befreiung.

Spur in Lukas: Laß die Toten ihre Toten begraben; gehe du aber hin und verkündige das Reich Gottes!

Dionysos I wird die Glieder des Pentheus wieder zusammenfügen[3]: «Hier ist dein Gott, freue dich, aber nur jener ist würdig, mich anzubeten, der bewiesen hat, daß er niemals der Ausschweifung der Seele und des Körpers nachgeben würde, dem falschen Gott, den ich mir stets vorangehen lasse. Nun öffnet sich dir die Weisheit.»

«Ah! Ich brenne vor Verlangen, sie zu kennen.»

«Hier ist sie: Du hast jetzt das Recht auf den Wahnsinn erworben...»

Pentheus und die Bacchantin brüllen ohne Unterlaß, während der Vorhang fällt.

1 Am 16. Boedromion, wenn der Schrei «Die Eingeweihten ins Meer» ertönte, eilten alle zum Hafen von Phaleron, um ein reinigendes Bad zu nehmen.

2 Iakchos ist der Sohn der Demeter und ihres Bruders Zeus, Triptolemos, ein Kuhhirte, der Demeter geholfen hatte, als sie ihre von Hades entführte Tochter Kora suchte, und den sie in alle Welt schickte, um die Menschen den Ackerbau zu lehren.

3 Pentheus wurde von den von Agave, seiner eigenen Mutter, angeführten Bacchantinnen zerrissen.

Oder... «Aber warte, bis alle schlafen. Horch. Alles schweigt. Jetzt hast du das Recht auf den Wahnsinn. Für dich allein. In der Einsamkeit. Und daß er nur dich töte!»

Dionysos II tritt auf, gefolgt von dem als skeptischer Dilettant (Silen?) verkleideten Dionysos I. «Genießen, genießen!»

Anfang: Greise laufen zu den Bacchantinnen.

Ein Philosoph (Tötet er? Wie tötet er? Tötet man richtig, usw. Er, der so trefflich tötet, und ich, der ich so tüchtig überlege... Wir werden Wunder vollbringen. Ich leihe ihm meine Überlegungen, und er tötet für mich.)

Ein Dichter.

Ein Priester: Priester, was gedenkst du mit ihnen zu machen?

Ein Händler.

Nihilisten.

Die Bacchantin: Sie will hin. Pentheus widersetzt sich. «Es gilt, die Stadt zu bewahren. Sie darf nicht der Liebe geopfert werden.» – «Sie darf die Liebe nicht opfern.»

Dionysos I und Pentheus: Wer bist du, um mit so viel Tugend zu prahlen. – Ich besitze keine Tugend. – Hast du keine Frauen begehrt. – Doch. – Hast du sie nicht genommen – Doch – Bist du nicht gewalttätig? (Er schlägt ihn.)

Der in Stücke gerissene Pentheus. Dionysos II und die Bacchantinnen feiern das Opfer.

Dionysos I erscheint und heißt sie schweigen.

II – Wer kann die Schreie des Wahnsinns zum Schweigen bringen?

I – Jener, der den Wahnsinn kennt und beherrscht.

Id. Ein Mann wie ich, ein Sklave, du hast keine Ahnung,

was in ihm steckt. Ich besitze genügend Zorn, um die Götter ins Gesicht zu schlagen, genügend Verlangen… um mir die Frau meines besten Freunds willfährig zu machen… Aber diese Hunde, die einander nachlaufen, wobei jeder vom Verlangen des anderen fordert, die Nachfolge seines eigenen Verlangens anzutreten, widern mich an. Ich, tugendhaft! (er lacht laut auf); ich wäre es gewiß gerne, aber mein Blut ist entflammt, und im Vollbesitz ihrer Kräfte vermag meine Intelligenz, sich alles vorzustellen.

■

Mit vierzig Jahren akzeptiert man die Vernichtung eines Teils des eigenen Wesens. Möge der Himmel wenigstens erlauben, daß all diese ungenutzte Liebe ein Werk aufrichte und zum Erstrahlen bringe, für das ich im Augenblick keine Kraft mehr habe.[1]

■

… Alle, ob Mann oder Frau, verlangen unablässig ihren Anteil, um mich zu vernichten, ohne mir jemals, jemals die Hand zu bieten, mir zu Hilfe zu kommen, mich endlich für das zu lieben, was ich bin, und damit ich bleibe, was ich bin. Sie halten meine Energie für grenzenlos und finden, ich müsse sie an sie verteilen, damit sie leben. Aber ich habe alle meine Kräfte in der verzehrenden Leidenschaft des Schaffens eingesetzt, und im übrigen bin ich der hilfloseste und bedürftigste aller Menschen.

■

1 Camus wurde am 7. November 1953 40 Jahre alt.

Roman. «Er hatte nicht mehr die Kraft, sie zu lieben. Lebendig blieb in ihm nur die Fähigkeit, von ihr alles zu erleiden, was in der Liebe Entbehrung oder Mangel ist. Sie konnte ihm nur noch Leiden schenken. Was die Freude angeht, so war sie erloschen.»

Id. «Man hatte meinen können, sie sei ganz und gar Ungehorsam, und es stimmt, daß dieses von Flammen gekrönte Geschöpf loderte wie die personifizierte Revolte. Aber sie war vor allem Annahme. ‹Ich akzeptiere, heute (mit dreißig Jahren) zu sterben, denn ich habe genügend Freuden erlebt. Und wenn ich nochmals leben müßte, wünschte ich das gleiche Leben, trotz allem extremen Unglück.›»

■

Ich glaube den Leuten nicht, die behaupten, sich aus Verzweiflung ins Vergnügen zu stürzen. Die wahre Verzweiflung führt stets nur zu Gram und Teilnahmslosigkeit.

■

Na schön! Jetzt sind Sie eine Hure wie die anderen!

■

Wer nichts gibt, hat nichts. Das größte Unglück besteht nicht darin, nicht geliebt zu werden, sondern nicht zu lieben.

■

Hin und her gerissen zwischen einem Menschen, der den Tod total ablehnt, und einem, der ihn total akzeptiert.

■

Zuviel weiße Blutkörperchen, zu wenig rote Blutkörperchen, und zudem fressen sie sich gegenseitig: Frankreich befindet sich im Zustand der Leukämie. Es ist nicht mehr in der Lage, einen Krieg zu führen oder eine Revolution hervorzubringen. Reformen, ja. Aber es ist verlogen, ihm etwas anderes zu versprechen. Zuerst sein Blut erneuern.

■

Stil. Vorsicht mit den Formeln. Manchmal sind sie wie der Donner: sie schlagen, ohne zu erhellen.

■

Boghari-Djelfa [1] – Die kleine Erg. Die äußerste und dürre Armut – und sie wird königlich. Die schwarzen Zelte der Nomaden. Auf dem dürren und harten Boden – und ich – der ich nichts besitze und nie etwas besitzen werde, bin wie sie.

1 Im Dezember 1952 besuchte Albert Camus allein im Wagen die Gegenden Südalgeriens. Die «königliche Armut» ist eine Vorstellung, die wir in *Das Exil und das Reich* wiederfinden. Laghuat hat den Rahmen zu *Die Ehebrecherin* geliefert. Die folgenden Aufzeichnungen betreffen beinahe alle die Vorbereitung des Novellenbands *Das Exil und das Reich*.

Laghuat und davor der felsige Hügel, bedeckt von den gefalteten Blättern der Kiesel – die unendliche Weite – die Nacht, die wie eine schwarze Woge aus der Tiefe des Horizonts herannaht, während der Westen rot wird, rosa, grün.

Die unermüdlichen Hunde der Nacht.

In der Oase die Lehmmauern, über denen die goldenen Früchte leuchten. Die Stille und die Einsamkeit. Und dann gelangt man auf einen Platz. Schwärme fröhlicher Kinder, die wie kleine Derwische herumwirbeln und beim Lachen alle Zähne entblößen.

Vielleicht ist es dann an der Zeit, von der Wüste zu sprechen, wo ich die gleiche Entspannung gefunden habe – Aus der Tiefe des Horizonts... Ich erwarte auch, hier Fabeltiere auftauchen zu sehen und, schlichter, hier ein nicht minder fabelhaftes Schweigen zu finden und diese Faszination...

■

Madame V. R. über Malraux, der nach Japan geht: «Er geht nur hin, um von dort zurückzukommen.» Aber so sind wir alle ein wenig.

■

Naivität des Intellektuellen von 1950, der meint, er müsse sich steif machen, um größer zu werden.

■

Sommersonnenwende. Novelle, die am längsten Tag des Jahres spielen würde.

■

Die Blumen über den hohen Mauern im Villenviertel von Algier. Eine andere Welt, aus der ich mich verbannt fühlte.

■

Tod des Concierge. Seine Frau liegt krank in einem großen Bett. Neben ihr, auf einem kleinen Klappbett, der Tote, den man zweimal täglich sehen kann, wenn man die Post holt.

«Auf Wiedersehen, mein Liebling, mein Käfer», sagt sie. «Wie groß er ist! Er war nämlich groß...» Der Sarg wird «auf die Kante gesetzt» und hochgestellt. Nur die Nachbarn folgen dem Trauerzug. «Wenn ich denke, daß wir noch vor drei Tagen gemeinsam einen *Diabolo-Menthe* getrunken haben.» – «Ich wollte ihn gerade bitten, die Gasleitung ersetzen zu lassen.»

Auf dem Friedhof sind wir zu viert. Ein Kloakenreiniger gibt jedem von uns eine Nelke, die wir gleich auf den schönen Gleichgültigen werfen werden.

■

In Buchenwald verlangt ein kleiner Franzose bei seiner Ankunft, unter vier Augen mit dem ihn empfangenden Beamten zu sprechen, der ebenfalls ein Gefangener ist: «Denn sehen Sie, ich bin ein Sonderfall, ich bin unschuldig.»

■

Novelle an einem fürchterlich heißen Tag, *in Paris*.

■

Roman – Deportiert. Frau und Kinder werden ebenfalls deportiert. Sie sterben. Nach der Rückkehr macht der überragend intelligente und sanfte Mann sich auf die Suche nach den Mördern... Er stößt ihn in ein Zimmer. Sagt ihm: Das habe ich dort drüben gelernt – man tötet nicht am gleichen Ort, an dem man demütigt. Es ist sauberer. Da ist das Telefon. Rufen Sie an. Sie haben Zeit.

■

Stück über Rückkehr und Wahrheit.

Szene I – Frau und Freundin erwarten ihn.

Szene II – Er kommt heim und sagt seiner Frau im Beisein der Freundin, daß diese seine Geliebte gewesen ist.

■

Novelle Brasilien[1]. Ein Urubu schnaubte, öffnete den Schnabel, traf ostentativ Vorkehrungen, aufzufliegen, knallte zweimal seine staubigen Flügel gegen seinen Körper, erhob sich zwei Zentimeter über den Dachfirst und fiel zurück, um beinahe sofort einzuschlafen.

■

1 Notizen zu *Der treibende Stein*.

Die Sterne fielen einer nach dem anderen ins Meer, der Himmel ließ seine letzten Lichter abtropfen.

■

Zuletzt trägt er den Stein in die elendeste Hütte. Die Eingeborenen drängen sich wortlos, um ihm Platz zu schaffen. In der Stille hört man nur noch das Rauschen des Flusses. – Hier sind wir die letzten, der letzte Ort unter den Letzten.

■

«Europa … Hunde.»

«Ich bin auch ein Hund. Ich habe gerochen und gefickt.»

«Kein Unterschied.»

«Ein kleiner. Ich schäme mich.»

«Aha! Sie sind reich!»

«Nein, nicht besonders. Aber auch sehr arm habe ich immer wie ein Reicher gelebt.»

«Und deswegen schämen Sie sich.»

«Deswegen. Und weil ich gelogen, gerochen und gefickt habe.»

«Schön. Da kann man nichts machen.»

«Nein.»

Id. «Man kann es nicht lassen. Man kann es nicht lassen. Und dann kommt ein Augenblick, da man nicht mehr kann.»

■

Novelle Hochebenen[1]. Der Mann kommt und erklärt selbst sein Verbrechen.

«Schau. Dies ist die Straße nach Djelfa. Du wirst einem Auto begegnen. Du hältst es an. In Djelfa gibt es die Gendarmerie und die Eisenbahn. Diese Piste hingegen überquert die Hochebenen. Einen Tagesmarsch von hier stößt du auf die ersten Weiden und die Nomaden. Sie werden dich aufnehmen. Sie sind arm und elend, aber dem Gast geben sie alles.»

Der Mann, der seit dem Vorabend schwieg, sagte nur:

«Sind sie Könige?»

«Ja», sagte Pierre. «Sie sind Könige.»

■

Novelle Die Stummen.

Arbeiter gehen nach dem Scheitern eines Streiks wieder in die Fabrik (Böttcherei). Sie schweigen. Der Tag in der Werkstatt.

Am Nachmittag hat der Arbeitgeber einen Schlaganfall. Der Vorarbeiter teilt es einem Arbeiter mit. Dieser sagt kein Wort. Kurz nach Arbeitsschluß weint er mit den Armen auf dem Tisch. «Auch das noch, auch das noch.»

1 *Der Gast.*

Novelle ganz in einem rasenden Rennen.

Am Pazifik. Kleine Stumme. Sie vermochte ihm nicht zu sagen, daß sie schwanger war. Er rennt mit ihr auf den Armen. Sie stirbt.

■

Novellen mit dem Titel: Novellen aus dem Exil[1].

1) Laghuat. Die Ehebrecherin.

2) Iguape – die menschliche Wärme, die Freundschaft des schwarzen Hahns.

3) Die Hochebenen und der Verurteilte.

4) Der Künstler, der sich verschanzt (Titel: Jonas).

Dann malt er nicht mehr. Mit den Händen auf den Knien wartet er. Jetzt bin ich glücklich.

5) Der Intellektuelle und der Gefängniswärter.

6) Ein verwirrter Geist – der progressistische Missionar kommt, um die Barbaren zu zivilisieren, die ihm die Ohren und die Zunge abschneiden und ihn versklaven. Er wartet auf den nächsten Missionar und tötet ihn voller Haß.

7) Novelle über den Wahnsinn.

■

1 Fünf dieser sieben Novellen finden sich in *Das Exil und das Reich*: *Die Ehebrecherin*, *Der treibende Stein* (Iguape), *Der Gast* (Die Hochebenen und der Verurteilte), *Jonas*, *Der Abtrünnige* (Ein verwirrter Geist). Die beiden Novellen über den Intellektuellen und den Gefängniswärter und über den Wahnsinn wurden aufgegeben. Der Band wurde mit *Die Stummen* vervollständigt.

Ein verwirrter Geist[1]. «O ihr Lügner, o ihr Lügner! Ich, ich kenne ihn. Er stellte den Blinden ein Bein, er sagte zu den Bettlern schmutziger Armer. Man hat ihn an eine Mauer genagelt, o du Lügner, und die Erde bebt. Ein Gerechter ist eben getötet worden.» Die Moral war gerettet. Da ist er, mit dem Kopf in der Mauer. Als sie ihn angenagelt haben, befand sich ein Nagel hinter seinem Kopf, und er ist eingedrungen wie jetzt in meinen eigenen. So ein Brei! So ein Brei! Und zuletzt hat man ihm die Zunge abgeschnitten. Das war, nachdem er gesagt hatte «Warum hast du mich verlassen?» Man würde ihn nicht weiterreden lassen, nein, man würde ihm nicht erlauben, auszupacken, ein Geständnis abzulegen...

Der Haß, das habe ich entdeckt. Der Haß weckt in mir den Gedanken an ein Minzeplätzchen, eiskalter Mund, leicht brennender Magen. Man muß böse sein, man muß böse sein. Ich bin ein Sklave, einverstanden. Aber wenn ich böse bin, bin ich kein Sklave mehr. Ihre Güte, ich spucke darauf.

...Da ist er. In der Wüste knallt die Detonation, weithin. Er ist gefallen, mit der Nase in den Steinen, dem zu Brei gewordenen Schädel, aber zusammengekrümmt. Die Arme kreuzförmig, die Arme kreuzförmig, habe ich geschrien. Aber im gleichen Augenblick sind Geysire von grauen und schwarzen Vögeln im unveränderlich blauen Himmel aufgestiegen. Fern, sehr fern witterte ein Schakal im Wind und setzte sich in leichten Trab, in Richtung des Toten.

1 *Der Abtrünnige.*

Zum Schluß wird er gekreuzigt. Unser Vater, der du bist im...

Wie soll einem je vergeben werden, wenn man lügt, da der andere nicht weiß, daß es etwas zu vergeben gibt. Man muß also wenigstens einmal die Wahrheit sagen, ehe man stirbt – oder bereit sein, zu sterben, ohne daß einem je vergeben wird. Es gibt keinen einsameren Tod als den eines Menschen, der in seine Lügen und seine Verbrechen eingeschlossen stirbt.

■

Anti-Europa. An der Pazifikküste in Chile. Ein fünfzehnjähriges kleines Mädchen folgt ihm überall mit den Blicken. Sie ist allein in einer Art Hütte. Er befragt sie. Sie antwortet nicht, aber sie schaut ihn an. Ihre schweigende Liebe im Angesicht des Meers.

■

Roman. «Wegen ihrer Art, sich hinzugeben, glaubte ich zwischen uns lange Zeit an eine Komplicenschaft im Verlangen. Und ich habe viele Jahre gebraucht, um zu erkennen, daß es für sie wie für die meisten Frauen stets nur eine Komplicenschaft in der Liebe gegeben hat.»

■

Ich habe immer das Meer an den Stränden geliebt. Und dann hat der Kramladen an den menschenleeren Stränden meiner Jugend zu blühen begonnen. Jetzt liebe ich nur noch die Mitte der Meere, dort, wo das Vorhandensein von Ufern unwahrscheinlich erscheint. Aber eines Tages, an den Stränden Brasiliens, habe ich von neuem erkannt, daß es für mich keine größere Freude gibt, als über einen unberührten Sand zu gehen, auf der Suche nach einem tönenden, vom Zischen der Wogen erfüllten Licht.

▪

Roman. Während der Besatzung entdeckt er, wie sehr er Nationalist geworden ist, an dem Verdruß, den er empfindet, als er einen streunenden Hund fröhlich einem deutschen Soldaten nachlaufen sieht.

▪

G. Schwierig, hinter seiner unendlichen Liebenswürdigkeit seine Überempfindlichkeit zu erraten. Man braucht Zeit. Und während dieser ganzen Zeit riskiert man, ihn zu verletzen.

▪

Roman. Unterschiedliche Rhythmen zwischen den Menschen, aber auch unterschiedliche Rhythmen bei ein und demselben Menschen. D. trödelt in einer begonnenen Verführungsgeschichte. Dann telefoniert er unvermittelt, fährt 1500 km, lädt sie zum Abendessen ein und nimmt sie in der Nacht.

▪

In Zukunft wirklich einsam, aber ich bin schuld.

▪

Man will Gefühle erleben, bevor man sie empfindet. Wir wissen, daß es sie gibt. Die Tradition und unsere Zeitgenossen liefern uns unablässig Berichte, die übrigens falsch sind. Aber dann erlebt man sie aus zweiter Hand. Und man nutzt sie ab, ohne sie empfunden zu haben.

■

Roman. «Gerade weil er ihr ein so großes Unrecht zufügte, suchte er jede noch so kleine Gelegenheit, bei der sie nicht zuvorkommend oder gar liebevoll genug zu sein schien. Und das machte er ihr zum Vorwurf, nicht etwa in der Hoffnung, seine Schuld je abzutragen, sondern um sie mit ihm zusammen in das gemeinsame Los einzubeziehen und sie weiterhin an seiner Seite leben zu lassen, aber jetzt auf der öden und der Liebe beraubten Erde.»

■

Was mich immer aus aller Niedergeschlagenheit gerettet hat, ist der Umstand, daß ich nie aufgehört habe, an das zu glauben, was ich in Ermangelung eines treffenderen Worts «meinen Stern» nenne. Aber heute glaube ich nicht mehr daran.

■

Sachs (*Derrière cinq barreaux*)[1]. «Man kann sehr wohl ohne den Katholizismus leben: Ich könnte nicht leben, ohne an Christus zu denken.»

1 Gallimard, 1952.

Zitiert Montesquieu: «Wenn die Menschen vollkommen tugendhaft wären, hätten sie keine Freunde.»

Zitiert Balzac: «Das Genie gleicht allen, und keiner gleicht ihm.»

«Man verrät nur richtig, was man liebt.»

«Man hat den Tod, den man verdient.»

«Die größten Schwierigkeiten hat man nicht mit den Leuten, denen man Unrecht tut, sondern mit den Zeugen der Angelegenheit, die sich freiwillig zum Richter aufwerfen.»

■

Die Tragödie besteht nicht darin, allein zu sein, sondern nicht allein sein zu können. Manchmal würde ich alles hingeben, um durch nichts mehr mit der Welt der Menschen verbunden zu sein. Aber ich bin ein Teil dieser Welt, und so ist es am tapfersten, sie und mit ihr die Tragödie zu akzeptieren.

■

Eine Inszenierung für Molières *Don Juan* schreiben.

■

Stück. Ein Mensch, der *nicht hassen kann*.

■

Die Menschen lernen nach und nach zu leben. Und ich, für den das Leben so selbstverständlich war, ich habe nach und nach verlernt zu leben, bis zu dem Punkt, an dem alle meine Handlungen und Gedanken zum Leiden oder zum Unbehagen der anderen und meiner selbst beitragen, zur unerträglichen Last dieser Welt, die ich doch anfänglich so sehr genossen habe.

■

Sippen von Hunden, die in Städten versammelt sind und an Ideen nagen.

■

Vaucluse. Das Licht wird am Abend zart und golden wie ein Likör und löst allmählich die schmerzenden Kristalle auf, die zuweilen das Herz verletzen.

■

Paar. Nur die Forderung schränkt die Forderung ein. Sie forderte nichts, außer nicht zu sterben, und ich schrie nach dem Leben.

■

Da er hinkte, pflegte er seinen Hut schief aufzusetzen.

■

Der russische Kritiker Rasumnik zu Majakowskis *Mysterium buffo*: «In Zukunft treffen sich der historische Sozialismus und der historische Christianismus.»

■

Char schlägt folgenden Wahlspruch vor: Freiheit, Ungleichheit, Brüderlichkeit.

■

Die Fortschritte der materiellen Lebensbedingungen verbessern mehr als notwendig und in einem sehr großen Maß das menschliche Wesen. Aber jenseits von diesem Maß, mit dem Reichtum, schaden sie ihm. Auf der Grenzlinie findet sich das wirkliche Gleichgewicht der Moral.

■

Jahrhundert der Abgeklärtheit. Die dermaßen verbreitete Gefahr einer Katastrophe verschmilzt mit der tödlichen Zukunft jeglichen Daseins. Mit seiner Zeit ins reine kommen bedeutet deshalb heute nichts anderes als mit dem Tod ins reine kommen. Dieses Jahrhundert der allerhöchsten Gefahr ist auch das Jahrhundert der allerhöchsten Abgeklärtheit.

■

Temps modernes[1].

Sie lassen die Sünde zu und verweigern die Gnade. Durst nach dem Martyrium.

■

Die Hölle ist das Paradies plus der Tod.

■

1 Es handelt sich um die Zeitschrift von Jean-Paul Sartre.

Die Hölle ist hier, sie muß gelebt werden. Nur diejenigen entgehen ihr, die sich dem Leben entziehen.

■

Wer wird für uns Zeugnis ablegen? Unsere Werke. Leider! Wer denn sonst? Niemand, außer diejenigen unter unseren Freunden, die uns in genau dem Augenblick gesehen haben, in dem das Herz sich rückhaltlos einem anderen hingab. Diejenigen also, die uns lieben. Aber die Liebe ist Schweigen: Jeder Mensch stirbt unbekannt.

■

September 52. Polemik mit T. M.[1] Angriffe «Arts» «Carrefour» «Rivarol». Paris ist ein Dschungel, und seine wilden Tiere sind mies.

■

Emporkömmlinge des revolutionären Geists, Neureiche und Pharisäer der Gerechtigkeit. Sartre, der Mensch und der Geist, *nicht loyal*.

■

1 Die Polemik mit *Les Temps Modernes* um *Der Mensch in der Revolte* erreichte ihren Höhepunkt im August 1952 mit Camus' *Lettre au directeur des Temps Modernes* und den Antworten von Sartre und Jeanson. In der vom 12. bis 18. September 1952 datierten Nummer von *Arts* gab Jacques Peuchmaurd seinem Artikel den Titel: «Nach André Breton empört sich Sartre. Ist Camus vielleicht der Duhamel seiner Generation?» *Carrefour* war eine Zeitschrift der Rechten, *Rivarol* der äußersten Rechten.

Der beste Freund. Einakter. X. bei den Zs. Man spricht von Y., dem besten Freund von X., der sich verspätet hat. X. verbreitet sich über seine Tugenden. Die Zs. erwähnen gewisse Vorbehalte von Y. gegenüber X. Die gleichen Tugenden werden nach und nach von X. als Fehler bezeichnet. Die Zs. sprechen von einem günstigen Urteil von Y. über X. X. beginnt sich im umgekehrten Sinn zu äußern. Y. kommt. X. stürzt sich auf ihn, um ihn zu umarmen. «Oh!» sagt Y. «Es tut gut, wieder unter Freunden zu sein.»

■

Die Duchoborzen[1]. Das Christentum ist innerlich. Es stirbt und aufersteht in uns. Jeder Christ hat zwei Namen. Einen körperlichen und einen geistigen, der ihm von Gott bei seiner geistigen Geburt und nach seinen Werken gegeben wird. Den letzteren Namen kennt auf Erden niemand; er wird in der Ewigkeit bekannt werden.

Unser Bruder ist keineswegs gestorben, unser Bruder ist vielmehr verwandelt.

■

Duchoborzen. Auf russisch die Geisteskämpfer.

■

1 Eine im 18. Jahrhundert in Rußland unter dem abendländischen Einfluß in der Art der Quäker, Freimaurer und Protestanten gegründete Sekte.

Eigentum ist Mord.

■

Praktische Moral.

Sich nie an die Gerichte wenden.

Das Geld verschenken oder verlieren. Es nie nutzbringend anlegen, es nie suchen, es nie fordern.

Titel: Kleine Abhandlung über die praktische Moral – oder (um zu provozieren) über die Alltagsaristokratie.

■

Polemik T. M.[1] – Gaunereien. Ihre einzige Entschuldigung beruft sich auf die furchtbaren Zeitläufte. – Irgend etwas in ihnen verlangt letzten Endes nach Knechtschaft. Sie träumten davon, auf einem edlen Weg voller Gedanken zu ihr zu gelangen. Aber es gibt keinen Königsweg zur Knechtschaft. Es gibt den Betrug, die Verunglimpfung, die Denunziation des Bruders. Und dann die Melodie der dreißig Silberlinge.

■

Das Süßwasser in Oran. Licht Afrikas: gieriges Aufflammen, das das Herz versengt. Ich war zu jung.

■

1 *Les Temps Modernes.*

Zuweilen, spät in einer Festnacht, wo der Alkohol, der Tanz und das wilde Sichgehenlassen eines jeden sehr rasch zu einer Art glücklicher Ermattung führten, schien mir wenigstens eine Sekunde lang, in der höchsten Ermüdung, daß ich endlich das Geheimnis der Menschen verstand und eines Tages fähig sein würde, es auszudrücken. Aber die Ermüdung verschwand und mit ihr das Geheimnis.

■

Brunetière plädierte bereits wie Sartre für das Situationstheater gegen das Charaktertheater. Worauf Copeau die Frage mit einem Satz abtat: «Die Situation ist wert, was die Charaktere wert sind.»

Id. Copeau zum «Handwerk», zum «gut gemachten» Stück. Man darf «Rezept» und «Handwerk» nicht verwechseln. Vgl. Corneilles *Abhandlung über das dramatische Gedicht*.

■

Jede Gesellschaft, und insbesondere die literarische, zielt darauf ab, daß ihre Mitglieder sich ihrer höchsten Tugenden schämen.

■

«Die Liebe zur Ferne» in der Commedia dell'arte. Die Prinzessin von Cleve, romantisch.

■

Roman. «Nicht sie war es, die er während jener Tage verabscheute. Nichts an ihr konnte man verabscheuen, und beinahe alles konnte man lieben. Er verabscheute sich selbst in ihr – und sein eigenes Ungenügen, seine Armut, seine Unfähigkeit zu lieben, was der Liebe wert war, zu leben, was er ihrer und seiner würdig wußte...»

■

Der Menschenschlag, der Geldkummer und Herzensschwierigkeiten hat.

■

«Die Verirrung, an verschiedenen Stellen zu lieben, ist ebenso monströs wie die Ungerechtigkeit im Geist.» Pascal.

■

Id. «Liebe und Vernunft sind ein und dasselbe.»

■

Zu der Bettlerin, die zudringlich wurde, sagt die Besitzerin des Restaurants, und sie zeigt dabei auf die Langusten essenden Gäste: «Versetzen Sie sich doch in die Lage dieser Herrschaften.»[1]

■

1 Unter einem Dutzend den Tagesereignissen entnommenen Notizen in der Zeitschrift *Démenti* veröffentlicht, Lüttich, 15. Oktober 1953.

Roman. Kranke Mutter. Da warf er sich an die Brust dieser siechen Frau und weinte an sie geschmiegt. Seit Jahren hatte er sich nicht mit einer solchen Regung einem Menschen gegenüber gehenlassen – er hatte niemand um Schutz gebeten. Ein paar Menschen hatten sich so ihm gegenüber gehenlassen. Er aber hatte sich nie bereit gefunden, sich gehenzulassen. Und jetzt wählte er dafür die Schwäche selbst und das Unglück.

■

Stück: Lespinasse Élisa[1].

Akt I: 1) Élisa und d'Alembert (sie spricht zu ihm von ihrer Liebe zu Gonzalve).

2) Élisa und Guibert (Liebe auf den ersten Blick).

3) Guibert erklärt Élisa seine Liebe (im kühlen Ton).

4) Man kündigt Gonzalves Rückkehr an.

5) Gonzalve und Élisa.

Akt II:

1) D'Alembert und Gonzalve.

2) Élisa und Gonzalve (erhält einen Brief und muß fort – Abschiedsszene).

3) D'Alembert und Élisa.

1 Dieser Entwurf zu einem Stück beschäftigt sich mit dem Leben von Julie de Lespinasse. Ein Mann, Mora, stirbt an der Liebe zu ihr, und sie wird an Liebe zu Guibert sterben, dem Verfasser eines *Essai général de tactique*, während d'Alembert im Hintergrund der ewig zaghafte Verliebte bleibt.

4) Guibert und Élisa. Sie gibt der Liebe nach, die sie mitreißt:

«Haben Sie denn keinen Verstand mehr? – Ist es wirklich Ihr Ernst?» Sie wendet sich um, hört wie er zu ihr eilt und fällt in seine Arme.

Akt III. Zerrissene Liebe – Gonzalves Tod. Sie ist in Guiberts Armen, d'Alembert kommt mit einem Brief herein: «Er ist tot.» Er liest und ruft: «Wißt ihr, was er mir schreibt? Daß er glücklich ist zu sterben, weil er meiner Liebe gewiß ist.»

Szene Guibert–Élisa: «Ah! Jetzt liebe ich dich wirklich», sagt sie.

Akt IV. Liebe im Mißverständnis. Sie will von Guibert geliebt werden wie von Gonzalve. Sie lieben mich nicht. Guiberts Heirat.

Akt V. D'Alembert und Guibert. Krank. Verbot, sie zu sehen. Sie ist entstellt. Er gesteht seine Liebe zu Élisa. D'A.: «Sie kommen zu spät. So geht es den Menschen, die unfähig sind zu lieben. Das Höchste ihrer Leidenschaft besteht darin, gegenstandslos zu lieben, sobald es zwecklos ist.»

Letzte Szene: Tod Élisas. «Stimmt es nicht, daß auch er verdiente, geliebt zu werden?»

«Ja, Élisa: Aber du hast es verdient, so geliebt zu werden, wie du geliebt worden bist.»

«Bin ich geliebt worden? Bin ich wirklich geliebt worden?»

Guibert kommt herein. «Gonzalve!» sagt sie.

Oder auch ich werde sterben, ohne daß er mir verziehen hat.

Wer, Guibert?

Nein. Guibert hat mich in die Liebe eingeführt, in der man etwas zu verzeihen hat. Aber der andere wußte nichts, er hat es nie gewußt. Wie hätte er mir verzeihen können?

■

Wenn meine Mutter ihre Augen von mir abwandte, konnte ich sie nie anschauen, ohne daß mir Tränen in die Augen traten.

■

R.: Heiratet eine Frau, die einen Geliebten gehabt hat (ihren Bräutigam). Sie gesteht es ihm offen. Er sagt, daß er sie liebt und daß es unwichtig ist. Rückblickende Eifersucht. Nächtelange Verhöre und Fragen. Am Tag nach der Hochzeit kauft er Fahrkarten nach der Stadt, wo der ehemalige Bräutigam lebt, um ihn «im Gesicht zu markieren» (in einen Korken gesteckte Rasierklingen). So geht es jahrelang. Er schreibt ihr beleidigende Briefe (Frau X. bei Frau A.). Dann zwingt er sie, von einer Freundin zu verlangen, mit ihm zu schlafen. «Ich bin beleidigt», erklärt er, dann zwingt er sie, den gleichen Dienst von ihrer Schwester zu verlangen, usw. (Verbot, in das Land ihrer Kindheit zurückzukehren, wo sie den X. kennengelernt hatte) usw. usw. Bis sie am Rand des Wahnsinns ist.

■

Gedichte über die Sehnsucht nach Algerien.

■

Jener erste, eher feuchte als regnerische Morgen hatte Marseille ein Pariser Pflaster verliehen, auf dem nur das Gemisch der Menge daran erinnerte, daß hier eine andere Welt begann. Und unvermittelt der Blumenmarkt an der Canebière. Die Stände bersten unter den wasserüberperlten, fetten, glänzenden Dezemberblumen, Anemonen, Ringelblumen, Narzissen, Gladiolen...

■

Auf See. Das Meer unter dem Mond, seine schweigenden Weiten. Ja, hier glaube ich das Recht zu haben, ruhig zu sterben, hier kann ich sagen: «Ich war schwach, aber ich habe mich doch nach besten Kräften bemüht.»

■

Tipasa. Notizen durchsehen.

■

Von Laghuat nach Ghardaïa. Die Dayas und ihre schemenhaften Bäume. Die zerklüfteten Chebkas. Reich der Steine, die am Tag brennen und in der Nacht gefrieren – und die unter diesem gewaltigen Druck zu Sand zersplittern. Sogar der Friedhof von Laghuat ist von Schieferscherben bedeckt, und dort vermengen die Toten sich im Gewirr der Steine. Sogar die mageren gepflügten Felder, denen man hie und da in der Wüste begegnet, und es geht nur darum, einen gewissen, zum Bauen brauchbaren

Stein zu finden. Wenn man in diesem Land pflügt, erntet man Steine. Die Erde ist so kostbar, daß man die wenigen Späne, die sich in den Vertiefungen ansammeln, zusammenkratzt und wie eine Wegzehrung in Körben transportiert. Das Wasser. Bis auf den Knochen, bis auf sein Schieferskelett abgeschabte Erde. Ghardaïa und die heiligen Städte mit ihrem Gürtel ockerfarbener Hügel, sie selbst mit einer Rüstung roter Mauern.

■

Wie jene Steine in der Wüste, die plötzlich aufeinander geschichtet sind und sich kaum von anderen Schichtungen unterscheiden, die aber den von der Armut unterrichteten Menschen die geheimnisvollen Wege weisen, die zum Wasser oder zum dürren Gras führen.

■

Dürre im Süden – das bedeutet Hungersnot – achtzigtausend Schafe sterben. Eine ganze Bevölkerung kratzt in der Erde auf der Suche nach Wurzeln. Buchenwald unter der Sonne.

■

In Wien lassen die Tauben sich auf Galgen nieder.

■

Für jeden Beruf ist in Frankreich ein Anteil an Fremdarbeitern vorgesehen. So nimmt der Anteil in den Bergwerken mit den größeren Tiefen zu. Land des Asyls, aber vor allen Dingen wünscht man Sklaven.

■

A. B. Deprimierter Luzifer von Oran.

■

Nicht vergessen – In Laghuat ein merkwürdiges Gefühl der Macht und der Unverwundbarkeit. Im reinen mit dem Tod, also unverwundbar.

■

Erklärung der modernen Greuel durch die Angst. Atom, sowjetische Prozesse, usw. Der Verrat der intellektuellen Linken.

■

Fragen der Zeit[1] – 10 französische Ärzte, zur Hälfte Juden, unterschreiben ohne irgendeine andere Information als das Kommuniqué der Regierung in Moskau eine Beifallserklärung zur Verhaftung ihrer sowjetischen Kollegen, die zu neun Zehnteln Juden sind. Der wissenschaftliche Geist siegt. Ein wenig später erklärt die gleiche Regierung diese Ärzte, die immer noch im Gefängnis sitzen, für unschuldig.

■

1 Veröffentlicht in *Démenti*.

Die Wüste und die Sanduhr.

■

Fragen der Zeit. Die Abgeordneten haben sich geweigert, für den Wohnungsbau die Milliarden zu bewilligen, die sie den Alkoholproduzenten gewährt haben. Zwei Fliegen mit einem Schlag: Die Elendswohnungen und die Alkoholproduktion nehmen gleichzeitig zu. Sechshundert Jakobiner, Riesen der Freiheit, auf den Knien vor den Kneipen.

■

Humanismus. Ich liebe die Menschheit im allgemeinen nicht. Zunächst fühle ich mich mit ihr solidarisch, was nicht das gleiche ist. Und dann liebe ich ein paar Menschen, lebende oder tote, mit so viel Bewunderung, daß ich immer eifersüchtig oder ängstlich darauf bedacht bin, bei allen anderen das zu bewahren oder zu beschützen, was sie aus Zufall oder an einem für mich nicht vorhersehbaren Tag den ersteren gleichmacht oder gleichmachen wird.

■

Torheit Fabres, des Verwalters des *Français*.[1] Er hielt nur die Welt der Spiegel für echt. Alles übrige war Spiegelung.

■

1 Émile Fabre, 1869–1955. Er leitete das Théâtre Français.

Benjamin Constant – Journal Intime[1]. «Die Genauigkeit der materiellen Beschreibungen des Lebens ist anziehend für einen, dem alles gleichermaßen gleichgültig geworden ist.»

Ein vernichtendes Urteil über Goethes Faust S. 59.

«...alle Völker (wie die Alten), die besessen haben, was dem Leben, dem Ruhm und der Freiheit Wert verleiht, haben gleichzeitig gespürt, daß man fähig sein mußte, das Leben gering zu schätzen und darauf zu verzichten. Die Leute, die uns gegen den Selbstmord predigen, sind gerade eben Menschen, deren Meinungen das Leben zu etwas Verächtlichem und Verlogenem machen, Anhänger der Knechtschaft und der Niedertracht...»

«Und ich bin meines Wissens der einzige, der für die anderen mehr zu empfinden vermag als für mich selbst, weil das Mitleid mich verfolgt...»

Vgl. S. 81. «Die Menschen, die für hart gelten...»

«Die Literatur und der Ruhm bringen Unruhe ins Leben, da sie zur Äußerung und Verteidigung der Meinungen zwingen.»

«Spaziergang mit Simonde. Er hat mir vorgeworfen, wie wenig ich mich für ihn und für alle Leute interessiere. Es weiß eben niemand... daß ich mich nicht in einer natürlichen Situation befinde, daß meine Beziehungen zu Biondetta mir völlig das Gefühl rauben, frei über mein Leben zu verfügen...»

Vgl. 133–134.

1 Die ungekürzte Ausgabe erschien 1952 bei Gallimard.

«Die Ambition ist viel weniger eigennützig als man glaubt, denn um in Ruhe zu leben, muß man sich beinahe ebensosehr anstrengen wie um die Welt zu regieren.»

«Mein Leben verrinnt wie Wasser.»

«Und ich habe dabei ein so widersprüchliches Gefühl der Kürze des Lebens, daß ich es gar nicht wichtig genug nehmen kann, um eine starke Entscheidung zu treffen, irgendeine.»

S. 201. Zur Zwecklosigkeit der Diskussion mit den französischen Literaten: «Man müßte damit anfangen, jeden Punkt zu erklären, um eine Frage zu diskutieren: andernfalls begegnet man nur Leuten, die einem vorwerfen, was man nicht gesagt hat, und man ermüdet sich völlig umsonst... Man muß schreiben, nicht disputieren.»

«Es gibt in der Religionslosigkeit etwas Rohes und Ausgedientes, das mich anwidert.»

Wenn ein Mensch ohne Ziererei großzügig ist, finden gerade jene, die sich an seiner Großzügigkeit bereichern, er tue nur seine Pflicht.

Vgl. S. 226. Man sucht umsonst, seine Verachtung zu verheimlichen, sie wird immer erraten und nicht verziehen.

245 – Tod von Madame Talma.

–... Und alle diese Leute, die sich als sensibel bezeichnen, taugen mir nichts als Gefährte in der Unbill, im Unglück, im Tod.

...Wenn man gegen seinen Willen eine Situation erträgt, die man verabscheut, macht die geringste Verschlimmerung des Unbehagens einen rasend.

Vgl. 348. Es ist mein Unglück, nichts zu lieben, und das macht die einfachsten Dinge hart.

Meine Seele lebt einsam. Ich liebe nur in Abwesenheit von Dankbarkeit oder Mitleid. Fügen wir kein Leid zu, aber vergessen wir nicht, daß ich mit keinem Menschen aus tiefstem Herzen leben kann.

■

Wenn die Kirche sich heute der Sache des Volkes annimmt, wird sie allem Anschein nach nicht vom Mitleid dazu bewogen, sondern von der Gewalt.

■

Roman. Sie glaubte nicht an die Liebe, und wenn er sie liebte, fühlte er sich in der Äußerung der Liebe lächerlich.

■

Cada vez que considero
Que me tengo de morir
Tiendo la capa en el suelo
Y no me harto de dormir.[1]

■

1 Spanische *copla*: Jedesmal wenn ich bedenke/daß ich sterben muß/lege ich meine Capa auf den Boden/und schlafe mich rundherum satt.

Ein Stück über die Albigenser.

■

Man schreibt mir: «Am Abend unseres Lebens werden wir nach der Liebe gerichtet werden.» Dann ist die Verurteilung gewiß.

■

Sie trug keusche Kleider, aber ihr Körper brannte.

■

Soschtschenko[1]: Sein Sozialismus wird kommen, wenn auf dem Asphalt Veilchen blühen.

■

Juden, die als Kultur seit 4000 Jahren existieren. Die einzigen.

■

Tolstoi schreibt: «Vom Leben und vom Tod.» Er geht weiter und beschließt, daß der Tod nicht existiert. Somit heißt sein Essay «Vom Leben». Siehe Tatiana Tolstois Tagebuch[2], S. 131: Geschichte der drei hingerichteten Freiwilligen.

■

1 Michail M. Soschtschenko (1895–1958), sowjetischer Schriftsteller und Humorist, der von Stalin verfolgt wurde.
2 Das Tagebuch der Tochter Tolstois erschien 1953 bei Plon.

Tolstoi gibt zu, daß das erste Gefühl, das man empfindet, wenn ein Bettler sich dem Haus nähert, unangenehm ist.

Er verläßt eine Aufführung von Siegfried und stößt dabei Beleidigungen aus.

Er haßte die unwissenden und dünkelhaften Revolutionäre, «die die Welt verwandeln wollen, ohne zu wissen, wo das wahre Glück ist».

■

15. Februar 1953.

Lieber P. B.[1]

Zunächst ein Wort zur Entschuldigung, um die ich Sie wegen Freitag bitten muß. Es handelte sich nicht um einen Vortrag über Holland, aber ich wurde im letzten Moment aufgeboten, um für jene Flüchtlinge Bücher zu signieren. Mir schien, daß ich diese Übung, der ich mich zum erstenmal unterzog, nicht gut ablehnen konnte, und ich glaubte, daß Sie mir diesen Zwischenfall verzeihen würden. Aber darum geht es nicht, sondern um die Beziehungen, die Sie als schwierig bezeichnen. Zu diesem Punkt läßt sich das, was ich zu sagen habe, sehr einfach ausdrücken: Wenn Sie auch nur ein Viertel meines Lebens und meiner Verpflichtungen kennten, hätten Sie keine Zeile Ihres Briefs geschrieben. Aber Sie können es nicht kennen, und ich kann und muß es Ihnen nicht er-

1 Entwurf eines Briefs an den Journalisten Pierre Berger. Er wurde am 4. Januar 1962 von der Wochenzeitschrift *Démocratie* veröffentlicht.

klären. Die «hochmütige Einsamkeit», über die Sie sich wie viele andere beschweren, die nicht immer Ihre Qualitäten haben, wäre schließlich, wenn es sie gäbe, ein Segen für mich. Aber dieses Paradies wird mir sehr zu Unrecht zugeschrieben. In Wirklichkeit ringe ich mit der Zeit und mit den Menschen um jede Stunde meiner Arbeit, zumeist vergeblich. Ich beklage mich nicht darüber. Mein Leben ist, was ich daraus gemacht habe, und für seine Zerstreuung und seinen Rhythmus bin in erster Linie ich verantwortlich. Aber wenn ich einen Brief wie den Ihren erhalte, möchte ich mich allerdings beklagen oder zumindest bitten, man möge mich nicht so leichtfertig anschuldigen. Um allem zu genügen, hätte ich heute drei Leben und mehrere Herzen nötig. Ich habe nur eines, dessen Qualität man, wie ich dies häufig tue, als mittelmäßig bezeichnen kann. Ich habe weder die Zeit noch vor allem die innere Muße, um meine Freunde zu sehen, wie ich dies wünschte (fragen Sie Char, den ich wie einen Bruder liebe, wie oft wir uns *im Monat* sehen). Ich habe keine Zeit, für die Zeitschriften zu schreiben, weder über Jaspers noch über Tunesien, nicht einmal um Sartre ein Argument wegzunehmen. Sie können mir glauben oder nicht, ich habe weder die Zeit noch die innere Muße, krank zu sein. Wenn ich krank bin, gerät mein ganzes Leben durcheinander, und ich muß wochenlang Verspätungen aufholen. Aber am schlimmsten ist, daß ich nicht mehr die Zeit und die innere Muße habe, meine Bücher zu schreiben, und ich brauche vier Jahre, um das zu schreiben, was mich in der Freiheit ein oder zwei Jahre gekostet hätte. Seit ein paar Jahren hat mein Werk mich übrigens nicht befreit, sondern unterjocht. Und wenn ich es fortführe, so deshalb, weil ich nicht anders kann und weil ich es allem vorziehe, sogar der Freiheit, sogar der Weisheit oder der echten Fruchtbarkeit und sogar, ja sogar der Freundschaft. Es stimmt, daß ich versuche, mich zu organisieren, meine Kräfte und meine «Präsenz» dank einem Pensum, einer Organisation meiner Tage, einer größeren Effizienz zu verdoppeln. Ich hoffe, eines Tages zu genügen. Vorläufig genüge ich nicht, jeder Brief zieht drei weitere nach sich, jede Person zehn, jedes Buch hundert Briefe und zwanzig Briefpartner, während das Leben weitergeht, während es die Arbeit gibt, die Menschen, die ich liebe, und jene, die mich nötig haben. Das Leben geht weiter, aber des Lärms müde, angesichts des endlosen Werks, das weitergeführt werden muß, entmutigt, und vom Wahnsinn der Welt angegriffen, der einen beim Aufstehen mit der Zeitung überfällt, und schließlich gewiß, daß ich nicht genügen und alle Welt enttäuschen werde, habe ich an manchen Morgen nur noch das Verlangen, mich hinzusetzen und auf den Abend zu warten. Und zuweilen gebe ich diesem Verlangen nach.

Können Sie das verstehen, B.? Gewiß, Sie verdienen, daß man Sie achtet und daß man mit Ihnen spricht. Gewiß, Ihre Freunde sind mindestens gleichviel wert wie meine (die weniger gelehrt sind, als Sie annehmen). Obwohl ich mir nur schwer vorstellen kann (und das ist keine Pose), daß jemand wirklich auf meine Achtung Wert legt, trifft es zu, daß Sie meine Achtung besitzen. Aber um diese Achtung in eine aktive Freundschaft zu verwandeln, bedürfte es eben einer echten Muße, eines langen Umgangs. Ich bin vielen wertvollen Menschen begegnet, das ist das Glück meines Lebens. Aber es ist nicht möglich, so viele Freunde zu haben, und das ist mein Unglück, das mich dazu verurteilt, zu enttäuschen, ich weiß. Ich verstehe, daß es für die anderen unerträglich ist, es ist unerträglich für mich. Aber es ist nun einmal so, und wenn man mich nicht auf diese Weise lieben kann, ist es normal, daß man mich einer Einsamkeit überläßt, die, wie Sie sehen, weniger hochmütig ist, als Sie sagen.

Wie dem auch sei, ich antworte ohne Bitterkeit auf Ihre Bitterkeit. Briefe wie der Ihre, geschrieben von einem Menschen wie Sie, besitzen nur die Gabe, mich traurig zu stimmen, und sind für mich ein zusätzlicher Grund, diese Stadt und das Leben, das ich hier führe, zu fliehen. Obwohl dies mein sehnlichster Wunsch auf Erden ist, habe ich im Augenblick keine Möglichkeit. Ich muß also diese merkwürdige Existenz weiterführen und das, was Sie mir sagen, als den meiner Ansicht nach etwas teuren Preis betrachten, den ich dafür zu bezahlen habe, daß ich mich in diese Existenz habe drängen lassen.

Verzeihen Sie mir, daß ich Sie enttäuscht habe, und seien Sie meines treuen Gedenkens gewiß.

■

Über das Theater.

Die «Gesetze» des Theaters. Die Handlung. Das Leben. Die Handlung und das Leben in den großen Werken.

Das Theater besteht aus Personen, aus den zum äußersten getriebenen Charakteren. Die Situationen sollen den gleichen Wert besitzen wie die Charaktere. Irrtümer in der Auffassung, der Inszenierung und der Interpretation als Folge der Unkenntnis dieser Wahrheit. Beziehungen des Stils und der Theaterkonvention. Weg zum großen Theater.

■

Roman. Ein Feigling, der sich für tapfer hielt. Und eine Gelegenheit genügt, um ihn das Gegenteil entdecken zu lassen – und er muß sein Leben ändern.

Id. Er beschließt, gegen die moralische Versuchung zu kämpfen. Er gibt *willentlich* seinen Instinkten nach, die stark sind.

■

Nemesis[1]. Es kommt vor, daß die Liebe tötet, aber ohne eine andere Rechtfertigung als sie selbst. Es gibt sogar eine Grenze, wo einen Menschen lieben gleichbedeutend ist mit alle anderen töten. In einer gewissen Sicht gibt es keine Liebe ohne persönliche und absolute Schuld. Aber diese Schuld ist einsam. Der Alibis der Vernunft beraubt, ist sie schwer zu ertragen. Man muß allein entscheiden, ob man liebt, und man muß allein die unberechenbaren Konsequenzen der wirklichen Liebe auf sich nehmen.

1 Nach dem Zyklus des Absurden und jenem der Revolte sprach Camus von einem Zyklus des Mythos der Nemesis, «Göttin des Maßes, Verderben der Maßlosen».

Dieser abenteuerlichen Einsamkeit zieht der Mensch ein laues Herz und eine Moral vor. Er hat Angst vor sich selbst und für sich selbst. Um sich zu schonen, lehnt er dann seine Verfassung ab. Und es ist sein größtes Anliegen, eine Rechtfertigung zu finden, um die Last seiner Schuld ein wenig zu erleichtern. Wenn man schon schuldig sein muß, dann wenigstens nicht allein. Militant.

■

Sich in der Liebe an das halten, was ist.

■

Roman. Thema der Energie.

■

Pasiphaë verlangt aus Keuschheit nach dem Stier. Er steht für die reine Lust, die blitzartige Lust, und nicht für jene wiederholten und abgeschabten Akte, jene Schreie, jene keuchenden Wonnen, jenen über Jahre hinweg verfolgten Rausch der Sinne, um ein unmögliches Verschmelzen zu erreichen. Der Stier, rasch und sengend wie ein Gott. – Pasiphaë (als er hereinkommt): O Reinheit!

■

Den Märtyrern bleibt die Wahl zwischen vergessen werden und mißbraucht werden.

■

Zu *Der Belagerungszustand* hinzufügen. Ministerium für Selbstmord. «Dieses Jahr nicht möglich. Die Gruppen sind komplett. Füllen Sie ein Formular für nächstes Jahr aus.»

■

Der Sex, seltsam, fremd, einsam, der unaufhaltsam und eigenmächtig beschließt, vorwärts zu gehen, der dann unwiderstehlich ist und dem man blind folgen muß, der sich, nach Jahren des Rasens und vor anderen Jahren sinnlichen Irrsinns, plötzlich weigert und verstummt – der in der Gewohnheit gedeiht, auf das Neue ungeduldig reagiert und erst in dem Augenblick auf die Unabhängigkeit verzichtet, da man bereit ist, seinen Durst völlig zu stillen. Welcher auch nur ein wenig Anspruchsvolle könnte je von ganzem Herzen in diese Tyrannei willigen? Keuschheit, o Freiheit!

■

Die Ehre hängt an einem Faden. Wenn er nicht reißt, dann ist es häufig pures Glück.

■

Angst vor meinem Beruf und vor meiner Berufung. Treue führt in den Abgrund, Untreue ins Nichts.

■

Eine mutige Krawatte.

■

Roman. Die beiden Söhne, die sich abwenden, als die kranke Mutter ihr Gebiß entfernt, ehe sie in den Operationssaal gebracht wird. Sie wissen, wie schwer ihr Schamgefühl es ihr machte, zuzugeben, daß sie falsche Zähne hatte.

■

Ich habe für mein Leben keine andere Rechtfertigung gefunden als dieses Streben zu schaffen. In beinahe allem übrigen habe ich versagt. Und wenn dies mich nicht rechtfertigt, verdient mein Leben nicht, daß ihm vergeben werde.

■

Man erträgt sich dank dem Körper – der Schönheit. Aber der Körper altert. Wenn die Schönheit verfällt, stehen sich nur noch die Psychologien gegenüber – und sie treten einander ohne Vermittler entgegen.

■

Es gibt Leute, die steif leiden, und andere, die geschmeidig leiden: die Akrobaten, die (bestallten) Virtuosen des Schmerzes.

■

Zwei gewöhnliche Irrtümer: Die Existenz geht der Essenz voraus oder die Essenz der Existenz. Sie gehen und erheben sich beide im gleichen Schritt.

■

Brief von Green. Jedesmal wenn man mir sagt, man bewundere den Menschen in mir, habe ich das Gefühl, mein Leben lang gelogen zu haben.

■

Zu Nemesis, Paris, 9. Juli 53.

Lieber Herr X., ich antworte mit Verspätung auf Ihren liebenswürdigen Brief. Aber die letzten Wochen sind für mich verweht wie der Wind. Dabei hat Ihre Sympathie und die Art, wie Sie ihr Ausdruck gegeben haben, mich mehr als angenehm berührt. Der verhüllte Glanz Ihrer Gedichte, ihr Aspekt «Lagune und Sonne», hat mir gut gefallen. Und ich bin glücklich, überdies Ihre Zustimmung zu spüren.

Die Maßlosigkeit in der Liebe, die tatsächlich allein wünschenswert ist, bleibt den Heiligen vorbehalten. Die Gesellschaften haben ihrerseits stets nur im Haß Maßlosigkeit hervorgebracht. Deshalb muß man ihnen ein kompromißloses Maß predigen. Die Maßlosigkeit, der Wahnsinn, der Abgrund, sie sind Geheimnisse und für einzelne auch Risiken, und man muß sie verschweigen oder allenfalls kaum andeuten.

Deshalb ist die Poesie die ewige Nahrung. Man muß

ihr die Hut der Geheimnisse anvertrauen. Was uns angeht, die wir in der Sprache aller schreiben, so müssen wir wissen, daß es zwei Weisheiten gibt, und manchmal vorgeben, eine von beiden, nämlich die höchste, nicht zu kennen.

Empfangen Sie meine besten Wünsche und herzliche Grüße.

■

Ich habe die Lüge stets abgelehnt (untauglich, auch wenn ich mich darum bemühte), weil ich die Einsamkeit nie habe akzeptieren können. Aber jetzt muß auch die Einsamkeit akzeptiert werden.

■

Wie wenn nach einer langen Krankheit ein Mensch stirbt, den man liebt. Und obschon man nichts anderes getan hat als warten, ist es, als hätte man sich die ganze Zeit des langen und breiten geschlagen, und plötzlich die Niederlage.

■

Es gibt Menschen, die mehr Mut nötig haben, um an einer gewöhnlichen Keilerei auf der Straße teilzunehmen, als um in die Feuerlinie zu rücken. Am härtesten ist es, Hand anzulegen an einen Menschen und vor allem, die physische Feindseligkeit eines anderen Menschen zu spüren.

■

V. «Zwei Werte für mich: die Zärtlichkeit und der Ruhm.»

■

Die göttliche Gnade auf einen B. O. F.[1] oder einen Schieber herabbeschwören – das ist eine Leistung. Bei einem Verbrecher ist es leicht.

■

Van Gogh bewunderte Millet, Tolstoi, Sully Prudhomme.

■

Tolstoi geht als junger Mann nach Sankt Petersburg, «um das Glück zu suchen». Resultat: die Spielkarten, die Zigeuner, die Schulden usw. «Ich lebe wie ein Tier.» (Tolstoi von Tolstoi, Briefe – 1879.)

Tolstois Bruder: «Ihm mangelten die Fehler, die notwendig sind, um ein großer Schriftsteller zu sein (Turgenjew zufolge).»

Id. Brief vom 3. Mai 59: «Wem tue ich Gutes? Wen liebe ich? Niemand. Ich habe für mich selbst weder Tränen noch Traurigkeit, nur eine kalte Reue...»

Id. 17. Okt. 60, nach dem Tod seines Bruders: «und

1 B. O. F.: «Beurre-Œufs-Fromage» – «Butter-Eier-Käse»; während der Besatzung eine Bezeichnung für die Leute, die mit Lebensmitteln Schwarzhandel trieben. (Anm. d. Ü.)

die Erfahrung von zweiunddreißig Jahren hat mich gelehrt, daß unsere Lage wahrhaftig furchtbar ist… Der zum höchsten Grad der Entwicklung gelangte Mensch entdeckt ganz klar, daß alles nur Lüge ist, Stupidität, und daß die Wahrheit, die er dennoch über alles liebt, schrecklich ist…»

Id. 61. Tolstoi fordert Turgenjew zum Duell, dieser entschuldigt sich bei ihm.

Id. 62. Haussuchung bei Tolstoi: Ein Oberst liest sein Tagebuch. T. schreibt an die Gräfin Alexandra Tolstoi, die am kaiserlichen Hof verkehrt: «Zum Glück für mich und für Ihren Freund war ich nicht da, denn ich hätte ihn getötet.» Antwort Alexandras, um ihn zu beschwichtigen: «Haben Sie Mitleid. Im Grunde ist niemand unerbittlicher als ein ungerecht behandelter Mensch, der sich in seiner Unschuld stark fühlt.»

62. Begegnung mit Sophie Bers: «Ich liebe, wie ich dies nie für möglich gehalten hätte. Wenn das so weitergeht, bringe ich mich um…»

65. «Ich bin glücklich, daß Sie meine Frau lieben. Obschon ich sie weniger liebe als meinen Roman, ist sie doch meine Frau, wissen Sie.»

Vgl. S. 285. Auffassung von André Wolkonskij in *Krieg und Frieden*.

65. Über eine Novelle von Turgenjew, die er nicht mag: «Die persönliche und subjektive Seite ist nur gut, wenn sie von Leben und Leidenschaft erfüllt ist, während die Subjektivität hier voller Leiden ist, ohne daß man das Leben spürt» (auf Rilke, Kafka usw. anzuwenden).

65. Seine Gleichgültigkeit gegenüber der Politik – be-

ständig – und starrsinnig. «Es ist mir gleichgültig, zu wissen, wer die Polen unterdrückt.»

Mit 50 Jahren versichert er immer noch, man solle keine Zeitungen lesen (S. 405).

«Im Sommer... da denke ich immer häufiger an den Tod und mit einem immer neuen Vergnügen.»

69. Er entdeckt Schopenhauer mit Bewunderung.

70. Schlaflos.

71. Als ein Freund stirbt. Er trauert ihm nicht nach, er «beneidet ihn eher».

72. An Strachow. «Geben Sie die erniedrigende Tätigkeit der Journalisten auf.»

Vgl. S. 320. Die Kurve, deren Scheitel Puschkin wäre; Tolstoi placiert sich selbst auf der absteigenden Linie.

72. «Die Langeweile besucht mich sehr selten, aber ich empfange sie stets mit Freude. Sie kündigt immer das Kommen einer großen intellektuellen Energie an.»

73. An einen Freund: «Bleiben Sie nicht in Moskau. Zwei Gefahren: der Journalismus und die Konversation.»

Vgl. S. 366. Über die Wüste und das primitive Leben.

76. «Es tut weh, sein Leben zu beenden, ohne es zu achten.»

77. «Ohne Religion kann man nicht leben, und doch können wir nicht glauben.»

78. Er bittet die Vorsehung jeden Tag, ihm «den Frieden in der Arbeit» zu schenken. Ach!

Vgl. S. 396. Gegen den Fortschritt.

■

Was sie bevorzugen, was sie melancholisch und gerührt stimmt, was sie sentimental macht, ist der Haß. In jedem Werk so die Summe des Hasses und die Summe der Liebe ermessen, die in ihm enthalten sind – und dann sieht man unsere Zeit mit Bestürzung.

■

Lope de Vega, fünf- oder sechsmal Witwer. Heute stirbt man weniger. Das Ergebnis ist, daß man in sich nicht mehr eine Kraft zur Erneuerung der Liebe bewahren, sondern sie vielmehr auslöschen muß, um eine andere Kraft auf den Plan zu rufen, die endlose Anpassung.

■

Das Anliegen der Pflicht nimmt deshalb ab, weil es immer weniger Rechte gibt. Nur wer hinsichtlich seiner Rechte kompromißlos ist, hat die Kraft für die Pflicht.

■

Nihilismus. Arme Schlucker, Gleichmacher und Disputierer. Die an alles denken, um alles zu leugnen, die nichts empfinden und es anderen überlassen – Partei oder Führer – für sie zu empfinden.

■

Ihr ganzes Bemühen zielt darauf ab, das Sein zu entmutigen. In der Literatur, zum Beispiel, ist es ihr ständiges Anliegen, den Schriftsteller am Schreiben zu hindern.

Vgl. D. M. Der Haß auf die Schriftsteller, wie man ihn in einem Verlag bekommen kann.

■

Die Tugend ist nicht hassenswert. Wohl aber jede Rede über die Tugend. Kein Mund auf der Welt kann sie halten, und erst recht nicht mein eigener. Desgleichen erschaudert jemand in mir, sooft von meiner Rechtschaffenheit die Rede ist (Erklärung von Roy[1]).

■

Titel: Der Haß auf die Kunst.

■

Der Künstler und seine Zeit. Tolstois wunderbare Zeilen über den Künstler lesen (Was sollen wir tun?? 373–9 und R. R.[2] S. 113)... «der Künstler... ist der Mensch, der glücklich wäre, nicht zu denken und nicht auszudrücken, was ihm in die Seele gelegt wird, und der doch nicht umhin kann, es zu tun...»

Dem gegenüber: «Die Gefühle unserer heutigen Gesellschaft beschränken sich auf drei: der Stolz, die Sinnlichkeit und die Lebensmüdigkeit.»

Bewundernswerte Briefe über seine Gewissensbisse (R. R. S. 189–190).

■

1 Jules Roy.
2 Romain Rolland.

Don Giovanni. Auf dem Höhepunkt aller Künste. Wenn man ihn fertig angehört hat, hat man die ganze Welt und die Menschen abgeschritten.

■

Konzentriert. Geschärft – Ich verlange nur eines, und ich verlange es bescheiden, obschon ich weiß, daß es exorbitant ist: mit Aufmerksamkeit gelesen zu werden.

■

Zuviel Sicherheit für das Herz des Kindes, und als Erwachsener wird es von den Menschen unablässig diese Sicherheit fordern – während die Menschen nur die Gelegenheit des Risikos und der Freiheit sind.

■

Roman. Eifersucht. «Ich achtete darauf, meine Phantasie nicht ausschweifen zu lassen. Ich hielt sie an der Leine.»

«Wer die Ehe bricht, ist dem oder der Verratenen gegenüber auf der Anklagebank. Aber es gibt kein Urteil. Oder das unerträgliche Urteil besteht vielmehr darin, ewig auf der Anklagebank zu sein.»

■

Faust. Endymion.[1] Der Tod des Königs. Der Ritus – Pandora[2] und das Ende des goldenen Zeitalters.

■

Ferrero[3]. «Endlich auf dem Baum des Lebens jene köstliche kleine Frucht pflücken, die heute so selten ist und die in vielen Jahren nur einmal blüht: Ruhe ohne Gewissensbisse.»

■

Das Talent bejaht sich in Frankreich immer *gegen*.

■

Seit Kolumbus ersetzt die horizontale Zivilisation, jene des Raums und der Quantität, die vertikale Zivilisation der Qualität. Kolumbus tötet die mediterrane Zivilisation.

■

1 Faust und Endymion sind zwei Gestalten des Mythos der ewigen Jugend.

2 Schon in *Sommer in Algier* (*Hochzeit des Lichts*) lesen wir: «Aus der Büchse der Pandora, in der alle Übel der leidenden Menschheit wimmelten, ließen die Griechen als letztes und schrecklichstes die Hoffnung schlüpfen.»

3 Guglielmo Ferrero (1871–1943), *Les Deux Révolutions françaises 1789–1796* (La Baconnière, 1951).

Ferrero. Widerspruch der Welt der Maschine: Sie schafft dank der Schnelligkeit der Produktion den Überfluß, und sie bedarf des Mangels, um zu gedeihen.

■

Die Natürlichkeit, als erstes.

■

Ferrero. Eine Zivilisation wie die unsere, die dazu neigt, die Quantität der Gegenstände ständig zu vermehren und ihre Qualität zu vermindern, muß in einer enormen und brutalen Orgie enden. Und das stimmt. Das Ende der Geschichte, von der unsere Fortschrittler sprechen, ist die Orgie.

■

Hegel. Das Maß, Synthese von Qualität und Quantität.

■

Ohne Tradition hat der Künstler die Illusion, seine eigene Regel zu schaffen. Nun ist er Gott.

■

Antäus, begraben am Fuß von Kap Spartel, an der Atlantikküste des heutigen Marokko.

■

Ferrero. Der Atlantik an den Pforten des Herakles, das ist die unendliche Schönheit, die sich in den engen menschlichen Geist einschleicht und dort eine vorläufige Gestalt annimmt.

■

Ferrero. Die ewige Stimme, die dem Künstler zuruft: «Schaffe Kunstwerke und treibe keine Ästhetik; entdecke neue Wahrheiten und treibe keine Theorie der Erkenntnis; handle, ohne dich darum zu kümmern, nachzuprüfen, ob die Geschichte sich getäuscht hat oder nicht.» Id. «Glaube an das Prinzip, zu dem du dich bekennst und sei kompromißlos. Aber wenn das Prinzip fällt, finde dich damit ab. Es war nur ein Augenblick der universellen Wahrheit.»

Vgl. S. 354: Die Kraft der Gesellschaft hat Grenzen. Dank der bloßen Wirkung der Konzentration und der Disziplin hat sie das griechische Epos, die griechische Tragödie und die griechische Skulptur hervorgebracht, die Ästhetik und die Moral von Platon und Aristoteles, das Römische Recht, die Kunst des italienischen Mittelalters und allgemein die romanische Kunst, Galilei, Pascal, Racine, Molière...

Dann die Entdeckung Amerikas, die Französische Revolution, die Maschine, die Epoche der Produktion.

Aber schließlich war das nötig, um die riesigen und hungrigen Volksmengen zu ernähren, die auf dem Erdball umherirren oder vegetieren (die prozentuale Zunahme des Menschengeschlechts nachprüfen). Vielleicht muß das mit der Unfruchtbarkeit bezahlt werden.

Frankreich, das die Kühnheit und das Genie besessen hat, jene großartige Französische Revolution zu machen, ist zugleich das Land, das aus Besorgnis am wenigsten dem Wahnsinn der Produktion nachgegeben hat.

■

Ferrero. «Früher oder später wird der beschränkende Willensakt zum Ausbruch kommen.»

■

Zu gewissen Menschen unterhalten wir Beziehungen der Wahrheit. Zu anderen Beziehungen der Lüge. Die letzteren sind nicht die kurzlebigsten.

■

Roman. «Ich habe an deiner Seite nichts zu schaffen. Ich habe dich nicht genügend geliebt, und du hast mich nicht genügend geliebt, als daß ich dir meine letzte Rechenschaft ablegen könnte. Ich muß allein zurechtkommen und allein sterben. Ich habe jahrelang darauf gewartet, daß du mir meine Fehler verzeihst und mich so annimmst, wie ich bin. Das hast du nicht getan. Ich habe also meine Fehler behalten, ich bin schuldig geblieben, und heute muß ich ins reine kommen, allein mit meinen Fehlern. Laß mich.

Und dann verzeih mir das Leid, das ich dir zugefügt habe. Und wenn du kannst, verzeih mir von ganzem Herzen. Das ist, was ich am nötigsten habe, dies zu entbehren hat mich so viele Jahre am Leben gehindert. Wenn dein Herz sich nur noch an die Liebe erinnerte, die es für mich hegt, bedeutete dies im Tod das Heil, das ich im Leben nicht erlangen konnte.»

■

Tocqueville (*Über die Demokratie in Amerika*): «Man hat den Eindruck, daß die Herrscher unserer Zeit nur danach trachten, mit den Menschen große Dinge zu vollbringen. Ich wünschte, daß sie darauf bedacht wären, große Menschen hervorzubringen.»

«Rußland ist der Eckstein des Despotismus in der Welt» (*Briefwechsel*[1]).

Napoleon, der mit der Revolution seines illegitimen Kinds niederkommt: dem Despotismus. T. zufolge ist die Aristokratie die natürliche Bremsung des Despotismus.

Diese Geister, «die den Geschmack an der Knechtschaft zu einer Art Zutat der Tugend zu machen scheinen». Auf Sartre und die Progressisten anwendbar.

«Was fehlt diesen Leuten, um frei zu bleiben? Was? Eben die Lust, frei zu sein.»

■

Id. Tocqueville. Ancien Régime und Französische Revolution. Bd. I.

Grundgedanke: Das Königtum hat das Instrument für

1 Briefwechsel zwischen Alexis de Tocqueville und Pierre-Paul Royer-Collard. Briefwechsel zwischen Alexis de Tocqueville und Jean-Jacques Ampère (Gallimard, 1951).

die Revolution geschaffen: den Zentralismus, der die Aristokratie und die Freiheiten der Provinzen gefällt hat.

«Es bleibt ewig zu bedauern, daß man den Adel niedergemacht und entwurzelt hat, anstatt ihn der Herrschaft der Gesetze zu unterwerfen. Mit diesem Vorgehen hat man ... der Freiheit eine Wunde beigebracht, die nie heilen wird.»

«Die demokratischen Gesellschaften, die nicht frei sind, können reich sein, raffiniert, sanft, sogar großartig, mächtig dank dem Gewicht der Masse ihrer Bürger, man kann in ihnen gute private Eigenschaften finden, gute Familienväter, ehrliche Kaufleute und achtbare Besitzer ... aber was man in solchen Gesellschaften nie finden wird, ich wage es zu behaupten, sind große Bürger und vor allem ein großes Volk, und ich scheue mich nicht, zu versichern, daß das allgemeine Niveau der Herzen und der Geister sich ständig verringern wird, solange die Gleichheit und der Despotismus in ihnen verbunden bleiben.»

Id. für unsere Progressisten. «Wir haben Leute gekannt, die ihre Unterwürfigkeit gegenüber den geringsten Vertretern der politischen Machthaber durch ihre Anmaßung gegenüber Gott aufzuwiegen glaubten und die alles aufgaben, was in den Doktrinen der Revolution besonders frei, besonders edel, besonders stolz war, und sich zur gleichen Zeit schmeichelten, ihrem Geist die Treue zu wahren, indem sie ungläubig blieben.»

Id. «Man schien die Freiheit zu lieben; in Wirklichkeit haßte man bloß den Gebieter.»

Vgl. S. 233. Die Grundidee des modernen Sozialismus, nämlich daß der Grundbesitz letzten Endes dem Staat zukommt, wurde von Ludwig XIV. in seinen Edikten gelehrt.

Vgl. S. 244. Die Franzosen waren 1789 stolz genug auf sich, um zu glauben, daß sie als Gleiche in der Freiheit leben könnten. Nachher …

Vgl. S. 245, Porträt Frankreichs.

Die *Beschwerdebriefe* des Adels von Paris und anderswo forderten die Zerstörung der Bastille.

■

Chopin (1810 geboren). Ausgezeichneter Schauspieler. Verweigert sich der Oper, weil er sich seiner selbst so sicher ist. Gratuliert Tallberg, der ein Nocturne gespielt und wie gewohnt entstellt hat: «Aber von wem war es denn?» Verschwenderisch und freigebig. Aber unerbittlich im Verkehr mit seinen Verlegern.

In Valdemosa die im Nebel verlorenen Möwen, die sich an allen Fensterscheiben des Klosters stoßen.

■

Der im Sterben liegende Tolstoi schrieb in die Luft.

■

Montherlant zufolge träumt jeder echte Schöpfer davon, ohne Freunde zu leben.

■

Im Irrenhaus von Broadmoor, wo die verrückten Verbrecher umerzogen werden, blutige Auseinandersetzungen um ein leeres Röhrchen Aspirin.

■

Idee für ein Theaterstück (wiederum in Broadmoor): Wenn der Böse auftritt, eine Tafel: «Auspfeifen.» Wenn der Held auftritt: «Klatschen.»

■

«Die Vereinigung von drei Personen, die durch eine sanfte Übereinstimmung der Neigungen, der Qualitäten und der Gemütsart verbunden sind, bildet in den Augen der Chinesen den Höhepunkt der irdischen Glückseligkeit...» Abel Rémusat.

Id. «Der Komplex der Inseln». Zwei Frauen sind nötig. Denn der Mann besitzt drei Seelen und die Frau vier. Dieses Dreieck ist auf diesem Quadrat im Ungleichgewicht. Aber auf zwei Quadraten bildet es eine vollkommene und solide Pyramide.

■

Der Winter macht in El Kantara halt, wo der ewige Sommer beginnt. Schwarzer und rosaroter Berg. Sagt Fromentin.

Nochmals Fromentin: Die Kleinkarierten bevorzugen in der Kunst das Detail.

«Bis zur letzten Minute des Tages bleibt die Sahara in vollem Licht. Die Nacht kommt hier wie eine Ohnmacht.»

«Le grand désert» von Daumas lesen.

■

Man kann nicht alles leben, was man schreibt. Aber man bemüht sich darum.

■

Kaliajew ist die Liebe im Winter. Victoria die Liebe in der Sonne.[1]

■

Johannes. «Wer da sagt, er liebe Gott, und liebt seinen Bruder nicht, der ist ein Lügner; denn wie kann er behaupten, Gott zu lieben, den er nicht sieht, wenn er seinen Bruder nicht liebt, den er sieht?» Mit dem Verwirrten Geist vergleichen, der sagt: «Wenn ich Gott nicht liebe, so deshalb, weil ich die Menschen nicht liebe, und wahrhaftig, weshalb sollte man sie lieben?» Id. Johannes. «Wenn ich nicht gekommen wäre und wenn ich nicht mit ihnen gesprochen hätte, wären sie ohne Sünde; aber jetzt haben sie keine Entschuldigung.»

■

Der Altruismus ist eine Versuchung, wie die Lust.

■

1 Kaliajew, ein russischer Revolutionär von 1905, wird in *Der Mensch in der Revolte* gepriesen und ist die Hauptperson in *Die Gerechten*. Victoria ist eine Gestalt in *Der Belagerungszustand*.

Tolstoi: «Man kann nur leben, solange man lebenstrunken ist» Bekenntnis (79).

Zur gleichen Zeit: «Ich bin in das Leben vernarrt... Es ist Sommer, köstlicher Sommer...»

■

Guilloux. Zu Beginn der Besatzung in Saint-Brieuc ist die Stadt kalt und regnerisch, die Läden sind leer. Es ist Morgen, er geht im Nieselregen durch die menschenleeren Straßen. Auf dem leeren Platz kommt ein Deutscher vorbei, er trägt ein Cape aus Wachstuch, das im Regen glänzt. Da betritt G. unter den tiefhängenden Wolken, in der furchtbaren Traurigkeit der Stunde, eine Kirche und betet, er, der erklärte Atheist (betet zu Maria, glaube ich). Und geht wieder hinaus. Sooft er seitdem versucht hat, diesen Augenblick der Resignation oder der Feigheit (er weiß es nicht, sagt er) niederzuschreiben, hat er es nicht vermocht oder nicht gewagt.

■

Roger Martin du Gard und der Tod seiner Mutter. Man verheimlicht ihr ihren Krebs. Man ändert die Etiketten auf den Arzneipackungen, usw. Aber nach ihrem Tod wird M. du G. von der Erinnerung an diese fürchterliche Agonie verfolgt, und er sagt sich, daß er sie nicht ertragen könnte. Die einzige Hoffnung bestünde darin, sich umzubringen. Aber ob er den Mut dazu hätte? Er versucht es, macht mit einem Revolver mehrere «Proben», spürt aber im letzten Augenblick (den Abzug betätigen), daß er nicht den Mut haben wird. Deshalb steigert sich seine Angst, er fühlt sich in die Enge getrieben, bis er die «Art und Weise» gefunden hat. Er nimmt ein Taxi, hält den Revolver an seine Stirn. «Auf der Höhe der dritten Straßenlaterne drücke ich ab.» Dritte Straßenlaterne, und er *spürt*, daß er auf diese Art und Weise abdrücken würde. Von da an ein ungeheures Gefühl der Freiheit.

Der gleiche sagt mir, daß er darunter leidet, auf nichts mehr Lust zu haben, nicht einmal zu leben (siehe seinen Brief). Die Inappetenz, von der Gide spricht. In Nizza plötzlich eine Hoffnung. Er sieht auf einer Tafel am Eingang eines Restaurants «Bouillabaisse», und *es gelüstet ihn danach*. Es ist seit Monaten sein erstes *Gelüst*. Er betritt das Lokal und ißt mit Vergnügen. Seitdem nichts mehr. Er lebt im Wartezimmer, schreibt er mir.

Der menschlichste Mensch, dem ich begegnet bin, das heißt der der Zärtlichkeit würdigste.

■

Stendhal. «Was ist das Ich? Ich weiß es nicht. Ich bin eines Tages auf dieser Erde erwacht, ich finde mich an meinen Körper gefesselt, an einen Charakter, an ein Geschick. Soll ich mir vergeblich die Zeit damit vertreiben, sie ändern zu wollen, und dabei vergessen, zu leben? Blödsinn. Ich unterwerfe mich ihren Fehlern. Ich unterwerfe mich meiner aristokratischen Neigung, nachdem ich zehn Jahre lang völlig aufrichtig gegen alle Aristokratie vom Leder gezogen habe.»

■

L'Impromptu des Philosophes in der Commedia dell'-arte.[1]

■

Ein «moderner» Titel: Der Haß auf die Kunst.

■

Schreiben natürlich. Veröffentlichen natürlich und für all das den Preis bezahlen, natürlich.

■

Das Verhältnis zwischen Kritiker und Schaffendem entspricht dem Verhältnis zwischen Händler und Hersteller. So sieht die Zeit der Händler die erstickende Vervielfältigung der Kommentatoren, dieser Zwischenhändler zwischen Hersteller und Publikum. Und so mangelt es uns heute nicht etwa an Schaffenden, sondern es gibt zuviel Kommentatoren, die den köstlichen und unfaßbaren Fisch in ihrem schlammigen Wasser ertränken.

■

Roman. Siehe Notizen Weissberg[2]. Die Tschekisten, die ihm zum Verhör eine mit Hakenkreuzen geschmückte Krone aus Goldpapier auf den Kopf und ein großes Hakenkreuz auf die Brust setzen und ihn dann schlagen.

1 *L'Impromptu des philosophes*: ein kurzer, für das Theater geschriebener Text von 1946.

2 Alex Weissberg, *L'Accusé* (Fasquelle).

Id. Der alte anarchistische Schneider, der seinen Standpunkt unmißverständlich darlegt. Der Richter beschimpft ihn: «Sie haben mich beleidigt, Bürger Richter, ich werde nicht mehr auf Ihre Fragen antworten.» Rekord des Verhörs: *einunddreißig Tage und einunddreißig Nächte*. Irrenhaus!

■

Roman. Erster Teil. Suche nach einem Vater oder der unbekannte Vater. Die Armut hat keine Vergangenheit. «An dem Tag, an dem X. auf dem Provinzfriedhof... entdeckte, daß sein Vater jünger gestorben war als er selbst in diesem Augenblick war... daß der Mann, der hier lag, seit zwei Jahren der Jüngere war, obschon er seit 35 Jahren hier lag... Er wurde sich klar, daß er nichts von diesem Vater wußte, und beschloß, ihn wiederzufinden...»[1]

Geburt während eines Umzugs.

Zweiter Teil. Die Kindheit (oder in den ersten Teil einbezogen) Wer bin ich?

Dritter Teil. Die Erziehung eines Menschen. Unfähig, sich den Körpern zu entreißen. Ah! Die Unschuld der ersten Akte! Aber die Jahre vergehen, die Menschen binden sich, und jeder fleischliche Akt fesselt, prostituiert, engagiert jedesmal mehr.

Er will nicht gerichtet werden (tatsächlich richtet er wenig), aber es läßt sich nicht vermeiden.

Zwei Personen:

1 Vgl. S. 27.

1) Der Gleichgültige: ohne Familienmilieu aufgewachsen. Ohne Vater. Die Mutter sonderbar. Kommt alleine zurecht. Etwas hochmütig, obschon höflich. Geht immer allein. Besucht Boxkämpfe und Fußballspiele. Liebt nur den Augenblick des Höhepunkts. Vergißt das übrige. Fordert gleichzeitig von den anderen die Zärtlichkeit, deren er unfähig ist. Lügt leicht, hat aber furchtbare Anfälle von Aufrichtigkeit. Ein wenig monströs. Heimlich bis zum äußersten, weil er große Teile seines Lebens vergißt, weil nur wenige Dinge ihn interessieren – Künstler gerade dank seinen Fehlern.

2) Der andere, sensibel und großzügig.

Am Schluß finden sie sich (und es ist der gleiche) bei der Mutter.

■

O Vater! Ich war wie irr auf der Suche nach diesem Vater gewesen, den ich nicht hatte, und nun entdeckte ich, was ich immer gehabt hatte, meine Mutter und ihr Schweigen.

Die fünf Sätze des Quintetts in g-Moll von Mozart.

■

Die Liebe und Paris. Algerien. «Wir waren unfähig zu lieben.»

Id. Kindheit in Armut. Leben ohne Liebe (nicht ohne Genüsse). Die Mutter ist keine Quelle der Liebe. Von da an ist lieben lernen das, was auf Erden am meisten Zeit braucht.

■

Zwei Menschen nähern sich mit Blicken an, ausschließlich (sagen wir die Kassiererin und der Konsument). Als die Gelegenheit sich bietet, umarmen sie sich ungestüm. Was sagt er? «Hast du Zeit?» Was sagt sie, was antwortet sie?

«Ich werde sagen, daß ich etwas zu erledigen hatte.»

■

In zwei Kräften mit der gleichen Spannung bildet der Fortschritt ein optimales Gleichgewicht. Er trägt den Grenzen Rechnung und unterwirft sie einem höheren Gut. Und nicht in einem vertikalen Pfeil, der voraussetzen würde, daß er grenzenlos ist.

■

Stück. Man erwartet ihn. Er kommt aus dem Lager zurück. Er sagt die Wahrheit über die Liebe (weil er versagt hat: Er weiß jetzt, was ein Mensch ist).

Szene mit seiner Frau im Beisein von ihrem Philint und G., der Frau ihres Philint. «Ich habe übrigens mit G. geschlafen... Dabei bin ich nicht sicher, ob du und Philint.» Philint: «Nein. Nicht etwa, daß G. nicht lecker wäre. Aber obwohl ich die Wahrheit nicht mag, will ich sie ausnahmsweise sagen. Als ich gemerkt habe, daß G. und du...» – «Wie?» – «Ja, ich wußte Bescheid. Von diesem Augenblick an wurde zwischen deiner Frau und mir alles unmöglich. Denn schließlich dieses Bäumchen wechsle dich, pfui! Du bist doch auch meiner Meinung, nicht wahr? Kommt doch morgen zum Abendessen. G. macht euch ihr Frikassee in Gelee. Niemand macht Frikassee in Gelee so gut wie sie.» Ende des Akts.

Und deine Zärtlichkeit? – Was ist mit meiner Zärtlichkeit? Sie war vorhanden wie alles, mit Unterbrechungen – Und die übrige Zeit? – Ich log natürlich. – Deine Lüge war mir lieber – Natürlich, du hast immer deinen Mittagsschlaf geliebt – Du bist wirklich ein Ungeheuer! – Und du, mein Engel?

Id. Mein Sohn zum Beispiel ist ein Dummkopf – Oho! sagt der Sohn – Da hast du's. Du protestierst. Die Reaktion eines Dummkopfs. Ein intelligenter Mensch gibt immer die Möglichkeit oder vielmehr die Wahrscheinlichkeit zu, irgendwo ein Dummkopf zu sein. Also ist mein Sohn ein Dummkopf (er schaut ihn an). Aber nicht ganz. Er stellt sich vielmehr dumm. Er ist schlau und weiß, daß die Dummheit auch nützlich sein kann, um Erfolg zu haben, sie ist die Feuerstätte, an der die Gesellschaft sich in der Runde wärmt.

Id. Der Sohn wird sozial. «Wenn das Soziale sich mit dem Privaten decken wird … – Dann wird deine Mutter intelligent? Na also … Man begehrt nicht mehr die Frau eines anderen? – Zweifellos – Warum? Wird deine vollkommen sein? – Nein … – Ich merke schon, worauf du hinauswillst. Du willst die soziale Kraft der anderen benützen, um die kleinen Probleme deines Privatlebens zu regeln. Laß das bleiben, mein Junge. Das Elend der anderen ist ihr Privatleben. Sie werden diese kleine Sache regeln, mach dir keinen Kummer. Aber rühre nicht daran. Oh! rühre nicht daran!»

Id. Aber er verliebt sich in Dominique. Und jetzt lügt er wieder.

■

Der Intellektuelle, der um Vergebung bittet.

«Das Schlimmste war das Evangelium. Ja, ich las das Evangelium, erstens, weil ich nichts anderes zur Hand hatte, und dann, weil ich im Verlauf der Lektüre gemerkt habe, daß es zwischen Jesus und mir mehr Gemeinsames gibt als zwischen einem Polizisten und mir. Und die heutige Zeit besteht zu drei Vierteln aus Polizisten oder Bewunderern von Polizisten.»

■

Ein Mensch, dessen Leben ausgefüllt ist, weist viele Annäherungsversuche zurück. Und aus dem gleichen Grund vergißt er dann seine Zurückweisungen. Aber die Annäherungsversuche kamen von Leuten, deren Leben nicht ausgefüllt war und die aus eben diesem Grund nicht vergessen. So macht der erstere sich Feinde und ist darüber verwundert. Das erklärt, weshalb beinahe alle Künstler sich verfolgt wähnten. Nicht doch, man reagierte auf ihre Zurückweisungen und strafte sie für ihr Übermaß an Reichtum. Keine Ungerechtigkeit.

■

Der erste Mensch.

Plan?

1) Suche nach einem Vater.

2) Kindheit.

3) Die glücklichen Jahre (Krankheit 1938). Das Handeln wie ein glücklicher Überfluß. Mächtiges Gefühl der Freiheit, als es vorbei ist.

4) Krieg und Widerstand (abwechselnd Bir Hakim und Untergrundzeitung).

5) Frauen.

6) Mutter.

Der Gleichgültige. Ein vollständiger Mensch. Umfassender Geist, geschmeidiger Körper, mit den Freuden des Lebens vertraut. Er will nicht geliebt werden, aus Ungeduld und weil er genau weiß, was er ist. Sanft und gut in der Illegitimität. Zynisch und furchtbar in der Tugend.

Er ist zu allem fähig, weil er beschlossen hat, sich umzubringen. Blausäure. Er stößt also zur Widerstandsbewegung und ist entsprechend von unglaublicher Verwegenheit. Aber an dem Tag, an dem er von der Blausäure Gebrauch machen sollte, *verzichtet er darauf.*

■

Der erste Mensch.

Suche nach einem Vater.

Das Krankenhaus. Die Mutter (und das Schriftstück der Gemeindeverwaltung, das man den zwei Frauen bringt, die auf dem Flur Kartoffeln schälen und nicht lesen können, und man muß den Amtsgehilfen des Bürgermeisters holen und ihm das Papier zurückgeben, damit er es vorliest), die Presse, Cheragas[1], usw. Er sieht, wie das

1 Gemeinde in Algerien, in der Gegend des Sahel.

Bild des Vaters sich abzuzeichnen beginnt. Dann verwischt sich alles. Letzten Endes gibt es nichts.

Es war immer so auf dieser Erde, wo vor 50, 70 Jahren . . . . [1]

■

1940 begegnet Maillol dem jüdischen rumänischen Maler V. B., der vor den Deutschen nach Collioure geflüchtet ist. Er begegnet ihm auf der Straße, erkennt in ihm einen Maler und fordert ihn auf, zu ihm zu kommen und ihm seine Zeichnungen zu zeigen. Am nächsten Tag geht V. B. hin, wird mit offenen Armen empfangen und erklärt seine Situation. «Sie sind hier zu Hause», sagt M. als einzige Antwort. Er läßt eine Tasse Kaffee bringen. Dann öffnet er die Mappe, während er V. B. zulächelt, und schaut sich endlich die erste, eindeutig surrealistische Zeichnung an. Eine Frau, die in einen Baum übergeht. Maillol platzt: «Nein, nein, das nicht, das ist nicht möglich. Raus!»

■

Nietzsche. «Alle reden von mir, aber keiner *denkt* an mich.»

■

Der Pranger. «Er verdient Tadel. Man muß seine häßliche Art tadeln, ehrlich zu scheinen, ohne es zu sein.» In

1 Was folgt ist unleserlich.

der ersten Person. Unfähig zu lieben. Er zwingt sich dazu, usw.

■

Was die linken Kollaborateure gutheißen, verschweigen oder für unvermeidlich halten, kunterbunt:

1) Die Deportation von über zehntausend griechischen Kindern.

2) Die physische Vernichtung der russischen Bauernklasse.

3) Die Millionen Insassen von Konzentrationslagern.

4) Die politischen Entführungen.

5) Die beinahe täglichen politischen Hinrichtungen hinter dem Eisernen Vorhang.

6) Den Antisemitismus.

7) Die Dummheit.

8) Die Grausamkeit.

Die Liste ist nicht vollständig. Aber es genügt mir.

■

Tolstois Tagebuch. Drei Dämonen:

1) das Spiel (Kampf möglich)

2) die Sinnlichkeit (Kampf sehr schwierig)

3) die Eitelkeit (der schwierigste von allen).

«Ich halte dafür», sagt er in einem Brief an seine Tante, «daß der Mensch ohne Religion weder gut noch glücklich sein kann... Aber ich glaube nicht.»

Id. «Die Wahrheit ist entsetzlich.»

■

Oktober 53. Edles Handwerk, wo man sich ohne Murren von einem Lakaien der Literatur oder einer Partei beleidigen lassen muß! In anderen Zeiten, die man als entwürdigend bezeichnet, hatte man wenigstens das Recht, ohne Lächerlichkeit herauszufordern und zu töten. Idiotisch, natürlich, aber es machte die Beleidigung weniger bequem.

■

Es gibt Leute, deren Religion darin besteht, die Beleidigungen stets zu vergeben, aber ohne sie je zu vergessen. Ich für mein Teil habe nicht das nötige Zeug, die Beleidigung zu vergeben, aber ich vergesse sie immer.

■

Diejenigen, die ihre Fruchtbarkeit zugleich Dostojewski und Tolstoi verdanken, die den einen wie den anderen gleich gut und mit der gleichen Leichtigkeit verstehen: sie sind für sich selbst und für die anderen immer gefährliche Wesen.

■

Oktober 53. Veröffentlichung von *Actuelles II*. Das Inventar ist abgeschlossen – der Kommentar und die Polemik. In Zukunft, das Schaffen.

■

Am Tag nach den großen historischen Krisen fühlt man sich genauso unzufrieden und krank wie am Morgen nach einer Nacht der Ausschweifung. Aber für den historischen Kater gibt es kein Aspirin.

■

Diese Gedanken, die man nicht ausspricht und die einen über alles erheben, in eine freie und frische Luft.

■

Man sagt, daß Nietzsche nach seinem Bruch mit Lou und dem Eintritt in eine endgültige Einsamkeit nachts in den Bergen spazierenging, die den Golf von Genua beherrschen, und dort große Feuer anzündete, deren Herabbrennen er betrachtete. Ich habe oft an diese Feuer gedacht, und der Schein ihrer Flammen tanzte hinter meinem ganzen intellektuellen Leben. Und wenn es vorgekommen ist, daß ich gewissen Gedanken und gewissen Menschen gegenüber ungerecht war, so deshalb, weil ich sie unwillkürlich mit diesen Bränden verglich, von denen sie augenblicklich in Asche verwandelt wurden.

■

Melville spricht in einem Brief an Hawthorne von Moby Dick: «Dies ist das geheime Motto des Buchs: Ego non baptiso te in nomine...»

Id. «Als ich dieses Buch schrieb, war ich mir einer allegorischen Konstruktion bewußt, auf der das ganze Buch und jeder seiner Teile ruhte.»

Id. Nachdem er M. D. fertiggestellt und den bewundernden Brief von Hawthorne gelesen hatte: «Ich empfinde ein seltsames Gefühl der Befriedigung und der Verantwortungslosigkeit; gar kein Verlangen nach Ausschweifung.»

Und dann «Ich spüre, daß ich diese Welt mit weniger Bitterkeit verlassen werde, nachdem ich Sie kennengelernt habe.»

Vgl. Das Thema der Erzählung «Das glückliche Scheitern»[1]: Lob Gottes wegen dieses Mißerfolgs.

■

Nietzsche. Man könnte die religiösen Menschen in die vorderste Reihe der Künstler aufnehmen.

■

Nietzsche: *Morgenröte*. «Nie etwas zurückhalten oder dir verschweigen, was gegen deinen Gedanken gedacht werden kann! Gelobe es dir! Es gehört zur ersten Redlichkeit des Denkens.»

Jenseits...: «Hat man Charakter, so hat man auch sein typisches Erlebnis, das immer wiederkommt.» Dann stellt sich das Problem: das Erlebnis finden und es benennen.

Genealogie...: «Jeder, der irgendwann einmal einen ‹neuen Himmel› gebaut hat, fand die Macht dazu erst *in der eignen Hölle*.»

■

1 Melvilles Erzählung *The Happy Failure* erschien 1954 in französischer Übersetzung.

Die «Polyphonie» gewisser Geschöpfe.

■

Nietzsche (*Menschliches, Allzumenschliches*): «Nicht lange darauf, und ich war krank, mehr als krank, nämlich müde, aus der unaufhaltsamen Enttäuschung über alles, was uns modernem Menschen zur Begeisterung übrigblieb...»

...«Hier (redet) ein Leidender und Entbehrender (...) wie als ob er *nicht* ein Leidender und Entbehrender sei.»

...«Einsam nunmehr (...) nahm ich Partei *gegen* mich und *für* alles, was gerade *mir* wehetat und hart fiel.»

Einziges und gigantisches Ziel: die Erkenntnis der Wahrheit.

Ewige Wiederkehr: Preisen, was ist, und sich dafür begeistern, daß es wiederkehre. (Ohne Metaphysik bleibt in der Tat nur dies.)

Briefchen an Lou (1882). «Zu Bett. Heftigster Anfall. Ich verachte das Leben.»

■

Notwendigkeit einer Aristokratie. Gegenwärtig kann man sich nur zwei vorstellen: die der Intelligenz und die der Arbeit. Aber die Intelligenz ist an sich keine Aristokratie. Die Arbeit auch nicht (in beiden Fällen sind die Beispiele offenkundig). Die Aristokratie ist nicht in erster Linie der Genuß gewisser Rechte, sondern die Akzeptierung gewisser Pflichten, die allein die Rechte legitimieren. Die Aristokratie besteht gleichzeitig darin, sich zu bestätigen und sich zurückzuhalten. Um aus sich herauszugehen (Definition der Pflicht), kann die Intelligenz sich nicht den Privilegien zuwenden. Die einen sind Teil ihrer selbst, die anderen sind das Gegenteil der Intelligenz. Und die Pflicht besteht nicht darin, sich zu bestätigen oder zu unterdrücken, sondern das, was man bejaht, dienstbar zu machen. Sie kann sich also nur der Arbeit zuwenden, die ihre Pflicht und ihre Grenze ist. Die Arbeit kann sich ihrerseits nicht der unbewußten oder bewußten Verdummung zuwenden (generalisierte Demütigung der Intelligenz), die entweder sie selbst oder ihr Gegenteil ist (siehe oben). Sie kann sich also nur der Intelligenz zuwenden. Letzten Endes sind in der Gegenwart die Aristokratie der Arbeit und jene der Intelligenz nur möglich, wenn sie sich gegenseitig anerkennen und anfangen, einander entgegenzugehen, um eines Tages ein einziges überlegenes Bild des Menschen durchzusetzen.

■

Die Notwendigkeit, einen Teil seines Lebens zu verbergen, gab ihm einen Anstrich von Tugend.

■

Die einzige Quelle der Aristokratie ist das Volk. Zwischen den beiden gibt es nichts. Dieses Nichts, das die Bourgeoisie seit 150 Jahren bildet, versucht der Welt eine Gestalt zu geben und gelangt nur zu einem Nichts, einem

Chaos, das sich nur dank seiner alten Wurzeln noch selbst überlebt.

■

Walpole. «Sein gesunder Menschenverstand reichte bis zum Genie.»

■

Brupbacher[1]. «Niemand sollte mehr Philanthropie oder mehr Moral produzieren, als er natürlicherweise sekretiert.» Er war der Ansicht, daß die Aufgabe des militanten Philosophen darin besteht, in allen Klassen alle Faktoren der Freiheit zu fördern.

■

W. Whitman. «Wenn die Freiheit irgendwo auszieht, ist sie nicht das erste, was weggeht. Sie wartet, bis alle anderen fortgehen, sie ist die Allerletzte.

■

Van Gogh, an eine Frau aus dem Volk gekoppelt, Christine, die er im Stich läßt, während sie im Entbindungsheim liegt. Gauguin erwachte in der Nacht und sah den über ihn geneigten van Gogh, der ihn unverwandt anstarrte. In der Irrenanstalt von Saint-Rémy schlägt der Graf von G. mit einem Stück Holz auf seine Brust

1 Fritz Brupbacher: *Socialisme et liberté*. (La Baconnière 1954).

und sagt immer wieder: «Meine Geliebte, meine Geliebte!»

■

In den Anmerkungen, die Band VI seines Theaters begleiten, erzählt Salacrou die folgende Geschichte: «Ein bald zehnjähriges kleines Mädchen erklärt: ‹Wenn ich groß bin, trete ich der grausamsten Partei bei.› Auf Befragen erläutert sie: ‹Wenn meine Partei an der Macht ist, habe ich nichts zu fürchten, und wenn es die andere ist, habe ich weniger zu leiden, weil ich von der weniger grausamen Partei verfolgt werde.›» Ich bin von dieser Geschichte eines kleinen Mädchens nicht eben überzeugt. Aber ich kenne diese Überlegung sehr gut. Es ist die uneingestandene, aber wirksame Überlegung der französischen Intellektuellen von 1954.

■

Dostojewskis Vater ließ die Bauern auspeitschen, die ihn grüßten, und die, die ihn nicht grüßten. Seiner Meinung nach zeigten sie sich in beiden Fällen anmaßend. Seit seine Frau, die er zu quälen pflegte, gestorben ist, betrinkt er sich abends und redet mit ihr, wobei er abwechselnd eine Frauenstimme und eine Männerstimme anschlägt. Er wird ermordet. Der Kopf zerschmettert, das Geschlecht zwischen zwei Steinen zerquetscht. Zwei Monate später sieht D., der seinen Vater haßte, eine Beerdigung, stürzt und röchelt.

■

Id. Speschniow (der Anhänger Petraschewskis[1] – «Der Mann der Ironie, der Freiheit und der Macht») und «jeder trägt die Schuld an allem, für alle». Die Etymologie von Stawrogin: *stauros*: das Kreuz.

■

Haß des Russen auf die Form, die beschränkt. Sie haben die Revolution auf die Spitze getrieben. Berdjajew notiert irgendwo, daß sie nie eine Renaissance hatten. Immer die Beängstigung. Id. Berdjajew zufolge hatte das Fehlen einer Ritterschaft unselige Folgen für die moralische Kultur Rußlands.

■

Carlyle, Nietzsche, Dostojewski, sind sie Revolutionäre? Man nennt sie doch Konterrevolutionäre.

■

Bearbeitung der Besessenen.

Vgl. Berdjajew. «Schatow, Werchowenski, Kirillow sind lauter Bruchstücke der fragmentierten Persönlich-

1 Petraschewski sammelte um sich einen Kreis von Intellektuellen, in dem die neuen Ideen diskutiert wurden. Dostojewski und sein Bruder Michail verkehren von 1847 an mit ihnen. In diesem Kreis vertrat Nikolaj Speschniow eine radikalere Richtung. Er war eines der Vorbilder für Stawrogin. In der Nacht vom 22. auf den 23. April 1849 wurden Dostojewski und 33 Mitglieder des Kreises um Petraschewski verhaftet.

keit Stawrogins. Die Rätsel Stawrogins, das Geheimnis Stawrogins, ist das einzige Thema der Besessenen.»

Dostojewskis These: Die gleichen Wege, die das Individuum zum Verbrechen führen, führen die Gesellschaft zur Revolution.

Werchowenski: «Die wichtigste Kraft der Revolution ist die Schande, eine eigene Meinung zu haben.»

Vgl. Guardini[1], SS. 40–41 und 202.

■

Ein Priester, der im Sterben bedauert, seine Bücher zurücklassen zu müssen? Aber bitteschön, das heftige Vergnügen des ewigen Lebens übertrifft doch bei weitem die wohltuende Gesellschaft der Bücher.

■

8. Mai, Dien Bien Phu gefallen. Wie 1940 ein gemischtes Gefühl der Schmach und der Wut.

Am Abend des Gemetzels ist die Bilanz klar. Politiker der Rechten haben unselige Menschen in eine Lage gebracht, die sich nicht verteidigen ließ, während zur gleichen Zeit die Männer der Linken ihnen in den Rücken schossen.

■

1 Romano Guardini, *L'Univers religieux de Dostoïevski* (Le Seuil, 1947).

Johnson zufolge (Boswell[1]) besteht die vollkommene Höflichkeit darin, keinerlei Spur irgendeines Berufs zu zeigen, sondern im Gegenteil in allem Benehmen und unter allen Umständen eine allgemeine Ungezwungenheit zu besitzen.

Id. Wieder heiraten: «Der Sieg der Hoffnung über die Erfahrung.»

Id. Ein Freund von J.: «Ich habe zu meiner Zeit versucht, ein Philosoph zu sein, aber ich wurde immer, ich weiß nicht warum, durch die Fröhlichkeit unterbrochen.»

Id. «Sie werden sehen, wenn wir eine Zeitlang zusammen sind, daß mein Bruder sehr unterhaltsam ist.»

«Ich werde warten, mein Herr», sagt J.

■

Sokrates lernte in vorgerücktem Alter tanzen.

■

Johnson: «In seinen Vergnügungen ist kein Mensch ein Heuchler.»

Ehe er stirbt, kommt ihm ein «merkwürdiger Gedanke»: In unserem Grab erhalten wir keine Briefe.

■

1 James Boswell, *Vie de Samuel Johnson* (Gallimard, 1954).

Don Juan Faust[1]

1) Recht haben

2) Nichts ist erlaubt

3) Er willigt in die List der Franziskaner ein, die ihn töten.[2]

Aix-en-Provence? Romantik?

Sganarelle wäre Herr Nichts im Impromptu der Philosophen. Er ist es, der meldet «Er wird nicht kommen» (er liest Doña Annas Vater die Leviten, während sie Don Juan über seine Laster ausfragt)

Don Juan ist Faust ohne den Pakt – (ausführen)

Akt III, in Brasilien mit den Sklaven. Akt IV, Akt V wird Mann und einsam. *Einsam mit allen.*

D. J. Pakt mit dem Teufel, aber ohne den Teufel. *Auf die Welt setzen,* die sinnliche Empfindung und das Genießen. *Auf die Gerechtigkeit setzen* ist ebenfalls paktieren.

■

Auf Wunsch von Massignon schreibe ich dem Präsidenten der Republik einen Brief, um ihn zu bitten, die zum

1 Entwurf zu einem Stück, das die Mythen von Don Juan und Faust in einer Person verschmolzen hätte.

2 Vgl. *Tagebuch Mai 1935 – Februar 1942*: «Zu Don Juan. Siehe Larousse: Die Franziskaner töteten ihn und erzählten, er sei vom Komptur erschlagen worden.»

Tode Verurteilten von Mokhnine zu begnadigen.[1] Ein paar Tage später finde ich die Antwort in der Zeitung: Drei Verurteilte sind erschossen worden. *Vierzehn Tage nach der Hinrichtung* werde ich vom Kabinettsvorsteher benachrichtigt, daß der Präsident meinem Brief «seine Aufmerksamkeit geschenkt» und ihn an den Oberregierungsrat weitergeleitet hat. Verträumte Bürokratie.

■

Von elf Millionen Lohnempfängern sind zwei Millionen in einer Gewerkschaft. 1947 gab es sieben Millionen Gewerkschaftler.

■

Stück. Ein glücklicher Mensch. Und niemand kann ihn ertragen.

■

Im Wasser wird die Schildkröte zum Vogel. Die große Schildkröte der warmen Meere schwebt in den lauen Wassern wie ein schöner Albatros.

■

Atonale Musik, Musik für die Stimmen, für die fiebernde Stimme des modernen Menschen.

■

1 1954 wurden sieben Tunesier zum Tode verurteilt, weil sie drei Polizisten ermordet hatten. Camus' Brief an den Präsidenten Coty datiert vom 12. April 1954.

Brief an M. «Verfluchen Sie das Abendland nicht. Ich selbst habe es während seiner Glanzzeit verflucht. Aber heute, da es unter der Last seiner Fehler und seines zu lange dauernden Ruhms zusammenbricht, will ich es nicht zu Boden drücken… Beneiden Sie die Bewohner des Ostens nicht um das den Göttern der Geschichte gebrachte Opfer der Intelligenz und des Herzens. Die Geschichte hat keine Götter, und die vom Herzen erleuchtete Intelligenz ist der einzige Gott, der je in seinen tausend Gestalten auf dieser Welt begrüßt worden ist.»

■

Tschechow: «Wesentlich ist für einen Schriftsteller nicht der Ruhm… sondern die Geduld, ihn zu ertragen.» – «Sein Kreuz auf sich nehmen und die Hoffnung nicht verlieren.»

■

Die Schule der Kritiker: die «Gesetze» des Theaters.

«Wenn ich recht verstehe, Monsieur, muß ich peinlich genau die Gesetze einhalten, die zu brechen weder Aischylos noch Shakespeare, noch Calderón, noch Corneille, noch irgendeiner der genialen großen Dramatiker je Hemmungen hatte.»

«Es wäre richtiger, zu sagen, daß nur Shakespeare, Aischylos und die anderen sich erlauben konnten, diese Gesetze zu brechen.»

«Wenn ich Ihrem Rat folge, werde ich also weder der eine noch der andere dieser großen Schöpfer sein.»

«Erheben Sie Anspruch darauf?»

«Zu sein, gewiß nicht. Aber zu werden. Andernfalls – weshalb schreiben? Ich werde scheitern, das ist so gut wie sicher. Aber den Versuch unternommen zu haben, wird meinem Leben einen Geschmack geben, den Sie mir von vornherein rauben. Und genaugenommen ist Shakespeare aus hundert anmaßenden und verzweifelten Narren entstanden, die Shakespeare sein wollten. Was Feydeau angeht, so ist er nur aus Feydeau hervorgegangen (wohlgemerkt, ich lache dabei, aber nur selten mehr als einen Akt lang).»

■

Stück. König Lear ist heute ein Patrizier, dem die Sozialisten seinen Besitz weggenommen haben.

Id. Ein Caligula, der nicht mehr die Welt anklagt, sondern sich selbst.

■

Tod von Marcel Herrand[1].

■

Die tugendhaften Menschen sind oft kleinmütige Bürger. Der wahre Mut wurzelt in einer Ausschweifung.

■

1 Erinnerung an den Tod von Marcel Herrand im Jahre 1953, eine Woche vor der Eröffnung der Festspiele von Angers, deren Leiter er war. Albert Camus wurde sein Nachfolger.

Unsere Existentialisten versichern, jeder Mensch sei für das verantwortlich, was er ist. Das erklärt das völlige Verschwinden des Mitleids in ihrer Welt aggressiver Greise. Dabei behaupten sie, gegen die soziale Ungerechtigkeit zu kämpfen. Es gibt also Menschen, die nicht für das verantwortlich sind, was sie sind, der im Elend Lebende ist an seinem Elend unschuldig. Also? Der Versehrte, die Häßliche, der Schüchterne. Und zum Schluß doch wieder das Mitleid?

■

Perikles am Grab eines jungen Mannes: «Das Jahr hat seinen Frühling verloren.»

■

Wenn man mich als «Direktor» bezeichnete (also eigentlich jemand, der in die korrekte Richtung dirigiert), schwellte sich natürlich ein Teil meiner selbst mit einfältiger Eitelkeit. Aber während all dieser Jahre hat ein anderer Teil meiner selbst nicht aufgehört, vor Scham zu vergehen.

■

M. H.[1] Das fürchterlich traurige Aussehen der Sterbenden – und das sture und provinzlerische Aussehen derjenigen, die den Agonien beiwohnen. Er so mondän, und dann unvermittelt wie gehetzt in diesem Alkoven, wo nur…

■

1 Marcel Herrand.

Es gibt Augenblicke, in denen es eine unentschuldbare Laxheit ist, sich der Aufrichtigkeit zu überlassen.

■

Der erste Mensch: Jessicas Etappen: Das sinnliche kleine Mädchen. Die nach dem Absoluten verlangende junge Verliebte. Die echte Verliebte. Die Erfüllung ohne die Zweideutigkeit der Anfänge.

«Wenn ich sie am meisten liebte, war in meinem Inneren jemand, der sie für das verabscheute, was sie getan, gesehen und erduldet hatte. Vor allem erduldet. Ich haßte sie, weil sie nicht bis zur Stunde des richtigen Morgens tot auf mich gewartet hatte. Und ich haßte sie im Beisein eines anderen, der in mir über diese lächerliche Forderung lachte.»

■

Jonas. Es herrscht Wohnungsnot. Und dann häufen die Bilder sich an und belegen seinen Platz. Deshalb der Zwischenstock.

Der Augenblick, da er nichts mehr tut – «Er hörte sie durch die Zimmer tollen... das Leben, der Lärm des menschlichen Treibens, wie schön das war. Das kleine Mädchen lachte. Wie sehr er sie liebte! Wie sehr er sie liebte!»

■

Stück. Der Lügner 1) Er lügt. Zwischen zwei Frauen.
2) Er sagt die Wahrheit.
3) Angesichts der Katastrophe lügt er wieder. (Sie zerreißt das Papier, das sie aus der Lüge befreien würde.)

■

Ein Stück über die Unmöglichkeit der Einsamkeit. *Sie sind immer da.*[1]

■

Roman. Freundschaften (für meinen Sohn, der von vorn beginnen wird).

■

Was der Mensch am schlechtesten verträgt, ist, gerichtet zu werden. Daher die Anhänglichkeit an die Mutter oder an die mit Blindheit geschlagene Geliebte, daher auch die Liebe zu den Tieren.

■

Die Atombombe: Allenfalls stimmt der allgemeine Tod unter diesem Gesichtspunkt mit der Seinsverfassung des Menschen überein. Es genügt also, ins reine zu kommen.

1 Das Thema ist dem des *Jonas* verwandt. 1953 schrieb Camus ein Mimodrama, *La Vie d'artiste,* in dem ein Maler von der mondänen Gesellschaft, von den Freunden und den Schülern an der Arbeit gehindert wird.

Wir stoßen wieder auf das erste und älteste aller Probleme. Beim Unendlichen angekommen fangen wir wieder bei Null an. Zweite Verschiebung des Problems: Der Urheber der universalen Geißel ist nicht mehr Gott, sondern die Menschen. Die Menschen sind endlich Gott gleich geworden, aber in seiner Grausamkeit. Wir müssen also die Revolte der vergangenen Zeitalter neu beginnen, aber diesmal gegen die Menschheit. Man bedarf eines neuen Luzifer, der die Macht der Menschen leugnet.

■

Seltsam. «Saujude», sagt der Große. Und der Kleine schlägt ihn. Er mußte ihn schlagen. Obschon er keine Lust hatte. Und er haßte den Kopf nicht, den er schlug ... Und der andere hatte auch keine Lust. Keine Lust, diesen so sympathischen Kleinen Saujude zu nennen, keine Lust, ihn zu schlagen. Aber er mußte antworten und schlagen.

■

Phantastische Erzählungen.

■

Christus-Pan.

■

Ästhetik. Es kommt vor, daß man von der Emotion ausgeht, und der Schrei erschallt. Ein anderes Mal macht man sich auf, um die noch in der Erinnerung lebendige

Emotion dank einem langen Umweg von Sätzen und Worten wiederzufinden, die einen schließlich zur Emotion führen und sie wirklich auferwecken, nicht mehr als Schrei, sondern wie eine gewaltige Woge, deren Weitläufigkeit...

Id. «Seine Nase ist wie ein Kürbis» ist keine sprechende Formulierung, wohl aber «wie ein Pfirsich». Die Kunst ist eben eine berechnete Übertreibung.

■

Chars Liebesverhältnis mit der Löwin im Jardin des Plantes. Er faßt ihren Kopf durch die Gitterstäbe hindurch. Sie läßt sich hintenüber fallen. Sie öffnet ihre kurzen Pranken...

■

Alle Wege der Welt wurden vor uns von Millionen Menschen begangen, und ihre Spuren bleiben sichtbar. Aber auf dem ältesten Meer ist unser Schweigen noch immer das erste.

■

Niemand verdient, geliebt zu werden – niemand in dem Maß dieses Geschenks ohne Maß. Wer es empfängt, entdeckt dann die Ungerechtigkeit.

■

Wenn ich meinen Leidenschaften nicht nachgegeben hätte, wäre ich vielleicht imstande gewesen, in der Welt mitzuwirken, etwas in ihr zu ändern. Aber ich habe ihnen nachgegeben, und deshalb bin ich ein Künstler und weiter nichts.

■

Seit jeher hat jemand in mir mit allen seinen Kräften versucht, niemand zu sein.

■

Am äußersten Ende dieses langen Gedankens brennt, in der Ferne, das totale Ja.

■

In genau dem Augenblick, in dem ich nach so vielem Bemühen die Grenzen setzte, im Glauben, das Unvereinbare zu vereinen, wurden die Grenzen gesprengt, und ich wurde in das stumme Unglück gestürzt.

ACHTES HEFT

August 1954 – Juli 1958

15. 8. 1954.
4. Symphonie in G-Dur für Soprane und Orchester von Mahler. Zuweilen läßt Mahler uns Wagner schätzen, da er im Kontrast aufzeigt, wie sehr dieser über seinen Nebel Herr blieb. Andere Male ist Mahler sehr groß.

■

16. 8. 1954.
X. sagt mir: «Weshalb akzeptiert man die Vorstellung vom ewigen Leben nicht? Weil es letzten Endes eine des Bewußtseins beraubte Seligkeit ist – während wir zu sein begehren, das heißt zu wissen, daß wir sind. Aber warum wirft man dann der Welt das vor, was eben unser Bewußtsein ausmacht, nämlich das Böse und das Leiden (darin besteht in der Tat der Widerspruch des modernen Atheismus). Ich habe das Leiden stets mit einer Art Freude akzeptiert, der Freude, zu sein.» Ich sage ihr, daß eben dies der geniale Geist ist. Der geniale Geist? Ja, der geniale Geist des Lebens, den nur sie unter allen Men-

schen, denen ich begegnet bin, mit einem natürlichen Stolz trägt.

■

17. Berl[1].

Es fällt den Intellektuellen leichter, nein zu sagen als ja. Der Arzt Reclus, der für Dreyfus Partei ergriffen hatte, entdeckt am Ende seines Lebens bei der Betrachtung der Bände seiner Werke, daß es zwei Jahre gab, in denen er nichts geschrieben hat. Ach natürlich! Dreyfus: Er hatte zwei Jahre damit verbracht, die Akten der Affäre zu *studieren*. Heute ergreift man Partei, wenn man einen Artikel gelesen hat.

Verlorener Nachmittag.

■

18.

Aussichtslos für mich. Selbstmord. Worauf wartet er denn, wenn er doch schon tot ist? Friedhof von Anet, wo der Efeu eine Steinplatte aufgebrochen hat.

Jahrelang habe ich in ihre Liebe eingemauert gelebt. Heute muß ich, da ich nicht aufgehört habe, sie zu lieben, wenigstens vor der Sorge um sie fliehen, was schwierig ist.

■

1 Emmanuel Berl (1892–1976) und Camus waren Freunde.

19.
Schrecklicher Vormittag. Am Nachmittag Cézanne-Ausstellung: erste morbide und irre Gemälde (insbesondere die Sex-Besessenheit). Ein Wahnsinn dieser Art erforderte eine gewaltige Disziplin, wie Cézanne sie besaß. Nur die Wahnsinnigen sind klassisch, weil sie dies sind oder nichts. C. hat die Forderung seiner Unordnung entsprechend aufgestellt, und er hat Stilleben und Landschaften gewählt, weil er in ihnen eine Architektur, eine Geometrie finden konnte. Gegen Ende kehrt er zu den Körpern und den Gesichtern zurück und findet einen Wahnsinn wieder, den Wahnsinn, den er gebändigt hatte. Der Kubismus ist hier angeordnet (angekündigt)[1].

Post.

■

20.
Post. Toter Tag.

■

25.
Toter Tag. N. A. (Derain, wahnsinnig nach Halbseitenlähmung und von Auto angefahren. Seine Frau und seine ehemalige Geliebte hüten seine versiegelten Bilder, während er in einer Klinik deliriert.)

1 *ordonné* oder *annoncé*: schwierig zu entziffern.

Das Höllentor[1]. Japanischer Film, amerikanisch angehaucht. Aber mit dieser Kunst verglichen die Barbarei der unseren.

■

22.
Schwermütige und besonnene Natur der Île-de-France.

■

23.–24.
Tote Tage. Mittagessen mit Berl.

■

25.
Arbeiten außer am Morgen. Musée de l'Homme. Ich verlasse es den Mund voller Asche, jene Knochenasche der Skelette und der Mumien. Peruanische Mumie: [...][2] der Geschichte. Wer war sie?

■

Handeln und Schreiben. Sie sind nicht ganz sicher, recht zu haben, aber wegen dieser Ungewißheit haben sie ein schlechtes Gewissen. Also schreiben sie, um dieses schlechte Gewissen loszuwerden. Zu diesem Zweck suchen sie nach neuen Argumenten, finden sie und behaupten somit ein wenig mehr. Die Gegenseite tut das gleiche.

1 *Jigoku-Mon*, ein Film von Teinosuke Kinugasa, 1954 mit der ‹Goldenen Palme› in Cannes ausgezeichnet.

2 Ein unleserliches Wort.

Die Positionen verhärten sich. So viele wiederholte Behauptungen kommen Handlungen gleich und provozieren sie bald. Die siegreiche Partei verfügt so am Tag des Siegs über genügend Anklagepunkte. Auf der Flucht vor ihrem schlechten Gewissen finden die Besiegten die wahre Schuld und haften dafür, ohne das gewollt zu haben. Eines Tages werden die Sieger ihrerseits besiegt und haften, ohne das gewollt zu haben. Die Geschichte ist ein anhaltendes, von Unschuldigen begangenes Verbrechen.

■

7. September.
Die Kinder kommen heim. Catherine kann nicht einschlafen, denn sie hat Angst, zu sterben (sie hat Brustschmerzen). Daß diese Angst bereits diese kleinen Geschöpfe quält, ist das nicht der allergrößte Skandal?

■

8. September.
N. A. ruft mich an: Derain ist eben gestorben. Hemiplegiker, wahnsinnig, von seiner Frau verfolgt, die seine Bilder hat gerichtlich versiegeln lassen. N. A. ist verzweifelt. Nichts zu machen. Armer Derain, dessen rauhe Kraft ich liebte. Zu lebendig für sein eigenes Leben.

■

9.
Für X. (und ihre Familie) ist die Liebe Leiden und Angst. Lieben heißt leiden an oder für. Für mich ist es nie von

einem gewissen Zustand fröhlicher Unschuld getrennt. Kaum hatte ich sie kennengelernt, fand ich mich in die Schuld gestoßen und konnte nicht mehr wirklich lieben.

■

20.

Zu sterben erschreckt mich nicht, wohl aber im Tod zu leben.

Die Vernichtung hat nichts Erschreckendes für den, der viel gelebt hat.

Gott ist nicht notwendig, um die Schuld zu schaffen oder zu strafen. Die Menschen genügen dafür. Allenfalls könnte er die Unschuld gründen.

■

21.

Wie sollte einer Gerechtigkeit predigen, dem es nicht einmal gelungen ist, daß sie sein Leben regiert?

Um seine Familie in der Nacht mit Axthieben niederzumachen, zog der Mörder sich nackt aus.

M.: «Du bist verschwiegen, gut, und (um das Abstoßende an der Güte auszugleichen) du bist leidenschaftlich und hie und da ungerecht.»

■

5. Oktober.[1]
Die Kulisse von Rotterdam reckt sich in der Nacht mit all ihren leuchtenden Gerippen über ihren Kanälen.

■

Den Haag.

Diese ganze Welt gruppiert sich in einem engen Raum von Häusern und Wassern, die schweigend aneinander kleben, und es regnete über der ganzen Stadt, anhaltend, ohne Möglichkeit, Atem zu holen, und häßliche und schmollende kleine Kinder regeln den Verkehr friedfertiger Autos, und die [...][2] schönen Gitter des Königlichen Museums, um den Giebel mit seiner reichen Ausschmückung zu waschen, während es unentwegt regnete und ein Pianist auf einem Dreirad [...][3] Tristesse von Chopin spielte, begleitet von einem [...][4] Violinisten und einem distinguierten Bettler, der milde kleine Münzen auflas, Scherflein, die schlaff tönten und den fratzenhaften Göttern Indonesiens galten, die man in den Schaufenstern sieht und die unsichtbar durch die Luft Hollands irrten und das Sehnen der ihres Besitzes beraubten Kolonisten bevölkerten. O Java, ferne Insel, deren Söhne

1 Camus besuchte Holland im Oktober 1954. Wir finden die Szenerie in *Der Fall* wieder. Und die Aufzeichnungen vom 20. und 21. September über die Schuld und die Gerechtigkeit kündigen bereits dieses Buch an.

2 Drei unleserliche Worte.

3 Ein unleserliches Wort.

4 Ein unleserliches Wort.

hier den Kaffee servieren, während es immer noch regnet, und in der Luft schwebt die wunderbare Erinnerung an das junge Mädchen am Eingang der unerschöpflichen Quelle, Leuchte des Schwindsüchtigen, und das Schweigen des alten Bruders Rembrandt, dessen Augen wunschlos das ewige Land betrachten.

■

6. Oktober.
Es regnet tagelang, und der kalte Wind [...][1]. In Rotterdam dort drüben war alles nigelnagelneu, und Amsterdam allezeit naß; und hier in Den Haag, oben auf den Fahrrädern mit den hochragenden Lenkstangen sitzend, machen sie wie Trauerschwäne die Runde um den kalten Vijver, zwischen den lebenden Aalen des Fischmarkts und den wunderbaren Schmucksachen der häßlichen Auslagen, von der gleichen Farbe wie die überall am Boden klebenden dürren Blätter, und die geräucherten Heringe, die lange durch die Meere aus Altgold gezogen sind. O Zipangu[2], dort drüben, und hier [...][3] Holland, sanftes Holland, wo man die Geduld[4] zu sterben lernt.

Bekehrung zum Ernst. Der Ernst ist die akzeptierte Lüge und das anerkannte Gebrechen. Für alles übrige, die ruhige Aufrichtigkeit.

■

1 Vier unleserliche Worte.
2 Das zuerst von Marco Polo so genannte Inselreich im Meere Tschin, das heutige Japan.
3 Ein unleserliches Wort.
4 Fraglich.

Don Juan[1].

Sie: Ich habe immer gewußt, daß Sie mich nicht liebten.

Aber ich liebte Sie.

Sie sprachen mit mir und schauten zuweilen über meinen Kopf hinweg.

Er: Ich verführe nicht, ich passe mich an.

■

26. Oktober.

Das Gegenteil der Reaktion ist nicht die Revolution, sondern das Erschaffen. Die Welt ist unablässig im Zustand der Reaktion und somit unablässig in Gefahr der Revolution. Der Fortschritt, falls es einer ist, wird dadurch definiert, daß ohne Unterlaß Schöpfer aller Art die Formen finden, die über den Geist der Reaktion und der Trägheit siegen, ohne daß die Revolution nötig wäre. Wenn es diese Schöpfer nicht mehr gibt, wird die Revolution unvermeidlich.

■

1 Das Thema Don Juans hat Camus immer beschäftigt, seit 1937 in Algier, als er Puschkins *Der steinerne Gast* im Théâtre du Travail aufführte und spielte, bis zu den Aufzeichnungen, die sich seit 1940 häufig in den *Tagebüchern* finden. Vgl. schon im Siebten Heft, S. 133. Camus plante einen *Don Faust*, in dem sich die Sagen von Don Juan und Faust verschmelzen sollten.

Koestler versichert, daß das alte türkische Recht es als mildernden Umstand betrachtete, wenn ein Verbrechen bei [...][1] begangen worden war.

■

Geißblatt, sein Duft ist für mich mit Algier verbunden. Er wehte in den Straßen, die zu den hohen Gärten hinaufführten, wo junge Mädchen uns erwarteten. Reben, Jugend...

■

Die weiße Rose des Morgens riecht nach Wasser und Pfeffer.

■

Julia[2].
Letzter Akt: J. Ich bin häßlich
d'Al: Ja.

■

Alles, was mich – in mir und in den Menschen – hinabzieht.

■

1 Zwei unleserliche Worte.
2 Geplantes Stück über Julie de Lespinasse. Vgl. Siebtes Heft, S. 76.

1. November.
Ich lese oft, ich sei Atheist, ich höre oft von meinem Atheismus reden. Aber diese Worte sagen mir nichts, sie haben keinen Sinn für mich. Ich glaube nicht an Gott *und* ich bin kein Atheist.

■

Als Schaffender habe ich dem Tod selbst Leben verliehen. Das ist alles, was ich zu tun hatte, ehe ich sterbe.

■

Pavese: «Wir sind Idioten. Das bißchen Freiheit, das die Regierung uns läßt, lassen wir uns von Frauen fressen.»

■

Rembrandt: der Ruhm bis 1642, als er 36 war. Von da an auf dem Weg zur Einsamkeit und zur Armut. Eine seltene Erfahrung, die bedeutsamer ist als die banale Erfahrung des verkannten Künstlers. Über eine solche Erfahrung ist noch nichts gesagt worden.

■

B. C. «Die Natur schenkt dem Menschen diese geistige Macht nicht zu seinem persönlichen Genuß. Sie vertraut sie ihm zu einem Gebrauch an, der seine Person übersteigt.»

Id. «Ein echter Schaffender ist organisch dem Gesetz der Lust unterworfen.»

■

Spengler sagt, die russische Seele sei eine Revolte gegen die Antike. Ziemlich treffend. Siehe auch Berdjajew: Es hat in Rußland nie eine Renaissance gegeben.

■

Text über Hébertot[1]. In der Tiefe der Grotte ist er der große weiße Pottwal. Er filtert mit seinen Zähnen und läßt nur ein Plankton schmackhafter Autoren bis zu sich gelangen.

■

Realismus. Alle Leute sind Realisten. Keiner ist Realist. Letzten Endes ist das Wesentliche nicht die Ästhetik, sondern die innere Einstellung.

■

Die Literatur der totalitären Länder stirbt weniger, weil sie gelenkt ist, als weil sie von den anderen Literaturen abgeschnitten ist. Jeder Künstler, der nicht von vornherein der ganzen Wirklichkeit offensteht, ist verstümmelt.

■

7. November 1954.
41 Jahre alt.

■

1 Direktor des gleichnamigen Theaters, wo 1945 *Caligula* und 1949 *Die Gerechten* uraufgeführt wurden.

Die Bacchen[1].

In Sizilien. Heute. Kleines Dorf in der Gegend von Palermo. Und alles dementsprechend.

Werke mit einer sehr weiten Perspektive. Etwas bleibt auf jeden Fall. Bspl.: Don Juan, Faust, in ihnen ist alles enthalten.[2]

■

Homme Révolté korrigieren, S. 225, 6. Zeile (Arbeiter anstatt Mönche) und S. 229, 1. Zeile.

■

Brief Duperray[3]. «Die revolutionären Gewerkschaftler frönen weiterhin ihrer Haupttätigkeit: Gründe suchen, um über gemeinsame Prinzipien geteilter Meinung zu sein.»

■

Titel Novelle: Ein Puritaner unserer Zeit.

■

1 Camus scheint eine Bearbeitung dieses Stücks von Euripides ins Auge zu fassen (s. S. 186).

2 Vgl. Siebtes Heft, S. 133 und Achtes Heft, S. 153.

3 Jean Duperray, ein militanter Gewerkschaftler, der in den dreißiger Jahren Simone Weil gekannt hat. Verfasser von *Harengs frits au sang* (Gallimard, 1954).

24. November. 10 Uhr.
Heute morgen in Turin angekommen.[1] Seit mehreren Tagen Freude beim Gedanken, Italien wiederzufinden. Seit 1938, dem Jahr meines letzten Aufenthalts, hatte ich es nicht wiedergesehen. Der Krieg, die Widerstandsbewegung, *Combat* und all diese Jahre widerwärtigen Ernstes. Reisen, aber lehrreiche, wo das Herz schweigt. Mir schien, daß meine Jugend mich in Italien erwartete und mit ihr neue Kräfte und das verlorene Licht. Ich wollte auch diese Welt (daheim) fliehen, die mich seit einem Jahr Zelle um Zelle zerstört, mich vielleicht endgültig retten. Als der Zug abfuhr, war meine Freude indessen nicht mehr so groß. Zunächst die Müdigkeit und dann die Begegnung mit Grenier, bei der ich ein offenherziges Gespräch gewünscht hätte, aber ich war nicht fähig dazu, und dann X., die mir nicht geholfen hat, froh wegzufahren. In der Nacht kam indessen zwischen kurzen Augenblicken des Schlummers ein noch fernes Glück.

Um 7 Uhr früh der Gedanke, daß wir in Italien sind. Ich schüttle mich und öffne den Vorhang: eine verschneite und neblige Landschaft. Es schneit über ganz Norditalien. Allein in meinem Abteil habe ich einen Lachanfall. Es ist nicht kalt. Aber die charmante I. A., die mich am Bahnhof erwartet, behauptet, vor Kälte umzukommen. Mit ihrem reizenden, zögernden Französisch

1 Albert Camus wurde von der *Società culturale italiana* nach Italien eingeladen. Er hielt Vorträge in Turin, Genua und Rom.

und ihren ruhigen und graziösen kleinen Bewegungen (sie erinnert mich an Mama), rosig vor Kälte wie eine kleine Schneeblume, bringt sie mir ein wenig Italien wieder. Schon die Italiener im Zug, und bald jene im Hotel, hatten mir das Herz erwärmt. Ein Volk, das ich immer geliebt habe und das mich mein Exil in der ewigen schlechten Laune der Franzosen spüren läßt.

Von meinem Hotelzimmer aus sehe ich Turin, auf das es unablässig weiterschneit. Ich lache wieder über meine Enttäuschung. Aber mein Mut kehrt zurück.

■

Turin im Schnee und im Nebel. In der ägyptischen Galerie krümmen sich die Mumien ohne Binden, die aus dem Sand herausgeholt wurden, vor Kälte zusammen. Mir gefallen die mit Steinplatten belegten Straßen mit ihren weiten Zwischenräumen. Eine ebenso sehr aus Raum wie aus Mauern erbaute Stadt. Ich besuche das Haus in der Via Carlo Alberto 6, wo Nietzsche gearbeitet hat und der geistigen Umnachtung anheimgefallen ist. Ich habe nie ohne Tränen den Bericht von Overbecks Ankunft lesen können, wie er das Zimmer betritt, wo der wahnsinnige Nietzsche deliriert und sich dann plötzlich weinend Overbeck in die Arme wirft. Vor diesem Haus versuche ich an ihn zu denken, den ich immer mit ebensoviel Zuneigung wie Bewunderung geliebt habe, aber umsonst. Ich begegne ihm leichter in der Stadt, und ich verstehe trotz dem niedrigen Himmel, daß er sie geliebt hat und warum er sie geliebt hat.

■

Novelle. Die Gefangenen eines Konzentrationslagers wählen einen Papst, sie wählen ihn unter den Mitgefangenen, die am meisten gelitten haben, sie verleugnen den anderen, den Römer, der im Luxus des Vatikans lebt. Sie nennen ihn ihren *Vater*, obschon er einer der jüngsten ist, sie gehorchen ihm in allem und sterben für ihn, bis er selbst in der Verteidigung seiner Söhne stirbt (oder aber er weigert sich, zu sterben, und sucht sich zu bewahren, weil er noch andere zu verteidigen hat und es der Anfang ist).[1]

■

25. November.
Grauer, nebliger Tag. Ich irre durch Turin. Auf dem Hügel gekrönte Totenköpfe. In der Stadt, im Herzen weiträumiger Perspektiven, stürmen Bronzepferde in den Nebel. Turin, die Stadt der in eben jenem Schwung erstarrten Pferde, mit dem Nietzsche, der schon wahnsinnig war, ein von seinem Fuhrmann geschlagenes Pferd stoppte und wild sein Maul küßte. Abendessen Villa Camerana.

■

1 Die Idee wurde in *Der Fall* aufgenommen: Clamence erzählt, daß er von seinen Mitgefangenen zum Papst gewählt wurde, als er in Libyen gefangen war.

26. November.
Langer Spaziergang in den Hügeln von Turin. Ringsum sieht man am Himmel die schneebedeckten Alpen im Nebel auftauchen und verschwinden. Die Luft ist frisch, feucht und riecht nach Herbst. Die Stadt dort unten wird von Nebelfeldern verdeckt. Fern von allem, müde und seltsam glücklich. Am Abend Vortrag.

■

27. November.
Am Morgen Abfahrt nach Genua mit I. A.; ein merkwürdiges kleines Wesen, klar, reich an Herz und Willen, mit einer Art überlegter Entsagung, die bei einem so jungen Menschen überrascht. Sie will «lachen und vermissen». Als Religion glaubt sie an «die detachierte Liebe». Entschieden viele Ähnlichkeiten mit Mama, an die ich mit Traurigkeit denke. Die Vorstellung dieses schweren, unglaublichen Todes bedrückt mich unablässig…

Über dem ganzen Piemont und Ligurien Regen und Nebel. Wir kommen durch die Berge, die inmitten von Schneefeldern die ligurische Küste säumen. Vier Tunnel, und der Schnee verschwindet, während der Regen auf den zum Meer herabfallenden Hängen heftiger wird. Zwei Stunden nach der Ankunft Vortrag. Abendessen im Palazzo Doria. Die alte Marquise ist vertrocknet, nur die Augen und das Herz nicht. Nachher bummle ich durch das endlich wiedergefundene, gründlich gewaschene Genua. Der schwarze und weiße Marmor schimmert, die

Lichter sprühen in den Straßen, große, gewöhnliche Verkehrsadern.

■

Vom 6. Jahrhundert bis zum Jahr 1800 betrug die Bevölkerung Europas nie mehr als 180 Millionen.

Von 1800 bis 1914 stieg sie von 180 Millionen auf 460 Millionen!

■

Ortega y Gasset. Will wissen, mit wem er spricht – um zu schreiben –

Unterscheidet zwischen Gesellschaft und Verein.

Die Freiheit und der Pluralismus sind Dominanten Europas.

Philosoph und Professor für Philosophie, siehe S. 26 – über die wahre Aristokratie, Leidenschaft.

■

Humboldt. Um sich zu bereichern und zu vervollkommnen, bedarf der Mensch einer Vielfalt von Situationen. Das wesentliche Bemühen des wahren Liberalismus besteht darin, diese Mannigfaltigkeit zu erhalten.

■

Das heutige Rußland erlebt den Triumph des Individualismus in seiner zynischen Form.

■

Ortega y Gasset. Die Geschichte, ein ewiger Kampf zwischen den Gelähmten und den Epileptikern.

■

Jede Gesellschaft gründet auf der Aristokratie, denn die echte Aristokratie ist Forderung an sich selbst, und ohne diese Forderung stirbt jede Gesellschaft.

■

Ortega y Gasset. Das schöpferische Leben setzt eine Lebensweise mit großer Hygiene, hohem Adel und ständigen Reizmitteln voraus, die das Bewußtsein anregen, und er fügt hinzu, das schöpferische Leben ist ein energisches Leben.

■

Wie es in den engen Gassen von Schatten wimmelt. Zufrieden und müde.

■

28. November.

Langer Spaziergang durch Genua. Eine faszinierende Stadt und wirklich so, wie ich sie in Erinnerung hatte.[1] Die prachtvollen Bauwerke sprühen in dem Schnürleib kleiner, von Leben wimmelnder Gassen. Die Schönheit ist hier einheimisch, sie strahlt im Leben des Alltags. Ein

1 Camus hatte Genua im September 1937 besucht.

Sänger improvisiert an einer Straßenecke über die neuesten Skandale. Es sind die gesungenen Nachrichten.

Kleiner Kreuzgang von San Matteo. Der Wind überzieht die breiten Blätter der Mispel mit Regenböen. Kurzer Augenblick des Glücks. Es gilt jetzt, ein neues Leben anzufangen.

Abend: Abfahrt nach Mailand, im Regen. Ankunft im Regen. Was Stendhal hier geliebt hat, ist wirklich tot.

■

29. November.

Abendmahl – Vinci steht entschieden am Anfang der Dekadenz Italiens. Kreuzgang von San Ambrogio. Vortrag. Am Abend nehme ich den Zug nach Rom; die auf die Vorträge folgenden stupiden Mondanitäten treiben mich zur Verzweiflung. Unfähig, dieses alberne Getue mehr als eine halbe Stunde zu ertragen. Schlaflose Nacht.

■

30.

Am Morgen endlich eine bleiche, aber entschlossene Sonne über der römischen Campagna. Mir treten ganz dumm die Tränen in die Augen. Rom. Wieder so ein Hotel, luxuriös und blöde wie die Gesellschaft, die solche Hotels unterhält. Morgen ziehe ich um. N., mit ihm betrachte ich die Geburt der Venus. Spaziergang die Villa Borghese und den Pincio entlang: alles ist mit einem Pinsel mit spärlichen Haaren auf den Himmel gemalt. Ich schlafe. Letzter Vortrag. Endlich frei. Abendessen mit N., Silone[1] und Carlo Levi. Morgen wird schön.

■

1. bis 3. Dezember.
Es gibt Städte wie Florenz oder die kleinen toskanischen oder spanischen Städte, die den Reisenden tragen, jeden seiner Schritte stützen und seinen Gang beschwingter machen. Andere lasten augenblicklich auf seinen Schultern und erdrücken ihn wie New York, und dort muß man nach und nach lernen, sich aufzurichten und zu sehen.

Rom lastet so, aber mit einem empfindlichen und leichten Gewicht, man trägt es auf dem Herzen wie einen Körper von Brunnen, Gärten und Domen, man atmet unter ihm ein wenig bedrückt, aber seltsam glücklich. Diese verhältnismäßig kleine Stadt, deren luftige Perspektiven jedoch zuweilen an einer Straßenecke aufbrechen, dieser empfindliche und beschränkte Raum atmet mit dem Reisenden und lebt mit ihm.

Vertausche das Hotel mit der kleinen Pension bei der Villa Borghese. Ich habe eine Terrasse, die auf die Gärten geht, und die Aussicht, die sich von dort bietet, bedrängt

1 Camus hat 1939 im *Alger-Républicain* Ignazio Silones Roman *Brot und Wein* besprochen. Er begegnete ihm zum erstenmal 1948. Von 1953 bis 1957 waren Camus und Silone Mitarbeiter der kleinen, die bedingungslose Freiheit vertretenden Zeitschrift *Témoins*.

jedesmal mein Herz. Nach so vielen Jahren in einer Stadt ohne Licht und dem Aufstehen im Nebel, zwischen lauter Mauern, nähre ich mich unablässig von dieser Linie von Bäumen und Himmeln, die von der Porta Pinciana zur Trinità dei Monti führt und hinter der Rom seine Kuppeln und seine Unordnung entfaltet.

Jeden Morgen, wenn ich noch ein wenig schlaftrunken auf diese Terrasse trete, überrascht mich der Gesang der Vögel, er holt mich aus der Tiefe des Schlafs und berührt eine ganz bestimmte Stelle, um dort auf einen Schlag eine Art geheimnisvolle Freude freizusetzen. Seit zwei Tagen ist es schön, und das schöne Dezemberlicht umreißt vor mir die Zypressen und die aufgestülpten Pinien.

Ich bereue hier die stumpfsinnigen und schwarzen Jahre, die ich in Paris gelebt habe. Es gibt eine Vernunft des Herzens, von der ich nichts mehr wissen will, denn sie dient niemandem und hat mich an den Rand meines eigenen Verderbens gebracht.

Vorgestern, auf dem Forum, wo es wirklich in Ruinen liegt (nahe beim Kolosseum) und nicht im überspannten Ramsch der anmaßenden Säulen, der sich unter dem Campidoglio findet, und dann auf dem wunderbaren Hügel des Palatin, dessen Schweigen und Frieden unerschöpflich sind, eine immer entstehende und immer vollkommene Welt, habe ich angefangen, mich selbst wiederzufinden. Gerade dafür dienen die großen Bilder der Vergangenheit, wenn die Natur sie aufzunehmen und den in ihnen schlummernden Lärm zu dämpfen vermag: Herzen und Kräfte sammeln, die nachher der Gegenwart und der Zukunft besser dienen werden. Man spürt das auf der Via Appia, wo ich auf meinem Spaziergang mein Herz so voll fühlte, obschon es am späten Nachmittag war, daß das Leben mich in diesem Augenblick hätte verlassen können. Aber ich wußte, daß es weitergehen würde, daß in mir eine Kraft wohnt, die vorwärts geht, und daß diese Rast dieses Voranschreiten noch fördern würde. (Seit einem Jahr habe ich nicht gearbeitet, nicht arbeiten können, obschon zehn Themen warteten, deren Außergewöhnlichkeit mir klar ist, die ich aber nicht angehen konnte. In diesen Tagen wird es ein Jahr, und ich bin nicht verrückt geworden.) Man könnte gut in dem Kloster und dem Zimmer leben, wo Tasso gestorben ist.

Plätze Roms. Piazza Navona. Sant'Ignazio und alle anderen. Sie sind gelb. Das Becken der Brunnen ist unter dem verschwenderischen Aufsprudeln des Wassers und der Steine leicht rosarot. Wenn man alles gesehen hat oder wenigstens alles, was man sehen konnte, ist es ein vollkommenes Glück, spazierenzugehen ohne *wissen* zu wollen.

Gestern in der Nacht, vor San Pietro in Montorio, war Rom mit seinen Lichtern wie ein Hafen, dessen Lärm und Treiben an diesem Ufer des Schweigens verebbten, wo wir uns befanden.

■

Es ist eine eigenartige und unerträgliche Gewißheit, zu wissen, daß die monumentale Schönheit immer eine Knechtschaft voraussetzt, daß sie dennoch die Schönheit ist und daß man die Schönheit nicht nicht wollen kann, während man die Knechtschaft nicht wollen kann; die Knechtschaft ist deswegen nicht weniger unannehmbar. Vielleicht stelle ich aus diesem Grund die Schönheit einer Landschaft über alles, sie wird mit keinerlei Ungerechtigkeit bezahlt, und mein Herz fühlt sich frei.

■

3. Dezember.

Wunderschöner Vormittag in der Villa Borghese. Das Licht der Morgen in Algerien, das zwischen den feinen Nadeln der Pinien durchsickert und sie einzeln ausschneidet. Und in der von blondem Licht erfüllten Galerie finde ich die Bernini unterhaltsam, sie sind bezaubernd und verwirrend, wenn die Anmut siegt wie in der sehr surrealistischen Daphne (als Kunst war der Surrealismus zunächst eine Gegenoffensive des Barock), scheußlich, wenn die Anmut fehlt wie in der bestürzenden, vom Jüngsten Gericht enthüllten Wahrheit. Auch Maler, und voller Schwingung (Porträts).

Die Danae von Correggio und vor allem die Venus, die Amor ein Stirnband anlegt, die Tizian mit 90 Jahren malte und die eine heutige Jugendlichkeit besitzt.

Die Gemälde von Caravaggio, nicht jene in S. Luigi dei Francesi, die ich am Nachmittag sehe und die dank dem Kontrast des Ungestüms und der stummen Dichte des Lichts großartig sind. *Vor Rembrandt.* Vor allem die Berufung des hl. Matthäus: prachtvoll. C. macht mich auf die Beharrlichkeit des Themas der Jugend und des reifen Alters aufmerksam. Moravia hatte mir schon erzählt, was für ein Mensch Caravaggio war: mehrfacher Verbrecher, flieht aus der Toskana auf einem Schiff, wo er ausgeraubt und dann an einem Strand ausgesetzt wird, stirbt dort, wahnsinnig geworden (1573–1610). Moravia erzählte mir auch die wahre Geschichte der Familie Cenci, über die er ein Stück schreiben will. Beatrice ist unter dem Altar in S. Luigi dei Francesi begraben. Aufstand in Rom, die Französische Revolution. Ein französischer Maler und Sansculotte beteiligt sich an der Plünderung von S. Luigi dei Francesi. Man öffnet die Gräber. Beatrices Skelett liegt dort, der abgehauene Schädel ruht auf der Mitte des Körpers. Der Maler nimmt den Schädel und geht mit ihm Ball spielend hinaus. Es ist das letzte mit der schrecklichen Geschichte von Beatrice Cenci verbundene Bild.

Am Spätnachmittag kehre ich zum Gianicolo zurück. San Pietro di Montorio. Ja, dieser Hügel ist der Ort in Rom, den ich bevorzuge. Hoch im Himmel flattern Scharen von Staren leicht wie Rauchwölklein in allen Richtungen, kreuzen sich, zerstreuen sich und versammeln sich dann, um auf die Pinien hinabzutauchen, die sie streifen, ehe sie wieder zum Himmel hinauffliegen. Als N. und ich unten ankommen, finden wir sie in den Bäumen hockend wieder, in den Platanen des Viale del Re in Trastevere, und ihre Zahl ist so riesig, daß jeder Baum von mehr Vögeln als Blättern bedeckt summt und knistert. Im hereinbrechenden Abend übertönt ein ohrenbetäubendes Piepen das Treiben dieses volkreichen Viertels, verschmilzt mit dem Kreischen der Straßenbahn und läßt alle Köpfe nach hinten geneigt und lachend zu diesen riesigen Schwärmen von Blättern und Federn aufblicken.

Der große dunkelhaarige Römer, mit dem sanften und würdevollen Gesicht und der so einfachen und stolzen

Haltung, der sich um mich in der Pension kümmert. Novelle. Liebe mit Maler. Und die ganze Noblesse seinerseits.

Einen BAROCKEN Text über Rom schreiben.

■

4. Dezember.

Vormittag. Palazzo Barberini. Caravaggios Narziß und vor allem die P. della Francesca zugeschriebene Madonna, die mir der zarteren Manier von Signorelli anzugehören scheint. Auf jeden Fall bewundernswert.

Mit Moravia und N. Mittagessen in Tivoli und langer Nachmittag in der Villa Hadrians, ein vollkommener Ort. Wirklich ein prachtvoller Tag mit einem runden und wolkenlosen Himmel, der allenthalben die gleiche Menge Licht über die wunderbaren Zypressen und die großen Pinien der Villa ausgießt. Ihre großen Flächen baufälliger Mauern empfangen dieses gleichmäßige Licht auf ihrem wabenartigen Verputz und verströmen ihrerseits aus ihren Mörtelbienenkörben einen Honig von Licht. Hier erkenne ich deutlicher den Unterschied zwischen dem römischen Licht und anderem, etwa dem von Florenz, das diffuser ist, silberner, kurzum geistiger. In Rom ist das Licht im Gegenteil rund, schimmernd und geschmeidig. Es erinnert an Körper, an überquellendes glückliches Fleisch, an das gelungene Leben. Der Hintergrund ist noch saftiger. Vogelsang in den Ruinen. Im Anblick dieser Vollkommenheit das merkwürdige und glückliche Gefühl, daß alles gesagt ist.

Abendessen, Piovene[1]. Nach dreißig Gesprächen be-

1 Guido Piovene (1907–74), Schriftsteller.

ginne ich, eine Vorstellung von der wirklichen Situation hier zu haben. Keine Ansichten, sondern Faktionen. Wenig Liberale, das Elend, seine Ausbeutung, und nach und nach eine gewisse Teilnahmslosigkeit.

Mit vierzig Jahren klagt man nicht mehr laut über das Böse, man kennt es und kämpft gemäß seiner Schuldigkeit. Dann kann man sich dem Schaffen zuwenden, ohne irgend etwas zu vergessen.

In der aufsteigenden Bewegung, rechts vom Altar, im Jüngsten Gericht, mußten Michelangelos Körper sehr schwere Muskeln besitzen, um diesen Eindruck unwiderstehlicher Leichtigkeit zu vermitteln. Um so leichter, als sie schwer sind. Das ist der entscheidende Punkt in der Kunst.

In den Gemächern der Borgia trägt die Rhetorik von Pinturicchio ein Schwert.

Es stimmt einen traurig, daß Julius II. Fresken von Piero della Francesca (und anderen) zerstören ließ, um Raffael die Stanzen des Vatikans ausmalen zu lassen; womit hat man die prachtvolle Befreiung des hl. Petrus bezahlt?

Die Kreuzabnahme von Caravaggio. Das Kreuz ist nicht zu sehen; entschieden ein sehr großer Maler.

■

6. Dezember.

Grauer Tag. Fieber. Ich hüte das Zimmer. Am Abend Moravia gesehen.

■

Roman.
Der Erste Mensch durchläuft nochmals den ganzen Werdegang, um sein Geheimnis zu entdecken: Er ist nicht der erste. Jeder Mensch ist der erste, keiner ist es. Deswegen fällt er seiner Mutter zu Füßen.

■

7. Dezember.
Abfahrt mit Nicola und Francesco. Römische Campagna. F. ist so schön und so fern von allem, ohne aufzuhören, anwesend und menschlich zu sein. Das Dorf Circeo[1]. Ankunft in Neapel. Mittagessen in Pozzuoli in einem Restaurant, das Padovanis Zwilling ist. In Neapel sintflutartiger Regen, der mein Fieber verschlimmert. Am Abend klärt der Himmel sich auf.

■

8. Dezember.
Ich erwache mit hohem Fieber. Gestern abend konnte ich diese Aufzeichnung nicht abschließen. Dennoch ein langer Spaziergang durch die «Barrios» hinter der Via Santa Lucia. Es sind die Barackensiedlungen hinter den Champs-Élysées. Die Tür steht offen, und man sieht drei

1 Der Monte Circeo, im Süden des Sees von Sabaudia, wird von Homer, Vergil, Strabo und Plinius unter dem Namen ‹Insel der Circe› erwähnt. Das am Fuß des Bergs liegende Dorf heißt ebenfalls Circeo.

Kinder im gleichen Bett, manchmal mit dem Vater, und es stört sie keineswegs, sich zur Schau zu stellen. Alle diese klatschende Wäsche, die Neapel den Anstrich eines ewigen Festes gibt, ist im Grunde die Folge davon, daß es an Wäsche mangelt und daß man sie tagtäglich waschen muß. Sie bilden die Standarten des Elends. N. F. heute abend. Dann nehmen wir eine feuchte Carrozzella, die nach Leder und Pferdemist riecht. Die Freundschaft der Menschen ist immer von gutem Geschmack. N. führt uns in ein Viertel der Porta Capuana. Die Hauptstraße steigt an. Auf allen Balkonen Lampen mit ihren Lampenschirmen. Und das gibt diesem Elend das Aussehen eines außerordentlichen Festes. So etwas wie eine Prozession vor der Kirche. Fahnen flattern über der dichten Menge, die im fetten Morast der Kohlabfälle des Markts vom Vormittag herumstampft. Und vor allem die Knallfrösche. Am Hintern aller Heiligen. Die Muttergottes kündigt sich mit Knallern an. An einem Fenster zündet ein Irrer mit derselben mechanischen Bewegung Dutzende von Knallfröschen einen am andern an und wirft sie in die Menge, wo die Kinder sie wie eine Horde Sioux umtanzen, bis sie platzen. Die Sommerfrische der Armen. Man hat nicht geknausert. El Escorial des Elends…

■

8. Dezember.

Den ganzen Tag im Bett mit einem Fieber, das nicht fallen will. So werde ich nicht nach Paestum fahren können. Sobald es ein bißchen besser geht, nach Rom zurück und dann nach Paris und damit basta. Es gibt etwas zwischen den griechischen Inseln und mir. Und im letzten Augenblick kommt immer etwas dazwischen und hindert mich, dahin zu fahren.[1]

Für diesmal ist es übrigens leicht verständlich. Dieses erschöpfende Jahr hat mich in die Knie gezwungen. Die Hoffnung, neue Kraft zu schöpfen und heimzukommen, um zu arbeiten, war rein sentimental. Es wäre gescheiter, ein Jahr damit zu verbringen, eine neue Gesundheit und einen neuen Willen zu erlangen, anstatt einem Licht nachzulaufen, das ich dann doch kaum kosten kann. Aber zu diesem Zweck müßte ich mich ein wenig von allem befreien, was mich bedrückt. Das sind die Gedanken des Betts und des Fiebers und eines Reisenden, der von Neapel umgeben eingesperrt ist. Aber es sind wahre Gedanken. Zum Glück sehe ich von meinem Bett aus das Meer.

Der mit F. befreundete Maler, ein totaler Ignorant, der für das Programmheft eines Rundfunksenders die Matthäuspassion illustrieren soll und einen Heiligen macht, der von hübschen Frauen und spöttischen Engeln umgeben ist.

■

9. Dezember.
Beim Erwachen kein Fieber mehr. Aber zerschlagen und

1 Schon im Sommer 1939 wollte Camus nach Griechenland fahren, aber der Krieg brach aus. Sein erster Besuch mußte bis im April 1955 warten.

erschöpft. Ich beschließe dennoch, aufzubrechen (wie immer schöpfe ich meine Energie aus der Betrachtung einer noch schlimmeren Situation: Gefangener, usw.). Wir fahren bei schönem Sonnenschein ab. Sorrent (und der köstliche Garten der Cocumella), Amalfi, ein bißchen dekorativ, wo wir zu Mittag essen, dann fahre ich, um den ermüdeten F. abzulösen, und die Sonne geht unter, als wir nach der Fahrt durch eine industrielle Gegend und dann ein merkwürdiges Land, das wie der Limbus wirkt (großes Schilfrohr, magere und kahle Bäume), nach Paestum kommen. Hier verstummt das Herz.

(Später.) Ich will versuchen, diese Ankunft am späten Nachmittag heraufzubeschwören. Im Gasthaus in der Nähe der Ruinen nimmt uns ein gutes altes Zimmer mit drei Betten, riesigen getünchten Wänden auf, einfach, aber zweifellos sauber. Ein Hund folgt mir auf Schritt und Tritt. Die Sonne ist untergegangen, als wir über die Stadtmauern klettern, da die Gatter geschlossen sind, um das Gebiet der Ruinen zu betreten. Das Licht kommt vom ganz nahen und noch blauen Meer, aber die dem Meer gegenüberliegenden Hügel sind bereits schwarz. Als wir zum Poseidon-Tempel gelangen, erheben sich die schon schlafenden Raben in einem außerordentlichen Tumult von Flügeln und Schreien, flattern um den Tempel herum, lassen sich an den vier Ecken nieder und fliegen erneut auf, als wollten sie die wunderbare, vor unseren Augen auftauchende Erscheinung begrüßen, ein aus Stein geschaffenes, aber lebendiges und unvergeßliches Wesen. Die Stunde, der schwarze Flug der Raben, vereinzelter Vogelsang, der Raum zwischen dem Meer und den Hügeln, und man hält die genauen und warmen Wunder fest, das alles bringt mich in meiner Müdigkeit und meiner Gemütsbewegung an den Rand der Tränen. Dann eine endlose Begeisterung, in der alles verstummt.

Abend, Schweigen, Raben, wie Vögel von Lourmarin, und die Katze, meine Tränen, Musik.

Am Morgen, in Tipasa, der Tau auf den Ruinen. Die jüngste Frische der Welt auf dem, was am ältesten ist. Dies ist mein Glaube und meiner Ansicht nach das Prinzip der Kunst und des Lebens.

■

10. Dezember.

Gestern abend Spaziergang zwischen dem Röhricht, den Stadtmauern und den Büffeln bis zum Strand. Das gewaltige und dumpfe Rauschen des Meers, das allmählich zunimmt. Der Strand, laues Wasser unter dem leuchtenden und grauen Himmel in der Nacht. Auf dem Heimweg regnet es ein wenig, und das Rauschen des Meers hinter uns nimmt ab. Die Büffel rühren sich sachte und senken den Kopf, reglos wie die Nacht. Milde.

Ich schlafe ein, nachdem ich von meinem Fenster aus die Tempel in der Nacht betrachtet habe. Das Zimmer, das ich so gern habe, mit seinen dicken und kahlen Wänden, ist eiskalt. Die ganze Nacht kalt. Ich öffne meine Fenster, es regnet auf die Ruinen. Eine Stunde später, als wir gerade weggehen, ist der Himmel blau, das Licht ist frisch und großartig.

Unablässiges Staunen angesichts dieses Tempels mit den gewaltigen Säulen aus rosarotem Schwamm, aus goldenem Kork, seine luftige Schwere, seine unerschöpfliche Gegenwärtigkeit. Andere Vögel haben sich zu den Raben gesellt, aber die letzteren bedecken den Tempel weiterhin mit einem schwarzen in allen Richtungen flatternden Schleier und den rauhen Schreien. Der frische Duft der kleinen Heliotrope, mit denen die Umgebung des Tempels bedeckt ist.

Die Geräusche: ein Wasserrauschen, Hunde, in der Ferne eine Vespa.

Nicht die Melancholie der verfallenen Dinge bedrückt das Herz, sondern die verzweifelte Liebe zu dem, was in der ewigen Jugend ewig dauert, die Liebe zur Zukunft.

Wieder in den Ruinen zwischen den Hügeln und dem Meer. Es ist schwer, mich von dieser Stätte loszureißen, der ersten seit Tipasa, wo ich mich ganz gehenlassen konnte.

■

10. Dezember.
Fortsetzung. Indessen brechen wir auf, und ein paar Stunden später sind wir in Pompeji. Interessiert, gewiß, aber nie Anteil nehmend. Die Römer manchmal raffiniert, nie zivilisiert. Advokaten und Soldaten, die man aus unerfindlichen Gründen mit den Griechen verwechselt. Sie sind die ersten und eigentlichen Zerstörer des griechischen Geistes. Das besiegte Griechenland hat sie

leider nicht seinerseits besiegt. Denn sie haben zwar bei ihm die Themen und Formen der großen Kunst entlehnt, aber sie haben nie etwas anderes hervorgebracht als kalte Annäherungen, die es besser nie gegeben hätte, um die griechische Naivität und Pracht ohne Vermittler auf uns wirken zu lassen. Im Vergleich mit dem Hera-Tempel in Paestum geht die ganze Antike in Scherben, mit der Rom und Italien übersät sind, und mit ihr auch eine Komödie der falschen Größe. Mein Herz hat dies instinktiv immer gewußt, kein lateinisches Gedicht hat es je höher schlagen lassen (nicht einmal der bewunderte, aber nicht geliebte Vergil), während es sich immer im Blitz einer aus Griechenland kommenden, tragischen oder lyrischen Stanze zusammenschnürte.

Auf dem Rückweg von diesem preziösen Buchenwald, das Pompeji ist, ein Geschmack von Asche und auch eine wachsende Müdigkeit. F. und ich fahren abwechselnd, und um 21 Uhr komme ich erschöpft in Rom an.

■

11. Dezember.
Sozusagen den ganzen Tag im Bett. Ständig ein fiebriger Zustand, der mir den Geschmack an allem nimmt. Unbedingt wieder Gesundheit erlangen. Ich habe meine Kräfte nötig. Ich verlange nicht nach einem Leben ohne Schwierigkeiten, aber ich will auf seiner Höhe sein können, wenn es schwierig ist. Haushalten, wenn ich dorthin will, wo ich hingehe. Werde am Dienstag abreisen.

■

12. Dezember.
Eine Zeitung fällt mir in die Hände. Die Pariser Komödie, die ich vergessen hatte. Die Posse des Goncourt. Diesmal für *Die Mandarins von Paris*[1]. Anscheinend bin ich hier die Hauptperson. In Wahrheit der in seiner damaligen Tätigkeit genommene Autor (Leiter einer aus der Widerstandsbewegung hervorgegangenen Zeitung), und alles übrige ist falsch, die Gedanken, die Gefühle und die Handlungen. Mehr noch: Die zweifelhaften Handlungen aus dem Leben Sartres werden mir großzügig aufgehalst. Abgesehen davon Dreck. Aber nicht absichtlich, gewissermaßen wie man atmet.

Fühle mich besser. Grauer Tag. Es regnet auf Rom, dessen gründlich gewaschene Kuppeln schwach schimmern. Mittagessen bei F. G. Abend allein, ohne Fieber.

■

13. Dezember.
Nochmals Caravaggio. Santa Maria del Popolo. Auch eine Traurigkeit Roms mit seinen zu hohen, zu gespannten Straßen. Deshalb sind die Plätze so schön, sie befreien, und dann siegt das Barocke über das Römische. Wie die im Stein erstarrten römischen Paare, denen nur dies eine gemeinsam ist, daß sie ihren Stock verschluckt haben. Die Dämmerstunde, die sich zwischen den Palä-

1 Der 1954 unter dem Titel *Les Mandarins* erschienene Roman von Simone de Beauvoir.

sten einschleicht und ihre stolzen Fassaden einstürzen läßt. Am Abend erzählte M. mir von Brancati[1] und seinem Tod. Nachtessen allein.

■

14. Dezember. Abreise.
Existentialismus. Wenn sie sich anklagen, kann man sicher sein, daß es immer geschieht, um den anderen eins auszuwischen. Lauter Bußrichter[2].

Mit Lukas beginnt der eigentliche Verrat, der den verzweifelten Ruf des sterbenden Jesus unterschlägt.

M., der ich sage, daß es gewisse Rollen gibt, die vom Schauspieler nur Virtuosität verlangen und die dem Schauspieler erlauben, sein Können, seine Meisterschaft, zu erproben, erwidert mir, daß es sie nicht interessiert, daß sie nur Personen zu spielen liebt, in die sie sich hineinversetzen und einleben kann, um dann zu spüren, daß sie ein anderes Leben lebt. Und abschließend sagt sie: «Ich spiele gern, weil ich romantisch bin.»

■

Moral. Nicht nehmen, was man nicht begehrt (schwierig).[3]

Ich habe immer gehofft, besser zu werden. Ich war im-

1 Vitaliano Brancati (1907–54), sizilianischer Schriftsteller.

2 Bußrichter: Hier taucht zum erstenmal die Idee auf, die im Mittelpunkt von *Der Fall* steht.

3 Vgl. *Der Fall*: «...man findet sich eines Tages in der Lage, zu nehmen, ohne zu begehren.»

mer entschlossen, das dafür Notwendige zu tun. Ob ich es getan habe, bleibt dahingestellt.

War die Ehe für mich nicht ein raffinierteres sinnliches Abenteuer? Sie war es.

Wenn ich mich entfalte, verkümmert sie. Sie kann nur leben, wenn sie sich auf mein Verkümmern stützt. So sind wir zwei entgegengesetzte Pole der Psychologie.

Das Gegenteil des heimlichen Menschen: der Mensch ohne Ressentiment. Aber die Katastrophe ist die gleiche.

Die Welt windet sich nur so viel, wie ein entzweigeschnittener Regenwurm, weil sie den Kopf verloren hat. Sie sucht ihre Aristokraten.

■

La Martinière, das weiße Schiff, das die Sträflinge nach Cayenne brachte – mit Zwischenlandung in Algier, um weitere Ladung einzuschiffen (meine Reportage im sintflutartigen Regen – der von kahlgeschorenen Sträflingen bedeckte Kahn – das Innere, die beiden Käfige, usw.[1] – Die gleiche Reise, die ich gemacht habe, aber in einer komfortablen Kabine) – Eine Erzählung?

■

1 *Alger-Républicain*, 1. Dezember 1938. Titel: «Diese Menschen, die aus der Menschheit ausgestrichen werden». Untertitel: «57 Verbannte wurden gestern aus Algier in die Strafkolonie verschickt». Vgl. *Tagebuch*, Zweites Heft, 15. Dezember 1938.

Der erste Mensch. Er fand den Ehrgeiz lächerlich. Er wollte nicht haben, er wollte nicht besitzen, er wollte sein. Dafür einzig die Beharrlichkeit.

Sobald das Privatleben einer Menge Leute zur Schau gestellt und erklärt wird, ist es das öffentliche Leben, und man sucht vergeblich, sich darin zu behaupten.

Dieses (leere) Leben der Städte und der unerträglichen Tage ohne die Liebe.

Sie ist das, was mich seit zehn Jahren am meisten interessiert hat.

■

Der erste Mensch. «Und er dachte an alles, was er gemacht hatte, ohne es wirklich zu wollen, was andere gewollt hatten, oder ganz einfach weil andere unter ziemlich ähnlichen Umständen so gehandelt hatten, all das, was in seiner Anhäufung letzten Endes doch ein Leben ergeben hatte, das Leben, das er mit allen Menschen teilte, die schließlich daran sterben, daß sie nicht verstanden haben, das zu leben, was sie wirklich leben wollten.»

■

Der erste Mensch. Thema der Energie: «Ich werde herrschen, aber kompromißlos. Der Kompromiß, die Heuchelei, das niedrige Streben nach Macht, das alles ist zu einfach. Aber ich werde wirklich herrschen, ohne einen Finger zu rühren, um zu besitzen oder zu haben.»

Das einzige Gesetz des Seins ist, zu sein und über sich hinauszuwachsen.

■

Jonas. Die verrückte Concierge (ihr Sohn ist tot): «Ah! Monsieur Jonas, Sie wenigstens verstehen!» und unmittelbar anschließend: «Schauen Sie nicht nach, Monsieur Jonas, er schlägt seine Frau und seine Kinder.»

■

Der erste Mensch. Thema der Freundschaft.

M. gelangt auf Anhieb zu den großen Werken, ohne besonders kultiviert zu sein. Unfähig, sich beim Mittelmäßigen aufzuhalten, nicht einmal aus Trägheit, und instinktiv fähig, die Größe zu erkennen.

■

Der erste Mensch. Thema der Angst (vgl. Menschenkenntnis. Adler, S. 156). Die Triebkraft der Personen: das Verlangen nach Macht, in psychologischer Sicht.

■

Don Faust (oder der Doktor Tenorio): «Ich habe für das, was ich gab, nie etwas verlangt, ich habe nie von dem gesprochen, was ich tat, ich hielt mich für zu wenig, um je genug gegeben haben zu können, und ich dachte vor allem an alles, was ich nie gegeben hatte. Aber heute habe ich das Wenige nötig, das ich getan habe, ich habe die Hiesigen nötig. Diejenigen, denen ich nie meine Hand oder meine Hilfe verweigert habe, sollen sprechen und für mich Zeugnis ablegen. *Alle schweigen.* In dem Fall werde ich sprechen. Dieser hier...» (empörter Text).

■

Erster Mensch. Mit Simone. Ein Jahr lang kann er sie nicht nehmen. Und dann die Flucht. Sie weint, und das löst alles aus.

Alles kommt von meiner angeborenen Unfähigkeit, ein Bourgeois und zudem ein zufriedener Bourgeois zu sein. Der geringste Anschein von Stabilität in meinem Leben erfüllt mich mit Schrecken.

Meine große Überlegenheit über die Mogler besteht letzten Endes darin, daß ich keine Angst habe zu sterben. Ich habe Grauen und Ekel vor dem Tod. Aber ich habe keine Angst zu sterben.

Intellektueller Verrat der Linken. Wenn es wirklich ihr Ziel ist, das revolutionäre Prinzip in der UdSSR beizubehalten und dabei nach und nach seine Entartungen zu korrigieren, hätte die russische Regierung kaum Gründe, auf ihre totalitären Methoden zu verzichten, da sie doch immer von vornherein entschuldigt werden. In Wirklichkeit kann nur die offene Opposition der Menschen der Linken im Westen diese Regierung zum Nachdenken bringen, vorausgesetzt, daß sie dazu fähig und gewillt ist. Aber nochmals, in Wirklichkeit erklärt der Verrat unserer Intellektuellen sich aus anderen Gründen als der Dummheit.

Warum sollte die Schwäche gegenüber dem Vergnügen schuldhafter sein als die Schwäche gegenüber dem Schmerz. Die letztere richtet manchmal unvergleichliche Verheerungen an.

■

Don Faust. Erstes Bild oder Prolog. Faust will alles wissen und alles haben. «Also gebe ich dir die Verführung», sagt der Teufel. Und Faust wird Don Juan.

Letztes Bild. Er muß zahlen. «Gehen wir.» Nein, sagt der Teufel, man muß gegen seinen Willen kommen, oder aber man stirbt gewöhnlich. «Sterben wir also gewöhnlich» (hier Chor der Männer, die den Helden in ihre Reihen aufnehmen – Besser spät als nie).

Inselkomplex Rußlands und der Kommunisten (Vgl. Adler: Menschenkenntnis, S. 154[1]).

In der N. R. F.: Dialoge (Antworten, Fragen) oder erfundener Brief[2] zu Fragen der Zeit.

■

Roman. «An jenem Abend ging alles schief – Im Konzert hatte er in der Meinung, die Symphonie sei zu Ende, nach dem dritten Satz geklatscht. Aber energisches und tadelndes pst, pst! belehrte ihn, daß sie vier Sätze hatte. Und der von der kurz zuvor erlebten Verzückung und der plötzlichen Verachtung schwere Blick seiner Nachbarn verfolgte ihn.»

1 Camus zitiert nach der französischen Ausgabe: Alfred Adler, *Connaissance de l'homme* (Payot 1949).

2 Das literarische Verfahren des erfundenen Briefs wurde von Camus mehrfach verwendet. *Lettre à un jeune Anglais sur l'état d'esprit de la nation française* erschien 1939 in *Alger-Républicain*. Zur gleichen Zeit, im Dritten Heft des *Tagebuchs*, *Brief an einen Verzweifelten*. Und vor allem die *Briefe an einen deutschen Freund*, die für die Untergrundpresse bestimmt waren und 1945 gesondert erschienen.

Eine der Novellen im französischen Stil (Jonas).

Die Seine führt Hochwasser. In der Nacht das Rauschen des Flusses, noch nie gehört.

■

Don Juan. Der atheistische Moralist findet den Glauben. Von nun an ist alles erlaubt, da jemand vergeben kann, was die Menschen nicht verzeihen können. Somit eine großzügige, von lebendigem Glauben gekrönte Liederlichkeit.

Der Drang zu schaffen ist so groß, daß die dazu unfähigen Menschen den Kommunismus wählen, der ihnen eine ganz und gar kollektive Schöpfung bietet.

■

Theater. Timon – Besessene – Julie – Impromptu – Presse – Bacchen.

Dante läßt gewisse Engel im Streit zwischen Satan und Gott neutral bleiben. Er versetzt sie in den Vorhof seiner Hölle. III 37[1].

■

1 «Sie sind den faulen Engelscharen bei- / gemischt, die gegen Gott sich nicht empörten, / noch treu ihm waren, sondern nur für sich. / Der Himmel stieß sie aus, um rein zu bleiben, / die Hölle läßt sie tiefer nicht hinab, / weil sie die Schmach der Bösen schmälern könnten.» (In der Übersetzung von Karl Vossler)

17. Februar.
Ankunft in Algier. Von der Höhe des Flugzeugs aus, das die Küste entlangfliegt, wirkt die Stadt wie eine Handvoll schimmernder, am Rand des Meers ausgestreuter Kiesel. Der Garten des Hotels St Georges. O gastliche Nacht, zu der ich endlich zurückkehre und die mich aufnimmt wie einst, getreu.

■

18. Februar.
Schönheit Algiers am Morgen. Der Jasmin im Garten des St Georges. Ihr Duft erfüllt mich mit Freude, mit Jugend. Der Weg hinab in die Stadt, frisch, luftig. Das Meer schimmert in der Ferne. Glück.

Tod von François, dem Gebrechlichen. Mit einem Zungenkrebs aus der Klinik nach Hause geschickt. Stirbt allein in seinem Loch, speit Blut auf die ganze Wand und schlägt mit der Faust gegen diese dicke und beschmutzte Wand, die ihn von den Nachbarn trennt.

■

19.
Bei mir kein einziger Sessel. Ein paar Stühle. Es ist immer so. Nie ein Sichgehenlassen oder eine Behaglichkeit.

Besuch in den Läden von Belcourt. 3 Tote. Die Massons. Marthe. Alexandrine. Juliette. Zinzin (abstehende Ohren, Gliederverrenker, singt im Kino Alcazar).

■

Erster Mensch.

In welchem Jahr ist Papa geboren?

Ich weiß es nicht. Ich war vier Jahre älter als er.

Und du in welchem Jahr?

Ich weiß es nicht. Schau in meinem Familienbuch nach.

Schön, seine Familie hat ihn im Stich gelassen. In welchem Alter? – Ich weiß es nicht. Oh! Er war jung. Seine Schwester hat ihn verlassen. Wie alt war seine Schwester? Ich weiß es nicht. – Und seine Brüder? Er war der Jüngste – Nein, der Zweite. – Aber in dem Fall waren seine Brüder zu jung, um sich seiner anzunehmen. – Ja, das muß es wohl gewesen sein. – Dann blieb ihnen also nichts anderes übrig.

Mit sechzehn Jahren Lehre als Landarbeiter bei den Schwiegereltern seiner Schwester. Er muß hart arbeiten.

«Er wollte sie nicht mehr sehen. Er hatte die Nase voll.»

Id. Er kämpft für die Sache der Araber. Er wird mit seiner Frau in einem antifranzösischen Aufruhr gefaßt. Er tötet sie, damit sie nicht vergewaltigt wird, aber er überlebt. Er steht vor Gericht und wird verurteilt.

Oder auch: Ich habe 20 Jahre für sie gekämpft, und am Tag ihrer Befreiung haben sie meine Mutter getötet.

Id. Selbstmord von X. St Germain-des-Prés. Freunde aus dem Méphisto[1]. Marinella. Betrunken. Jean-Pierre,

1 Keller in Saint-Germain-des-Prés, der von einem aus Algerien stammenden Franzosen geführt wurde.

der X. beschimpft: «Dir gelingt alles. Du widerst mich an.»

■

20.
Tipasa. Regen und Sonnenschein. Absinth mit Wasser verdünnt. Und Striemen frischen Lichts über den feuchten Ruinen. Die gleiche Gemütsbewegung. Jedesmal neu.

Welch ein Glück, auf den Hügeln von Tipasa zur Welt gekommen zu sein und nicht in Saint-Étienne oder Roubaix. Mein Glück erkennen und mit Dankbarkeit annehmen.

■

21.
Strahlender Tag. In der Ferne verschmelzen Meer und Himmel im gleichen Funkeln. Wie jeden Morgen der Garten und der Duft des Jasmins, heute jubilieren die Vögel.

■

22. Februar.
Dunst.

■

23. Februar.
Von der Sonne geweckt, die mein Bett überströmt. Ein

Tag wie ein kristallener Kelch, der von ununterbrochenem blauem und goldenem Licht überquillt.

■

24. Februar.

Orléansville[1]. Die Berge am Morgen, wie aus dem zarten Blütenblatt eines Zyklamens ausgeschnitten. In der Stadt Orléansville Baracken und Wiederaufbau: der Wilde Westen. Die Gruppe junger Architekten, die der Niedergeschlagenheit entgehen, weil sie die Stadt in der Zukunft sehen.

■

25. Februar.

R.U.A.[2] Beglückung dieser schlichten Freundschaft, von der ich gelebt habe.

■

1 Orléansville war am 9. September 1954 von einem Erdbeben heimgesucht worden. Der Architekt und Stadtplaner Jean de Maisonseul, ein alter Freund von Camus, nahm ihn mit zur Inspektion der Fortschritte des Wiederaufbaus. Das Theater, das gebaut wurde, erhielt den Namen Théâtre Albert Camus.

2 Racing Universitaire d'Alger, der Fußballklub, dessen Torwart Camus in seiner Jugend war.

26. Februar.
Wenn die alte Königin die jungen Königinnen zur Welt gebracht hat, wird sie von diesen getötet oder verjagt. Und am Rand des Bienenkorbs verhungert sie.

Dieses lächerliche Prunken der Liebe und ihre gräßlichen Forderungen, derer die Schwachen und Gewöhnlichen sich bedienen, um zu leben und zu scheinen.

■

26. April.
Abflug von Paris. Blutenden Herzens und von X. aller Freude beraubt. Die Alpen. Und die Inseln kommen uns langsam eine nach der andern entgegen: Korsika, Sardinien, in der Ferne Elba und Kalabrien. Kefallonia und Ithaki sind in der Abenddämmerung unsichtbar. Dann die griechische Küste, aber in der Nacht wird die kräftige Hand des Peloponnes zu einem dunklen und geheimnisvollen, von Schneeglöckchen übersäten Kontinent, wo da und dort verschneite Berggipfel leuchten. Ein paar Sterne an dem noch hellen Himmel und dann eine Mondsichel. Athen.

■

27.
Beim Aufstehen Wind, Wolken und Sonne. Ein paar Einkäufe. Mein reizender einundzwanzigjähriger Dolmetscher besitzt eine bezaubernde Frische (ich habe ihnen gesagt, ich wohne in der Nähe des Hotels, aber das war nicht wahr, und ich bin die ganze Zeit gelaufen, um nicht

zu spät zu kommen, deshalb bin ich jetzt außer Atem), die mich erobert und die ich mir aneigne.

Akropolis. Der Wind hat alle Wolken verjagt, und ein denkbar weißes, denkbar hartes Licht fällt vom Himmel. Den ganzen Vormittag über das merkwürdige Gefühl, seit Jahren hier zu sein, bei mir zu Hause übrigens, und nicht einmal vom Unterschied der Sprachen belästigt. Auf dem Weg hinauf zur Akropolis verstärkt sich dieses Gefühl, als ich feststelle, daß ich «als Nachbar», ohne die geringste Rührung, dorthin gehe.

Oben angekommen ist es anders. Auf die Tempel und die Steine, die der Wind anscheinend ebenfalls bis auf die Knochen abgescheuert hat, fällt prall das Licht von elf Uhr, springt auf und zerbirst in Tausende von weißen und sengenden Schwertern. Das Licht wühlt in den Augen, läßt sie tränen, dringt mit schmerzender Raschheit in den Körper ein, leert ihn, öffnet ihn in einer Art ganz physischer Vergewaltigung und reinigt ihn gleichzeitig.

Dank der Gewöhnung öffnen die Augen sich nach und nach, und die extravagante (ja, das eben verblüfft mich, die unerhörte Kühnheit dieses Klassizismus) Schönheit des Orts wird von einem gereinigten, vom Licht blank gescheuerten Wesen empfangen.

Und dann der Mohn, von einem so dunklen Rot, wie ich es noch nie gesehen hatte, einer wächst einsam direkt aus dem bloßen Stein, die [...][1], die Malven, und der von vollkommenen Perspektiven markierte Raum

1 Ein unleserliches Wort.

bis zum Meer. Und im Erechtheion das Gesicht der zweiten Karyatide, das angezogene Bein der dritten…

Man wehrt sich hier gegen die Vorstellung, daß die Vollkommenheit damals erreicht wurde und daß die Welt seither nicht aufgehört hat zu verfallen. Aber diese Vorstellung bricht einem schließlich das Herz. Man muß sich immer und immer wieder dagegen wehren. Wir wollen leben, aber wenn wir das glauben, sterben wir.

Am Nachmittag der Hymettos, blaugrau. Der Pentelikon.

19 Uhr Vortrag. Abendessen in einem kleinen Lokal der Altstadt.

■

28.

Vormittag. Mit Marguerite Liberaki[1]. Daphni. Ganz entschieden Byzanz… Der Ort ist bezaubernd. Eleusis, wo man viel Phantasie braucht. Aber das Land vor und hinter Eleusis ist sehr schön. Im Tempel die beiden zum Heiligtum führenden Achsen, wobei die zweite abweicht, um den Blicken der nicht Eingeweihten alles zu entziehen.

Entscheidende Bedeutung dessen, was ich von Eleusis weiß. Weiterführen.

Im Museum wunderbare Stücke.

Mittagessen in der Botschaft. Tiempo perdido.

Nachmittag. Agora. Theseion. Areopag; im kleinen Museum der Agora die Statuen von Herakleion, Athene, Herakles. Herakles kräftig und hart unter dem ihn be-

1 Griechische Verfasserin von Romanen und Theaterstücken.

deckenden blühenden Geißblatt. Dann steige ich auf den Hügel der Musen. Die tiefstehende Sonne am Horizont besitzt noch nicht die rote Farbe, die sie ganz deutlich im hellen Himmel abzeichnet. Aber sie hat nicht mehr ihre ganze Kraft, sie wird schwächer und verliert ihre Form. Aus ihrer aufgebrochenen Kreislinie fließt nun ein feiner Honig, der sich über den ganzen Himmel ausbreitet, die Hügel und die Akropolis vergoldet und alles mit einem lieblichen und einzigartigen Glanz überzieht, bis zu den an allen Enden verstreuten Würfeln der Stadt, bis zum Meer.

Ich kehre gerade rechtzeitig für meinen Diskussionsvortrag zurück. Nach zwei Stunden, in denen ich einen Haufen von Fragen beantwortet habe, bin ich erschöpft. Abendessen in Piräus mit Marguerite Liberaki. Merkwürdiges Geschöpf, verschlossen und dunkel, mit plötzlichen Ausbrüchen von Leben und Lachen.

■

29.

Vormittags. Nationalmuseum. Es enthält alle Schönheit der Welt. Die Karyatiden würden mich rühren, das wußte ich, aber das Staunen, das sie in mir geweckt haben, dauert an. Man erlaubt mir, die Keller zu besichtigen, in die mehrere verbracht worden waren, um sie während des Kriegs vor der Invasion und den Zerstörungen zu schützen. Und in dem Keller, in den die Geschichte sie verwiesen hat, lächeln sie noch immer unter dem Staub und dem Stroh, die sie bedecken, und über 25 Jahrhunderte hinweg erwärmt, belehrt und ermutigt dieses Lächeln noch heute. Und die Grabstelen und dieser verhaltene Schmerz. Auf einem weißgrundigen Lekythos kann der untröstliche Tote sich nicht damit abfinden, daß er die Sonne und das Meer nicht mehr sehen wird. Ich verlasse diese Vollkommenheit ein wenig trunken und unglücklich.

Dann mache ich mich auf den Weg nach Sunion. Das mittägliche Licht ist noch ein wenig verschleiert, es hält einen unsichtbaren Dunst in der Schwebe, aber ich bewundere den Raum und die Ausdehnung dieser doch begrenzten Landschaften. Je mehr wir uns Sunion nähern, desto frischer und jünger wird das Licht. Und dann, auf dem Kap, zu Füßen des Tempels, nur noch der Wind. Der Tempel an sich läßt mich kalt. Dieser zu weiße Marmor wirkt wie Stuck. Aber das Vorgebirge, auf dem er sich erhebt, das ins Meer hinausragt wie eine Kajüte, von der aus man das Geschwader der Inseln auf hoher See beherrscht, während hinter ihm das Meer rechts und links an den Flanken aus Sand und Fels schäumt, dieses Vorgebirge ist ein unbeschreiblicher Ort. Der wütende Wind pfeift so laut zwischen den Säulen, daß man sie für einen lebendigen Wald halten könnte. Er schüttelt die blaue Luft, saugt die vom Meer kommende an, vermengt sie gewaltsam mit den Düften, die von dem mit winzigen und frischen Blumen übersäten Hügel aufsteigen und läßt pausenlos aus Licht und Luft gewirkte blaue Tücher rasend knattern. Als ich zu Füßen des Tempels sitze, um vor dem Wind Schutz zu suchen, gewinnt das Licht augenblicklich in einer Art reglosem Aufbrechen größere Reinheit. In der Ferne treiben Inseln. Kein Vogel. Das

Meer schäumt leicht bis an den Horizont. Ein vollkommener Augenblick.

Vollkommen bis auf diese Insel gegenüber von Makronissos, die heute leer ist, das stimmt, die aber eine Insel für Deportierte war, von der man mir Furchtbares erzählt hat.[1]

Wir essen ganz unten an dem kleinen Strand zu Mittag, Fisch und Käse, im Anblick der großen Fischerboote in dem kleinen Hafen. Gegen Mitte des Nachmittags werden die Farben dunkler, die Inseln verfestigen sich, der Himmel entspannt sich. Es ist der Augenblick des vollkommenen Lichts, des Sichgehenlassens, des *Alles ist gut*. Aber wir müssen gehen, wegen meines Vortrags. Ich reiße mich mühsam von diesem Ort los, den ich nicht gänzlich verlasse.

Aber ehe wir uns auf den Weg machen, erblicke ich wieder oben, vom Vorgebirge aus, Makronissos. Während der ganzen Rückfahrt liegt das schönste Licht, das ich hier erlebt habe, über den Olivenhainen, den Feigenbäumen mit den ausnehmend grünen Blättern, den seltenen Zypressen und dem Eukalyptus.

Vortrag. Abendessen, an dem ich Auskünfte über die Deportation erhalte. Die Zahlen scheinen übereinzustimmen. Die Zahl der Deportierten wurde auf 8 oder 900 herabgesetzt. Damit muß ich mich beschäftigen.

■

1 In den politischen Akten der Archive von Albert Camus gibt es eine beeindruckende Dokumentation über Makronissos.

30.
Nationalmuseum. Der große, schlanke Kuros, den ich wiedersehe. Wiederholung Hekubas. Bis auf eines ermangeln diese griechischen jungen Mädchen der Anmut und des Stils. Mittagessen in Kephissia, der in sanftem Licht liegende Garten ertönt vom Gesang der Nachtigallen.

Nachmittag. Arbeit, dann der Hügel der Musen. Die Sonne steht diesmal kurz vor dem Untergang. Wieder so eine zum Lachen reizende Freude angesichts der erstaunlichen Kühnheit der Akropolis, wo die Architekten nicht mit harmonischen Massen gespielt haben, sondern mit der phantastischen Extravaganz der Kaps, der in einen riesigen Golf gestreuten Inseln und der unermeßlichen, sich drehenden Muschelschale des Himmels. Nicht den Parthenon haben sie erbaut, sondern den Raum selbst, und zwar in wahnwitzigen Perspektiven. Auf dieses ganze Geschwader von Inseln und Bergspitzen, die von der Kajüte des Felsens beherrscht werden, fällt unvermittelt die Beschwichtigung des Abends und [...][1] zu einer schweigenden Seefahrt.

■

Eingeschobener Brief.
Mein lieber X.
Mein gegenwärtiges Schweigen geht nur mich an. Es

1 Ein unleserliches Wort.

betrifft zu viele Dinge meines Privatlebens, als daß ich es Ihnen erklären könnte. Sie werden sich übrigens darüber freuen, da Sie wissen, daß ich, falls ich gesprochen hätte, nicht das gesagt hätte, was Sie erhoffen, und daß ich es somit niemandem recht gemacht hätte.

Im übrigen fehlt es der Sache, für die Sie sich interessieren, nicht an bestellten Verteidigern (ich gebe übrigens zu, daß sie im vorliegenden Fall nicht eben überzeugend waren). Ihr Brief treibt mich dazu, Ihnen etwas zu sagen, was ich Ihnen schon lange sagen wollte. Nämlich daß Sie in dem großen Konflikt, der das 20. Jahrhundert entzweischneidet, bereits gewählt haben.

Sie wissen zum Beispiel, daß Ostdeutschland seit langem aufgerüstet hat und daß dort einige ehemalige Nazigenerale tätig sind, genau wie im Westen. Die UdSSR hat Deutschland wiederholt das Recht zuerkannt, nationale Streitkräfte zu unterhalten. Sie sagen nichts davon. Denn Sie finden diese Wiederaufrüstung zulässig, wenn sie von der UdSSR kontrolliert wird, lehnen sie aber im westlichen Rahmen ab. Und so geht es in allem. Im Grenzfall (erforschen Sie sich) würden Sie akzeptieren, daß Frankreich in eine Volksrepublik unter dem Schutz der Roten Armee verwandelt würde (und ich erinnere Sie daran, daß ich meinerseits die Kommunisten gegen jegliche «Atlantisierung» der Innenpolitik verteidigt habe). Sooft Sie mir zu diesen Problemen etwas gesagt oder geschrieben haben, war Ihre unausgesprochene Meinung offenkundig, Ihre Empörung war nur aufrichtig, wenn es sich um Verbrechen vom Typus Rosenberg[1] handelte, während in Ihnen eine Art von Zweifeln beladenes Schweigen entstand, sobald es sich um einen Arbeiteraufstand in Deutschland handelte, der von einem kommunistischen Regime unterdrückt wurde (dieser letzte Punkt ist wichtig und meiner Ansicht nach ein schmerzlicher, aber entscheidender Test für die Haltung der Linksintellektuellen).

Meiner Meinung nach haben Sie also gewählt. Und da Sie gewählt haben, ist es normal, daß Sie in die kommunistische Partei eintreten. Nicht ich werde Ihnen dies zum Vorwurf machen. Ich hege keine Verachtung für die militanten Kommunisten, aber ich glaube, daß sie sich in einem tödlichen Irrtum befinden. Dagegen habe ich Verachtung im Überfluß für die Intellektuellen, die es sind, ohne es zu sein, die uns mit ihrer Pseudo-Zerrissenheit von Laienpriestern auf die Nerven gehen und sich schließlich auf Kosten der militanten Arbeiter ein gutes Gewissen zulegen.

Tun Sie doch ein für allemal das, wozu Sie Lust haben, kommen Sie mit sich selbst ins reine. Nachher können Sie weitersehen. Sie vergleichen unablässig zwei Dinge, von denen Sie eines kennen und richten, die Gesellschaft, in der wir leben, ohne das andere zu kennen. Die kommunistische Partei wird Ihnen nicht helfen, die Volksdemokratien kennenzulernen. Nicht entfernt. Aber sie

1 1953 wurde das Ehepaar Rosenberg in den USA wegen Spionage verurteilt und hingerichtet, während in Ost-Berlin die russischen Panzer die Revolte der Arbeiter niederschlugen.

wird Ihnen helfen, den Kommunismus kennenzulernen, von dem Sie nicht viel wissen. Wenn Sie dort einen Frieden finden, eine Lebensregel, um so besser. Wenn nicht, bleibt Ihnen wenigstens der Gewinn, das Problem wirklich zu kennen.

Ich wiederhole Ihnen nur, um jeden Irrtum zu vermeiden, was ich glaube. Die deutsche Wiederaufrüstung muß in beiden Fällen verurteilt werden, oder aber alles ist Betrug. Und wenn ich weiterhin die Franco geleistete Hilfe unentschuldbar finde oder die «Obstpolitik» in Südamerika, oder den Kolonialismus, lehne ich die Obstpolitik ab, die Frankreich von Rußland und seinem bedingungslosen Gehilfen, der französischen kommunistischen Partei, aufgepfropft wird. Ganz allgemein bin ich nach wie vor ein grundsätzlicher Gegner der Unternehmen und der Methoden dessen, was ich den cäsarischen Sozialismus genannt habe.

Das alles wissen Sie übrigens. Nur haben meine Bücher für Sie sehr viel weniger bedeutet, als Sie sagen. Die Sympathie, die Sie mir entgegenbringen, war echter. Aber wer ins Kloster geht, hat auch seine Freunde und seine Mutter geliebt, und dennoch verläßt er sie. Denn ich darf Sie nicht im Glauben lassen, Sie träten nicht in eine Kirche ein, da Sie eine Orthodoxie wie die der kommunistischen Partei wählen. Zweifeln Sie nicht, geben Sie vielmehr in Ihrem Herzen zu, daß die Versuchung des Kommunismus für einen Intellektuellen von der gleichen Art ist wie die Versuchung der Religion. Das ist durchaus nicht beschämend, vorausgesetzt, daß man ihr loyal und mit Sachkenntnis nachgibt. Was mich betrifft, so bewahren Sie meine wenn auch ferne Freundschaft. Ich bitte Sie nur, falls Sie Ihr Vorhaben verwirklichen, und wenn Sie hören, daß ich objektiv gesehen, wie man so sagt, ein abscheulicher Faschist bin, dies nicht etwa zu leugnen, was nicht möglich wäre, sondern nur zu versuchen, es nicht zu denken. Alles Gute, von ganzem Herzen, und seien Sie meines treuen Gedenkens versichert.

■

Am Abend Volkstänze im «Johnny le fou». Ich versuche, diese Tänze interessant zu finden, aber die Tänzer und vor allem die Tänzerinnen sind zu häßlich.

■

1. Mai.
Am frühen Morgen Abfahrt nach Argolis. Die Küste des Golfs von Korinth. Ein tanzendes, luftiges, jubelndes Licht überflutet den Golf und die Inseln im Meer. Wir halten eine Weile am Rand der Klippe, und die ganze Unermeßlichkeit des Meeres vor uns bietet sich in einer einzigen geschwungenen Linie dar wie eine Schale, aus der wir in langen Zügen das Licht und die Luft trinken.

Nach einer Stunde Fahrt bin ich buchstäblich trunken von Licht, mein Kopf ist erfüllt von Blitzen und stummen Schreien, und in der Höhle des Herzens eine gewaltige Freude, ein unaufhörliches Lachen, das Lachen der Erkenntnis, nach der alles geschehen kann und alles angenommen wird. Die Fahrt hinab nach Mykenä und Argos. Die mykenische Burg ist von dichten Büscheln Mohnblumen bedeckt, die über den Königsgräbern im Wind zittern. (Ganz Griechenland, soweit ich es bereist habe, ist gegenwärtig von Mohn und Tausenden anderer Blumen bedeckt.) Vom Gipfel des Burgberges aus sieht man die Ebene bis nach Argos und das Meer. Das Königreich Agamemnons ist kaum zehn Kilometer groß, und doch besitzt es derartige Proportionen, daß es unter der Sonne nie ein ausgedehnteres Königreich gegeben hat. Mykenä mit seinen Ruinen zwischen seinen beiden hohen Felsen, eingefaßt von riesigen Blöcken, unter einem Licht, das hier schrecklich wird, ist heute die ungesellige Königin dieses unvergeßlichen Landes.

Ruinen von Argos, nicht besonders interessant für mich. Der aus dem Vaucluse stammende junge Architekt Georges Roux, so lebendig, so begeistert von seinem schönen Beruf, fesselt mich. Ich beneide ihn ein wenig und mache mir bitter die verlorene Zeit der letzten Jahre und meine tiefe Ohnmacht zum Vorwurf. In Asíne essen wir zu Mittag, aber vor dem Essen bade ich an dem schönen Strand in einem durchsichtigen und kalten Wasser.

Am Nachmittag Epidauros, das für das Fest des 1. Mai einen Jahrmarkt fröhlicher Griechen angezogen hat. Aber oben auf dem Theater, im dichten und lauen Licht, das sich über die Abhänge der Olivenbäume, die Eukalyptus, die [...] [1] und die Akazien ausbreitet, ertönen alle Geräusche wie in einer weiten und weichen Ferne. Nur die dünnen Glöckchen der Schafherden sind auf dem Scheitel der anderen Geräusche zu hören, aber ebenfalls

1 Ein unleserliches Wort.

in der gleichen Ferne. Wiederum ist die Stunde hier vollkommen.

Abend. Nauplion am Rand des Meers, zur Stunde der königlichen Sonne, wie die Griechen sie nennen, die Stunde des Purpurs am Himmel und der blaßlila und blauen Farbtöne auf den Bergen und den Buchten.

■

2. Mai.

Am Morgen Abfahrt nach Sparta unter einer furchtbaren Sonne. Breite Täler, jedes ein Königreich von Olivenbäumen und stolzen Zypressen, dürre Berge, da und dort ein Dorf, Griechenland ist hier eine Einöde. Nur die Herden der rosa, grün und rot angestrichenen Schafe durchqueren sie. In der Ebene des Eurotas breitet Sparta zu Füßen des verschneiten Taygetos seine Orangenhaine aus, deren fülliger Duft uns nicht mehr losläßt. Über den Ruinen von Mistra Schwärme von Turteltauben. Das stille Kloster mit den weiß getünchten Mauern öffnet sich auf die unendliche Ebene von Lakonien mit den ordentlich gerundeten und ordentlich gesonderten Olivenbäumen, die unter einer unermüdlichen Sonne erzittern.

Auf dem Heimweg fahren wir nach Nauplion hinunter mit seinem Golf und den Inseln und Bergen im Hintergrund. Halt in Argos bei den jungen Archäologen der Ausgrabungen. Der gleiche Eindruck wie bei der kleinen Gruppe von Architekten, die Orléansville wiederaufbauen und dort in einer Gemeinschaft leben. Ich habe nie anderswo Glück und inneren Frieden gefunden als in einem Beruf, einer Arbeit, die ich mit anderen, für mich liebenswerten Menschen ausführen konnte. Ich habe keinen Beruf, nur eine Berufung. Und meine Arbeit ist einsam. Das muß ich akzeptieren und nur versuchen, dessen würdig zu sein, was im Augenblick nicht der Fall ist. Aber ich kann mich angesichts dieser Menschen, die mit ihrem Tun glücklich sind, einer Anwandlung des Trübsinns nicht erwehren.

Wir kehren nach Mykenä zurück; die Sonne geht in dem Augenblick unter, da wir auf die oberste Terrasse gelangen. Zwischen den schroffen Bergspitzen, die sie überragen, segelt ein durchsichtiger Mond schwerelos dahin. Aber uns gegenüber dehnt sich die im Dunkeln liegende Ebene zu Füßen der blauen Berge von Argos bis zum helleren Meer zu unserer Rechten. Der Raum ist unermeßlich, das Schweigen so vollkommen, daß der Fuß es bereut, einen Stein ins Rollen gebracht zu haben. Ein Zug keucht in der Ferne, in der Ebene erhebt sich die Klage eines Esels und steigt bis zu uns empor, die Glöckchen der Herden stürmen mit einer Art Wasserrauschen die Hänge hinab. Vor der wilden und weichen Szenerie ist [...][1] prachtvoll. Ein leichter Wind fährt beinahe am Boden über den jetzt blühenden Mohn. Der schönste Abend der Welt legt sich nach und nach über den mykenischen Löwen zur Ruhe. Die Berge werden allmählich dunkler, bis die zehn Ketten, die sich bis an den Horizont fortpflanzen, ein einziger blauer Dunst werden. Es lohnte sich, von so weit her zu kommen, um dieses große

1 Ein unleserliches Wort.

Stück Ewigkeit aufzunehmen. Nachher ist alles übrige nicht mehr von Belang.

■

3. Mai.

Arbeit am Vormittag. Um 13 Uhr Abfahrt nach Delphi. Immer noch das gleiche Licht, aber jetzt über nicht eben bedeutenden, steinigen Anhöhen ohne einen Baum. Hier spürt man, daß Griechenland in erster Linie ein Raum ist, der aus krummen oder geraden, aber immer profilierten Linien besteht. Die ganze Erde zeichnet den Himmel und gibt ihm seine Formen, aber dieser Himmel wäre seinerseits nichts ohne diese Reliefs, deren harmonische Geschlossenheit ihren eigenen Raum einrichtet. Deshalb hat hier die geringste Meile große Königreiche getrennt: die Oberfläche der Erde ist doppelt so groß wie die des Himmels. Als wir in eine Art Senke kommen, platzt eine einzige Wolke, die wir seit einer Weile wachsen sahen, und wütet innerhalb weniger Sekunden. Derbe Hagelkörner prasseln mit ohrenbetäubendem Lärm auf den Wagen. Fünf Minuten später, als wir aus der Senke heraus sind, finden wir den reinen Himmel wieder und fahren munter weiter.

Delphi. Was abgesehen von der Großartigkeit der Stätte am meisten beeindruckt, ist in der Tiefe des riesigen Tals dieser dunkelgrüne Fluß, der muskulöse Kruppen [...][1] dem Meer entgegentreibt. Es sind Olivenbäume, die aus einer solchen Höhe gesehen so dicht

1 Zwei unleserliche Worte.

stehen, daß sie nur einen bebenden Weg zum Horizont bilden. Die Ruinen sind naß von dem Gewitter, das sich auch über Delphi entladen hat. Inmitten der kräftigeren Blumen und der grüneren Kräuter scheinen sie lebendiger. Ein schwarzer Adler zieht ein paar Sekunden sehr hoch dahin und verschwindet. Dann entspannt sich der Tag, und von den hohen Felsen beginnt eine Milde herabzusickern, die den Abend ankündigt. Zurück zum Stadion, das ich beglückt verlasse.

Abend. In einem Busuki fordern vier Griechen mich liebenswürdig zum Tanzen auf. Aber ihre Schritte sind mir zu schwierig. Wenn ich Zeit hätte, würde ich gerne lernen. Von meinem Zimmer aus sehe ich das von Schatten erfüllte Tal bis zu der kleinen, das Meer säumenden Kette von Lichtern. Ein von luftigen Schärpen umgebener Mond bedeckt die Berge und die dunklen Vertiefungen mit einem zarten Lichtstaub. Die Stille, so weit wie der Raum, ist wohltuend.

■

4. Mai.

Am Morgen Abfahrt nach Wolos. Rauhe Berge, dann die Ebene von Lamia. Wieder Berge, aber sanfter, grüner unter der aufsteigenden Sonne, und dann die unendliche Ebene von Thessalien. Die primitiven Hütten der Walachen – und die unermeßliche Weite. Wolos. 80% der Häuser zerstört oder eingerissen.[1] Die ganze Stadt lebt in Zelten. Die Sonne lastet auf den Zeltbahnen und der

1 Durch das Erdbeben von 1955.

staubigen Stadt. Wenige oder keine WC. Ich frage mich, wie eine Epidemie vermieden werden kann. Französische Schule unter Zelten. Und das ganz nahe Meer, glatt und frisch, am Rand der in Ruinen liegenden Stadt. Der Bürgermeister empfängt mich im Hof neben seinem eingestürzten Haus. Intelligente und elegante Persönlichkeit. Ein unvorsichtiges Wort von mir, und schon kommt ein Friseur und schneidet mir das Haar im Hof, vor allen Leuten, in einer denkbar charmanten Vertraulichkeit. Wieder in der Stadt. Die im Freien gelesene Messe, das Krankenhaus unter dem Zelt, usw. Im Auto zurück nach Larissa. Triebwagen. Von Larissa nach Saloniki. In der Nacht fahren wir das unter dem Mond schimmernde Meer entlang. Ankunft 23 Uhr.

■

5. Mai.

Arbeit. Mittagessen mit Turner und Oberst Bramble[1] (oder jemandem, der ihm sehr gleicht). Die byzantinischen Kirchen. Das kleine Kloster mit den Pfauen. Hl. David, hl. Georg, hl. Dimitriu. Die zwölf Apostel (hl. Sophie nicht interessant). Die byzantinische Kunst spricht mich nicht besonders an. Das sei zugegeben. Aber mich interessiert die Entwicklung vom 5. bis zum 12. Jahrhundert, die erlaubt, ein Kettenglied zwischen der hellenistischen Zeit und dem Quattrocento zu rekonstruieren. Die Mosaiken und die Fresken der zwölf Apostel

1 Gestalt im Roman *Les Silences du colonel Bramble* von André Maurois.

zum Beispiel sind weit von der Steifheit und der hieratischen Gestaltung der ersten Jahrhunderte dieser Kunst entfernt. Hier findet sich Duccio angekündigt. Etwas später (am Abend) befrage ich einen Spezialisten, der mir sagt, daß die byzantinischen Künstler nach dem Fall von Konstantinopel nach Italien auswanderten.

Auf diese Weise wurde der orientalische Einfluß nach und nach beseitigt.

Abend. Vortrag. Bin gerührt von einem jungen Mädchen, das eingeschrieben[1] ist. In der Nacht ruhe ich mich auf dem Balkon meines Zimmers aus, betrachte den Hafen, die türkischen Schiffe, das Meer auf der Höhe des Kais, und atme den herrlichen Duft des Salzes und der Nacht.

■

6., 7., 8. Mai.

Mittagessen mit T. am Meer, hoch auf einer Klippe. Eine milde Stunde. Dann spielt T. für mich seine letzten Kompositionen. Wir müssen aufbrechen. Flugzeug. Die Sporaden treiben unter uns im funkelnden Meer. Abendessen Merlier[2]. Um Mitternacht holt D. mich ab, und wir begeben uns nach Piräus, wo Algades uns auf seinem hübschen Kutter erwartet. Ein gutmütiger, dicker Mann, lustig und herzlich. Wir verlassen Piräus unter einem silbernen Mond, der das Meer mit einem warmen, unwirklichen Licht erhellt. Ich bin beglückt, das Wasser ge-

1 Fraglich.
2 Octave Merlier, Leiter des Institut Français.

gen den Schiffsrumpf klatschen zu hören und erneut einen leichten Schaum zu beiden Seiten des Bugs vorbeiziehen zu sehen. Aber nach einer Weile sehen wir, wie der Nebel buchstäblich aus dem Meer entsteht, sich stuft, sich verdichtet und allmählich die Sicht versperrt. Es ist kalt und feucht. Algades versichert, daß er so etwas im Archipel noch nie erlebt hat. Der Kutter muß die Route ändern, um zwei kleinen Inseln auszuweichen. Ich gehe hinunter und lege mich hin. Bis um sechs Uhr kann ich nicht schlafen. Zwei Stunden später wache ich auf und gehe wieder auf die Brücke. Der Nebel ist immer noch da. Algades und sein Matrose haben die ganze Nacht gewacht, weil sie zu stranden fürchteten. Aber nach und nach steigt die Sonne hoch, zeigt sich, blaß, durchbricht den Nebel und löst ihn schließlich auf. Gegen elf Uhr fahren wir (ohne Segel, denn es weht kein Wind) in einem schimmernden und zarten Licht über ein unbewegliches Meer. Die Luft ist so klar, daß man den Eindruck hat, vom Horizont her das geringste Geräusch vernehmen zu können. Die Sonne erwärmt die Brücke und wird allmählich heißer. Jetzt taucht die erste Insel auf. Wegen des Umwegs, den wir gemacht haben, fahren wir zwischen Serifos und Sifnos durch. Am Horizont zeichnen sich Syros und die anderen Inseln ab. Alle heben sich mit der Klarheit einer Aufrißzeichnung vom Himmel ab. Auf dem umgekehrten Kiel der Inseln wirken die kleinen, an den Hängen klebenden Dörfer wie Muscheln, weißliche Verhärtungen, die das zurückgezogene Meer hinterlassen hat.

Die kleinen gelben Inseln, wie ein Kornhaufen auf dem blauen Meer.

Wir fahren inmitten dieser fernen Inseln über ein erleuchtetes Meer, das sich sachte kräuselt, wir folgen lange Syros, bald taucht Mykonos auf, und im fortschreitenden Tag zeichnet sie sich in der Ferne deutlicher ab, wie sie ihren Schlangenkopf dem hinter Rinia noch unsichtbaren Delos entgegenstreckt. Die Sonne geht unter, während wir uns beinahe im Mittelpunkt eines Inselkreises befinden, dessen Farben sich zu verändern beginnen. Das erloschene Gold, das Zyklam, ein Malvengrün, dann werden die Farben dunkler, und über dem noch leuchtenden Meer werden die Packen der Inseln dunkelblau. Nun senkt sich eine eigenartige und umfassende Beschwichtigung auf das Meer. Endlich Glück, ein den Tränen nahestehendes Glück. Denn ich möchte diese unaussprechliche Freude festhalten, an mich drücken, auch wenn ich weiß, daß sie verschwinden muß. Aber sie dauert gedämpft seit so vielen Tagen, sie bedrängt mein Herz heute so unverhohlen, daß ich den Eindruck habe, sie treu wiederfinden zu können, sooft ich dies wünsche.

Die Nacht ist eingebrochen, als wir in Mykonos an Land gehen. Ebensoviel Kirchen wie Häuser. Alle weiß. Wir bummeln durch die engen Gassen, auf die sich bunte Läden öffnen. In den völlig dunklen Straßen begegnen wir dem Duft des Geißblatts. Der Mond bescheint schwach die weißen Terrassen. Wir kehren an Bord zurück, und ich lege mich so glücklich nieder, daß ich nicht einmal meine Müdigkeit spüre.

Am Morgen fällt ein göttliches Licht auf die weiß getünchten Häuser von Mykonos. Wir lichten die Anker, um nach Delos zu fahren. Das Meer ist schön, durchscheinend und rein über dem bereits sichtbaren Grund. Als wir uns Delos nähern, entdecken wir an den ersten Abhängen der Insel riesige Büschel von Mohn.

Delos. Die Insel der Löwen und der Stiere, deren Darstellung die Insel der Tiere bedeckt, denn wir müssen die [...][1] Schlangen hinzufügen und die dicken Eidechsen mit dem dunklen Körper, aber dem hellgrünen Schwanz und Kopf, und die Delphine der Mosaiken. Der Marmor, aus dem die Löwen gehauen sind, wurde von der Erosion angefressen und zermürbt, so daß sie aus Steinsalz zu sein scheinen, und sie wirken ein wenig schemenhaft, so stark ist der Eindruck, daß der nächste Regen sie auflösen wird. Aber diese Insel der Löwen und der Stiere ist auch von den braunen und brüchigen Gebeinen der Ruinen bedeckt, und unter diesen Gebeinen unvermittelt wunderbare und frische Entdeckungen (Mosaiken des ruhenden Dionysos).

Die Insel der Ruinen, aber auch der Blumen (Mohn, Winden, Goldlack, Astern). Die Insel der verstümmelten Götter im Museum (der kleine Kuros). Am Mittag auf den Gipfel des Kynthos, und die Buchten ringsum, das Licht, die Rot, die Weiß; der ganze Ring der Kykladen kreist mit einer langsamen Bewegung, einer Art unbeweglichem Tanz, auf dem strahlenden Meer um Delos. Diese so enge und so weite Welt der Inseln scheint mir das Herz der Welt zu sein. Und im Kern dieses

1 Ein unleserliches Wort.

Herzens finden sich Delos und der Gipfel, auf dem ich mich befinde und von dem aus ich im geraden und reinen Licht der Welt den vollkommenen Kreis betrachten kann, der mein Reich begrenzt.

Als ich später zur Schaluppe zurückkehre, sehe ich auf dem Kai eine entzückende, einfach gekleidete griechische Halbwüchsige. Als die Schaluppe vom Kai ablegt, mache ich ihr ein Zeichen, auf das sie sofort mit einem schönen Lächeln antwortet. Auf dem Kutter kleide ich mich aus und tauche in das durchsichtige und grüne Wasser. Es ist eiskalt, und nach ein paar Zügen komme ich wieder auf das Schiff. Dann kehren wir nach Mykonos zurück. Diese Seefahrt, kreuz und quer von einer Insel zur andern, gibt mir ein Gefühl unendlicher Freiheit.

Eine Freiheit, die keineswegs dadurch begrenzt wird, daß diese Inselwelt Grenzen hat. Im Gegenteil, diese Freiheit frohlockt in ihrem Kreis. Die Freiheit bestünde für mich nicht darin, diesen Kreis zu sprengen und nach Sumatra zu rasen. Sondern nochmals von dieser kahlen Insel zu jener der Bäume und vom Felsen zur Insel der Blumen zu gehen.

In Mykonos Einkäufe. In der Nacht hatte ich die Stadt lieber. Spät stechen wir wieder in See. Seltsamer Kummer, einem Liebeskummer sehr ähnlich, als ich Delos und den Kynthos allmählich hinter Rinia verschwinden sehe. Zum erstenmal sehe ich ein Land, das ich liebe, mit dem schmerzlichen Gefühl verschwinden, daß ich es vielleicht bis zu meinem Tod nicht wiedersehen werde. Bedrücktes Herz. Wieder die wechselnden

Farben über dem Meer und den Inseln, [...][1] die Segel, die in einem leichten Wind sachte klatschen. Wir haben kaum Zeit, den Frieden zu kosten, der vom Meer zu dem sich allmählich seines Lichts entleerenden Himmel aufsteigt, als schon der Mond hinter einer felsigen kleinen Insel aufgeht. Er erhebt sich rasch am Himmel und erhellt bald das Meer. Bis um Mitternacht betrachte ich ihn, lausche den Segeln und begleite innerlich die Bewegung des Wassers an den Flanken des Schiffs. Freies Leben des Meers und das Glück dieser Tage. Hier läßt sich alles vergessen und alles erneuern. Ich bewahre in meinem Mund, in meinem Herzen, den Geschmack dieser wunderbaren Tage, die ich damit verbrachte, zwischen den von Blumenkronen und Säulen bedeckten Inseln in einem unermüdlichen Licht über das Wasser zu fliegen, eine zweite Offenbarung, eine zweite Geburt...

Am Morgen starker Wind, die Segel knattern, die Schlagseite nimmt zu, und im lauten Lärm der Wasser und der Segel eilen wir Piräus entgegen. Lichtregen, Tropfen, die auf das morgendliche Meer fallen und wieder aufspringen. Untröstlich, diesen Archipel zu verlassen, aber selbst diese Untröstlichkeit ist wohltuend.

■

9. Mai.

Abfahrt Olympia. Die Straße des Golfs von Korinth. Die Strände und die Buchten. Bad in Xylokastron. Diesmal

1 Zwei unleserliche Worte.

ist es die Kraft der Bäume, der Wasser, der Früchte und der frischen Erde. Kurz vor Olympia die von zerbrechlichen Zypressen bedeckten Hügel. Milde und Liebreiz dieser Gegend unter einem Licht, das zum erstenmal ein wenig grau ist. Die großen Kiefern und die Trümmer des Zeus- und des Hera-Tempels. Vogelschreie, der zur Neige gehende Tag, der Frieden, der bald aus der schlummernden Talmulde aufsteigt. In der Nacht denke ich an Delos.

■

10. Mai.

Zum erstenmal ist über dem Tal des Alphios, das ich von meinem Fenster aus sehe, der Morgen grau. Aber er läßt ein sanftes Licht auf die Steine, die Zypressen und die grünen Wiesen fallen. Seit Delos konnte ich nichts anderes mehr empfinden als den Frieden dieser Hügel, diesen weichen Schatten, diese von leichten Vogelschreien genährte Stille. Museum. Mit den Fresken des Siphnos in Delphi der Höhepunkt der klassischen Skulptur. Neben dem Apollon oder den drei Männerfiguren des Ostgiebels oder den verschiedenen Athene der Metopen ist der Hermes von Praxiteles ein süßlich gelungenes Werk, das nach Dekadenz stinkt. Hinter ihm übrigens zwei prachtvolle, großformatige Terrakotten, die einen Krieger und den von Zeus entführten Ganymed darstellen und von einer großartig anderen Kunst zeugen. Eigenartige archaische Bronzen, Kuroi, Greifen, Figurinen, die geradewegs aus dem Orient zu kommen scheinen. Spaziergang. Es regnet ein wenig, und die zarten und verwaschenen Farben tun dem Auge wohl. Staunen über die Vielfalt der Landschaften. Alles was Griechenland an Landschaften unternimmt, ist gelungen und zur Vollkommenheit gebracht.

Mit den Dorfbewohnern und ihrer liebenswürdigen Vertraulichkeit. Frei in Auftreten und den Bewegungen, obschon es hier keine politische Freiheit gibt.

Kleiner abendlicher Regen. Ich gehe durch Schübe wohlriechender Blumen hinauf auf den Hügel. Das kleine Dorf Thronia. Armselige Häuser. Zerlumpte, aber anscheinend kerngesunde Kinder.

■

12. Mai.

Kühler und lichtvoller Morgen. Der Schatten unter den Bäumen rings um die Ruinen ist köstlicher. Das Licht ist göttlich. Bad und Mittagessen in Xylokastron. Das reine Wasser ist weniger kalt, aber vor allem ist die Luft durchsichtig geworden, und alle Berge auf der anderen Seite des Golfs von Korinth werden mit einer seltsamen Reinheit sichtbar. M. hat in dieser Landschaft ein prachtvolles Lächeln. Und so auf dem ganzen Weg und bald die Bucht von Athen, die Inseln, auf denen man jedes Haus, jeden Baum ausmachen kann. Ich höre auf, hier diese Genüsse aufzuzeichnen, die mich nun überfluten. Ein keusches Genießen, nüchtern, stark wie die Freude selbst und die Luft, die man in ihr atmet.

■

Theseion.

An dem leuchtenden und reinen Himmel ein Stück Mond wie ein Blatt des Hagedorns.

Am Abend bei R. D. Das Geißblatt, die ferne Bucht in der Nacht, die geheimnisvolle Lust zu leben.

■

13. Mai.

Diese zwanzig Tage der Fahrten durch Griechenland betrachte ich jetzt, vor meiner Abreise, von Athen aus, und sie erscheinen mir wie eine einzige und ununterbrochene Quelle des Lichts, das ich im Herzen meines Lebens werde bewahren können. Griechenland ist für mich nur noch ein langer, strahlender Tag, der sich die Reisen entlang hinzieht, und auch wie eine riesige, von roten Blüten und verstümmelten Göttern bedeckte Insel, die unablässig auf einem Meer des Lichts und unter einem durchscheinenden Himmel dahintreibt. Dieses Licht festhalten, wiederkehren, der Nacht der Tage nicht mehr nachgeben…

■

14. Mai.

Abfahrt nach Ägina. Das Meer ist ruhig. Der Himmel warm und blau. Kleiner Hafen. Türkische Barken. Hinauf zu Aphäa. Die drei Tempel, die im Raum ein blaues Dreieck in der Schwebe halten. Parthenon, Sunion, Aphäa. Ich schlafe auf den Fliesen des Tempels im Schatten der Säulen. Langes Bad in Aya Marina, in einer lauen kleinen Bucht. Am Abend verkauft man am Hafen große Lilien, deren Duft einen erstickt. Ägina ist die Insel der Lilien. Rückkehr. Die Sonne sinkt, verliert sich in den Wolken, verwandelt sich in einen goldenen Fächer und dann in ein großes Rad, dessen Strahlen blenden. Die Inseln, die ich am Abend endgültig verlasse, treiben wieder dahin. Blödsinnige Lust, zu weinen.

Am Abend Várigueres und die Schattenspiele.

■

15. Mai.

Sonntag. Byzantinisches Museum. Mit D.s nach Kifisia und dann an die Strände von Athen. Spazierfahrt über das Meer mit einem schönen, von Licht erfüllten Wind. Es sind für mich Stunden des Abschieds von diesem Land, das wochenlang dieselbe andauernde Freude für uns ausgeschüttet hat.

■

16. Mai.

Abreise nach Paris, schweren Herzens.

■

Roman. Er betrachtete die schimmernde, in der Sonne blendende Granate, die den Motor verbarg. Und wieder schlich sich diese geheimnisvolle Freude ein, in ihm floß blind eine Quelle. Es war die Freude von Delos, rund, rot und weiß, ein sich drehender Kreis. In dem Flugzeug, das hilflos dem Meer entgegenstürzte, über dem sich ankündigenden Sturm, begann das Leben neu, identisch mit dem bevorstehenden Tod.

■

Der Gast[1]. Der Gefangene macht sich auf den Weg ins Gefängnis, aber Daru hatte ihn getäuscht, er hatte ihm den Weg in die Freiheit gewiesen.

■

Roman. Ein stolzer Mensch. Er schreit nicht vor Schmerz. Er ist unnachgiebig.

Ein Privilegierter, der als Erwachsener das Leben der Arbeiter entdeckt. Was er nach und nach aufgibt. Und es ist nie genug. Nicht einmal der Umstand, daß er Arbeiter wird, verhindert, daß er nicht als Arbeiter geboren wurde. Letzten Endes muß man dafür sterben.

Ich habe versucht, ein ganzer Mensch zu sein, und ich habe alles in mir vereint. Und dann…

■

Erster Mensch. Familie Francine. Familie Wolfromm.

Als Genie haben die Römer nur das besessen, was wir in der Armee so nennen.[2]

Die Geschichte besteht aus Blut und Mut. Nichts zu machen. Wenn der Sklave zu den Waffen greift und sein Leben hingibt, herrscht er seinerseits unumschränkt und unterdrückt. Aber wenn ein Unterdrückter zum erstenmal in der Geschichte der Menschheit mit der Gerechtig-

1 Notiz zu *Der Gast* in *Das Exil und das Reich*.

2 Franz. ‹génie› auch für Pionierkorps, Ingenieurwesen. (Anm. d. Ü.)

keit herrschen wird, ohne seinerseits zu unterdrücken, dann wird alles zu Ende sein und alles wird endlich beginnen.

Meine Studie über Grenier[1]. Schwierig. Wie wenn man die Holzscheite eines nach dem andern aus einer hellen Flamme holt. Und dann steht man vor den verkohlten Stücken.

Wer im alten Griechenland ein Richteramt bekleiden wollte, durfte mindestens zehn Jahre lang keine Geschäfte gemacht haben.

■

Julia[2]. Sie glaubt, ihre beiden Lieben ausleben zu können. Aber als Guibert ihr vorschlägt, ebenfalls seine beiden Lieben auszuleben, kann sie ihm nicht erlauben, was sie sich selbst gestattete. Aber sie kann ihn nicht richten. Daher ihre Geschlechtskrankheit.

Noch genügend Zärtlichkeit, um beizustehen... Diese Art Selbstlosigkeit setzt jedoch die Überzeugung voraus, daß sie nützlich ist. Ich habe den Eindruck des Gegenteils, und das entwaffnet mich.

Ein großer Schmerz, und die Sonne, Tag für Tag. Er ist genesen und betet einsam die rote Göttin an.[3]

Maß und Wahnsinn. Das Maß in seinen Beziehungen

1 Vorwort zur Neuausgabe von *Die Inseln* von Jean Grenier (Gallimard 1959).

2 Notiz zu dem geplanten Stück über Julie de Lespinasse. Vgl. Siebtes Heft, S. 76 und Achtes Heft, S. 154.

3 Notiz zu *Der Abtrünnige* in *Das Exil und das Reich*.

zu den anderen; der Wahnsinn sich selbst gegenüber; um sich zu zwingen, zu beugen. Und beides in beiden Fällen gleichzeitig.

Jesus hatte 300 Millionen Zeitgenossen. Heute hätte er 2 Milliarden.

Nichts brennt in der Hölle außer dem Ich (hl. Katharina von Genua[1]).

Die einzige französische Industrie, die keine Unterbeschäftigung kennt, ist die Bosheit.

■

Erster Mensch. So lange friedlich. Und dann willigt er eines Tages ein, sich zu schlagen und sein Leben aufs Spiel zu setzen. Seine Freude.

■

Auf italienisch besagt *talento* soviel wie Verlangen.

■

Erster Mensch. «Viele Jahre später, wenn es vorkam, daß wir uns, von verschiedenen Mühen beansprucht, am Abend mit der leisen Enttäuschung trennten, uns an diesem Tag nicht wirklich geliebt zu haben, genügte das kleine Siegeszeichen, das sie mir vor ihrer Haustür machte, während ich am Steuer meines Wagens wartete, bis sie verschwunden war, um diesen scheinbar verlorenen Tag mit dem gediegenen Faden unserer beharrlichen

1 Die hl. Katharina von Genua (1447–1510) schrieb den *Dialog der Seele und des Körpers* und das *Traktat über das Fegefeuer*.

Liebe zu verknüpfen und sie so vor jeder Bitterkeit zu bewahren.»

Id. Die unglaubliche Härte Jessicas beim Auseinandergehen. Der Verlust der Liebe ist der Verlust sämtlicher Rechte, während man sie alle hatte.

■

Stück. Ein Mann *ernennt sich zum König*, heute.

■

Étienne[1]. Brüllt beim Erwachen und wenn er allein ist.

Letzten Endes (wenn ein Leben ein Leben aufwiegt) rechtfertigt der Verurteilte selber die Todesurteile. (Vgl. Melville, der in Billy Budd schließlich klein beigibt.)

■

6. November 56.

Welche Moral kann uns heute, angesichts der ständigen Drohung der totalen Zerstörung durch den Krieg – also Beraubung einer Zukunft –, erlauben, einzig in der *Gegenwart* zu leben? Ehre und Freiheit.

■

Ich gehöre zu den Menschen, die Pascal erschüttert, aber nicht bekehrt.

Pascal, der größte von allen, gestern und heute.

■

1 Étienne Sintès, der taubstumme Onkel.

Erster Mensch. Der Freund Saddok.

1) Junger Militant – Mein Kamerad – Krise von 36

2) Freund – Kehrt zum mohammedanischen Brauch zurück, da der andere ihn verraten hat. Heiratet dem Willen seines Vaters gehorchend. Fürchtet, seine unbekannte Frau zu verfehlen.

3) Terrorist.

Später wird die Frau eines europäischen Freundes vergewaltigt und getötet. Der erste Mensch und sein Freund greifen ungesäumt zu den Waffen, nehmen einen Komplicen fest, foltern ihn und machen sich auf die Jagd nach dem Schuldigen, den sie stellen und töten. Wie er sich nachher schämt. Die Geschichte besteht aus Blut.

Id. Sequenz der Widerstandsbewegung. Er möchte lieber ein Held der R. A. F. sein. Aus der Ferne getötet werden. Aber nein, er träumt von gewaltigen Schlachten im Himmel der in Flammen aufgehenden Metropolen, und er verkehrt zwischen der Métro und staubigen oder morastigen Plätzen, zwischen Paris und Saint-Étienne.

Id. Szene im Faubourg Montmartre. Während die Kolbenschläge der SS gegen die Haustore näher kommen und die von Angst erfüllten Nachbarn gegen die Widerstandskämpfer protestieren, sieht er sich: die Verachtung auf dem Gesicht. Aber warum verachten? Er verscheucht dieses Klischee. Nachdem die SS ihn durchsucht hat, geht er ein wenig beschämt fort. Er findet bei sich ein so kompromittierendes Papier wieder.

■

Erster Mensch. Pierre, militant, Jean, Dilettant. Pierre ist verheiratet. Alle beide begegnen Jessica. Jean und Jessica als die alte Geliebte. In einem der Intervalle hat sie Pierre, den sie verläßt und verletzt und der seine Frau leiden lassen wird. So erfährt er weitab von den Meetings, wie dic Gerechtigkeit wirklich beschaffen ist. Jean hingegen lernt, Jessica zu lieben, und auf diesem Umweg geht er den Menschen entgegen. Pierre stirbt an Jeans Seite (Krieg, Widerstand), der ihn vor Eifersucht verabscheut hat. Und nun steht er ihm von ganzem Herzen bei. Er ist der Mann, den sie wenigstens ein bißchen geliebt hat.

Id. Entdeckung der Liebe. Faszination M. A.

■

Giorgione, Maler der Musiker. Seine Themen und seine fließende, umrißlose Malerei, die sich hinzieht, die alles verweiblicht, vor allem die Männer. Die Wollust ist nie trocken.

Venedig im August und die Schwärme von Touristen, die zugleich mit den Tauben auf den St. Markus-Platz herabschießen, Eindrücke aufpicken und sich selbst den Urlaub und die Häßlichkeit gewähren.

■

Parma. Und dort wieder das gleiche. Hier sind die kleinen Plätze, die ich vor zwanzig Jahren geliebt habe, und die noch immer vorhanden sind, fern von mir.

■

Roman. Italien nicht vergessen und *die Entdeckung der Kunst* – und der plötzlich in ihren Beziehungen zur Kunst offenbarten Religion.

Jedesmal dieser Seelenfrieden. Und doch bin ich diesmal ständig niedergeschlagen, keiner Frische oder Gemütsbewegung fähig. Aber es gibt San Leo[1], und das Herz öffnet sich auf ein wohltuendes Schweigen. Geliebtes Italien, wo ich stets genese. Auf dem Heimweg, am Vorabend, Duft der staubigen Wege. Weiße Ochsen mit den langen Hörnern der Romagna ziehen knirschende Karren. Der Geruch nach Stroh und Sonne.

San Leo – und dieses Verlangen, mich dort zur Ruhe zu setzen – Die Liste der Orte aufstellen, wo ich den Eindruck hatte, leben und sterben zu können. Lauter kleine Ortschaften. Tipasa. Djemila. Cabris. La Valdemosa. Cabrières d'Avignon, usw., usw. Nach San Leo zurückkehren.

■

Urbino. Diese kleinen, abgekapselten, herben und stillen, in ihre Vollkommenheit eingeschlossenen Städtchen. Im Herzen der strengen Mauern harren die gleichgültigen Gestalten der «Geißelung» vor den Engeln und der hoffärtigen Madonna von della Francesca in alle

1 Marktflecken von Montefeltro, in den Marken, 589 m ü. d. M.

Ewigkeit. Sansepolcro[1]. Christus ist auferstanden. Und nun reckt er sich neben dem Grab mit militanter Unbezähmbarkeit. Neue Fresken von Piero della Francesca. Das Tal von Sansepolcro, in das man am Ende eines Lebens zurückkehren sollte. Weit, gleichmäßig, unter einem wolkenlosen Himmel, wahrt es das Geheimnis.

Ich finde erneut das Meer, lau und wohltuend für die Muskeln.

Gewicht des hl. Kreuzes. Madonna del Parto[2].

Ich möchte am Ende meines Lebens auf den Weg zurückkehren, der das Tal von Sansepolcro hinabführt, ihm langsam folgen, zwischen den zarten Olivenbäumen und den hochragenden Zypressen dem Tal folgen und in einem Haus mit dicken Mauern und kühlen Räumen ein kahles Zimmer mit einem schmalen Fenster finden, von dem aus ich den Abend auf das Tal herabsinken sähe. Ich möchte in den Garten des Prato in Arezzo zurückkehren und noch einmal an einem Abend auf der Burg durch den Wehrgang spazieren, um zu sehen, wie die Nacht sich über dieses unvergleichliche Land ausbreitet. Ich möchte... Immer und überall dieses Verlangen nach Einsamkeit, das ich nicht einmal begreife und das wie die Ankündigung einer Art von Tod ist, mit dem nachdenklichen Gefühl, das damit verbunden ist.

1 Sansepolcro in der Toskana, die Geburtsstadt von Piero della Francesca.

2 Fresko von Piero della Francesca in der Kapelle des Friedhofs von Monterchi, in der Nähe von Sansepolcro. Als Beschützerin der Gebärenden ist die Jungfrau hier schwanger dargestellt.

Die Piazza della Signoria in Gubbio wiedersehen und lange das Tal im Regen betrachten. Assisi ohne Touristen und ohne Vespas sehen und auf dem oberen Platz von San Francesco den Harmonien der Sterne lauschen. Perugia ohne die Häuser sehen, die ringsherum gebaut werden, und so an einem frischen Morgen über den Prellsteinen der Porta del Sole die schmächtigen Olivenbäume der Hügel betrachten können.

Aber vor allem, vor allem nochmals zu Fuß, mit dem Rucksack, von Monte San Savino nach Siena gehen, die Olivenhaine und Rebberge entlang, deren Duft ich wahrnehme, über die Hügel aus bläulichem Tuff, die sich bis zum Horizont erstrecken, und dann Siena mit seinen Minaretten in der untergehenden Sonne auftauchen sehen wie ein Konstantinopel der Vollkommenheit, in der Nacht dort ankommen, ohne Geld und allein, neben einem Brunnen schlafen und als erster auf dem Campo sein, dessen Form einer Hand gleicht, die das Großartigste bietet, was der Mensch seit Griechenland geschaffen hat.

Ja, ich möchte den geneigten Platz von Arezzo wiedersehen, die Muschel des Campo in Siena, und in den heißen Straßen von Verona noch einmal mit Genuß in eine Wassermelone hineinbeißen.

Wenn ich alt bin, möchte ich die Gunst erfahren, auf diese Straße nach Siena zurückzukehren, der nichts auf der Welt gleichkommt, und dort in einem Graben zu sterben, nur von der Güte jener unbekannten Italiener umgeben, die ich liebe.

■

22. August 1955. San Francesco di Siena. 11 Uhr morgens.

■

Im Museum von Siena eines der zahlreichen Jüngsten Gerichte (Giovanni di Paolo[1]). Unter den Seligen erheben rechts zwei Freunde, die sich wiederfinden, die Arme als Ausdruck ihrer Freude. Links, in der Hölle, Sisyphos und Prometheus, deren Strafe verlängert wurde.

■

Roman. Porträt des Skorpions. Er haßt die Lüge und liebt das Geheimnis. Zerstörerisches Element. Denn die notwendige Lüge festigt. Und die Neigung zum Geheimnis führt zum Wankelmut.

■

Roman. Die Heuschrecken – Das Erdbeben. Der Angriff auf den abgelegenen Hof – Der Angriff auf Philippeville – Der Angriff auf die Schule – Taifun über Nemours.

■

1 Giovanni di Paolo (1399–1482), Maler aus Siena. Sein *Jüngstes Gericht* befindet sich in der Pinacoteca Nazionale im Palazzo Buonsignori.

Sinnlich, siegreich, mitten in einem Leben der Genüsse und des Erfolgs, gibt er auf und tritt in die Keuschheit ein, weil er zwei fünfzehnjährige Kinder dabei ertappt hat, wie sie gegenseitig die Liebe auf ihrem Gesicht entdeckten.

■

Er wollte gewöhnlich sein, ging aus, tanzte, hatte die gleiche Konversation und den gleichen Geschmack wie alle Welt. Aber er schüchterte alle Welt ein. Seiner bloßen Miene wegen schob man ihm einen Gedanken und Anliegen unter, die er nicht hatte oder die er hatte, ohne zuzugeben, daß sie ihm wichtig waren.

■

Erster Mensch. Die Mutter ist gezwungen, aus Algerien zu fliehen, und beschließt ihr Leben in der Provence auf einem Hof, den ihr Sohn für sie gekauft hat. Aber sie leidet am Exil. Sie sagt: «Es ist schon recht. Aber es gibt keine Araber.» Dies ist der Ort, wo sie stirbt und wo er begreift.

Titel: Der Vater und die Mutter?

■

24. Oktober 1955.
Todesdrohungen. Meine merkwürdige Reaktion.

■

Sie sind über die Zeiten hinweg vereint. Aber die Jahre vergehen, und sie getraut sich nicht mehr, sich ihm im nackten Licht der Morgen von Paris zu zeigen.

■

Algier. 18. Januar[1].

Diese Angst, die ich in Paris mit mir herumschleppte und die Algerien betraf, ist von mir gefallen. Hier wenigstens steht man im Kampf, der hart für uns ist, da wir die öffentliche Meinung hier gegen uns haben. Aber letzten Endes habe ich stets im Kampf meinen Frieden gefunden. Der Intellektuelle von Amts wegen, was immer er sagen mag, und vor allem wenn er sich nur schriftlich mit den öffentlichen Angelegenheiten beschäftigt, lebt wie ein Feigling. Er kompensiert diese Ohnmacht mit verbaler Übersteigerung. Nur das Risiko rechtfertigt das Denken. Und zudem ist alles besser als dieses Frankreich der Abdankung und der Bosheit, dieser Sumpf, in dem ich ersticke. Ja, zum erstenmal seit Monaten war ich beim Aufstehen glücklich. Ich habe den Stern wiedergefunden.

■

Mit dem, was Frankreich unermüdlich mein Leben lang aus mir gemacht hat, versuche ich zu dem zu gelangen,

1 Am 22. Januar 1956 trafen sich Camus und die europäischen und mohammedanischen Liberalen in Algier und erließen einen *Aufruf für einen Burgfrieden in Algerien*. Vgl. *Fragen der Zeit*.

was Spanien in meinem Blut hinterlassen hatte und was meiner Ansicht nach die Wahrheit war.

■

21. Januar.
Drohungen für heute abend und morgen.

■

22. Januar.
Anbetung. Das Rätsel der Welt.

■

27. Januar.
Erster Mensch. X. erklärt, daß *einzig* die KP getan hat, was allezeit für die Genossen notwendig war. Unterschied der Generationen. Sie müssen auch alles lernen.

■

Jede künstlerische Doktrin ist ein Alibi, dank dem der Künstler seine eigenen Grenzen zu rechtfertigen sucht.

■

Augustinus[1] hat in der totalitären Welt gelebt: im Oströmischen Reich. Marrou[2] sagt: «Lebenskunst in Kata-

1 Camus schrieb 1936 eine Diplomarbeit, *Christliche Metaphysik und Neoplatonismus* (dt. rowohlts deutsche enzyklopädie, Bd. 385, Reinbek 1978), die von Augustinus und Plotin handelt.
2 Henri Irénée Marrou (1904–77), Historiker mit den Schwerpunkten Spätantike und insbesondere Augustinus.

strophenzeiten.» Der doppelte Widerstand gegen das Christentum kommt von den Bauern und von der Aristokratie. Stolz, der Afrikanischen Kirche anzugehören. Vierzehn Jahre der unbekannten Frau treu, die ihm Adeodat schenkt. Der Text des Paulus, der ihn der Kirche in die Arme wirft.

«Keine Gelage mehr und keine Orgien, keine Beischläferei und keine Ausschweifungen, kleidet euch in den Herrn Jesus Christus und sucht nicht mehr die Lüsternheit des Fleisches zu befriedigen.»

Immer im Kampf, um sein Werk gegen das Eindringen der äußerlichen Beschäftigungen zu verteidigen. Seine Vorstellungen von der göttlichen *Sonne*, die unseren Geist erleuchtet.

«Es gibt keinen Wortschwall ohne Sünde.»

Die keusche Furcht und die knechtische Furcht. «Du wirst allezeit alles genießen können, aber du wirst mein Antlitz nicht sehen. Wähle.» Niemand will allezeit alles genießen.

Die Leute, die unsere Zeit als eine Zeit des Unglücks anklagen: «Sie begehren weniger eine Epoche der Ruhe als die Sicherheit für ihre Laster.»

17. Jahrhundert, augustinisches Jahrhundert.

■

Roman. Porträt von V. D. Ihre großen, kräftigen Hände und die Füße einer Tänzerin am Ende eines schmalen und eleganten Körpers. In dem Tanz, in dem sie sich rückhaltlos offenbart, ist alles Lebendigkeit, zügelloses Ungestüm.

Sie feiert die Erinnerung an den Tag, an dem sie ihren Wagen erhalten hat. Legt das Kleid, das sie eben gekauft hat, jeden Abend auf das Fußende ihres Bettes, um beim Erwachen die Freude zu haben, es zu sehen.

Sie drückt sich nur in einer unbestimmten Sprache aus. Sie muß jemand irgendwo abholen, um irgendwohin zu gehen, wo sie irgend etwas zu tun hat... usw. Ein doppeltes oder dreifach verborgenes Leben (vgl. X. «Ich habe ein Mittagessen»). «Ich habe unreine Gedanken», sagt sie. Oder aber von einer Person, die ihr gerade eben keine unreinen Gedanken eingibt: «Das ist gesottenes Kalb.»

Die Männer, mit denen sie ein Verhältnis gehabt hat. Sie scheinen ihr einer anderen Rasse anzugehören. «Wie Zulus», sagt sie. «Wie soll man mit einem intelligenten Menschen kein Mitleid haben. Er sieht und weiß all das, was die anderen ertragen, weil sie es weder wissen noch sehen.» – «Die Frauen, die vom Mann das ganze Glück ihres Lebens erwarten.» – «Die Frauen, die nicht gefallen, geizen mit dem einzigen Mann, den sie haben. Nur die Frauen, die gefallen, sind fähig, großzügig zu sein.» – «Ich mag die sehr jungen Leute nicht, sie sind dumm. Ein Mann findet immer, er sei der Frau überlegen, die er... Ich akzeptiere dieses Gefühl bei einem intelligenten Mann, nicht bei einem jungen Dummkopf.» Ihr kleines Auto. «Ich kann nicht ohne es leben; ich liebe es zärtlich wegen all der Freiheit, die es mir schenkt.» Sie bewahrt im Wagen scheußliche alte Schlappen auf, die sie anstatt ihrer Louis-quinze-Schuhe anzieht, wenn sie fährt. Sie vergißt übrigens ihre Schuhe überall, in Kinos, Restaurants, usw. Hübsche Füße, als Tänzerin, die sie ist. «In meinem Viertel gibt es nur Omas und Schäbige, deshalb falle ich auf.»

Im Hotel, wo sie mit ihren Körbchen voller Schminken und Toilettenartikel ankommt, mit dem üppigen, aufgelösten blonden Haar [...][1].

«Offen gestanden, die Berühmtheit ist ein Aphrodisiakum.»

Wenn sie Millionärin wäre, genau gesagt, wenn sie Onassis heiratete, hätte sie eine Badewanne aus Gold oder Platin, das würde besser zu ihrem Haar passen, angefüllt mit ihrem Lieblingsparfum, in dem sie mazerieren würde.

«Ich liebe mein Auto mehr als meine Mutter.» Sie liebt ihre Zeit.

Ihre Lachsucht. Ihr Wille, alles zu ergreifen, alles zu erreichen, alles zu kosten, was es heute an Genüssen gibt. Ski, Meer, Tanz, mondänes Leben, Werbeerfolg. Dabei rein in ihrem rasenden Verlangen. Seinetwegen. «Ich weiß mich zu wehren.» Ihre Aussprüche: «Sie hat sich ein Omelett auf den Kopf gestülpt» (von einer Blondine); «sie würde in einer Herde von Jesuiten Chaos stiften»; «in dem Ding da kann man die Kerze machen oder sich an den Füßen aufhängen, es wird auf jeden Fall geklatscht». Zu meinem Verband am Finger, in den ich mich geschnitten habe: «wie ein tapsiger Schreiner».

Was ich an V. mag, was sie anziehend macht: sie hängt an ihrer Gesellschaft, obschon sie unmöglich ist, das heißt sie hat erraten, was sie ohne Komplikation geben kann (ausführen). V. und die Ehe. Falls sie heiratet, wird

1 Vier unleserliche Worte.

sie treu sein. Das ist das mindeste, was sie dem armen Kerl schuldet, der… usw.

Ihre frischen Jungmädchen-Unterröcke, die man immer sieht, wenn sie sich setzt.

«Ich verstehe die verheirateten Frauen nicht, die ihre Männer piesacken. Sie haben das Geld, einen Vater für ihre Kinder, die Sicherheit, die gesicherten alten Tage, und obendrein verlangen sie noch die Treue. Sie übertreiben.» Und dann: «In der Ehe hat der Mann alles zu verlieren, die Frau hat alles zu gewinnen», usw., usw.

■

Don Faust und Doktor Juan[1]. Leporello. Nichts.

Id. Er wird Schauspieler. Theater über das Theater.

Id. Faust und die Jugend der Frauen (vgl. Dupuis).

Id. In sie verliebt, war ich ihr untreu, und ich war in sie verliebt, wenn sie mir untreu war.

Leporello: Nichts.

«Ist dies Ihr neuer Diener?»

«Ja, er ist Philosoph. Ich habe ihn in Paris gekauft.»

Id. Nichts. Es gibt in Ihnen ein Bedauern, das mich stört. Es gibt nichts, sage ich Ihnen. Sie können diese Statue einladen, Sie werden sehen, daß sie nicht kommt.

D. F. Bist du sicher? Lade sie ein.

Leporello geht hin.

D. F. Nein (er zögert). Ja.

Leporello macht den Hanswurst mit der Statue.

D. F. entscheidet sich für die Keuschheit, sucht und

1 Vgl. Siebtes Heft, S. 133 und Achtes Heft, S. 153 und S. 157.

findet ein keusches Mädchen. Ich hätte mich schon seit langem bekehrt. Aber die Furcht vor der Meinung meiner Freunde hielt mich immer ab.

Der alte Doktor des Prologs ist ein Atomwissenschaftler. Er könnte die Welt in die Luft sprengen. Aber das interessiert ihn nicht; er will genießen und wissen.

Ende. Die Franziskaner haben ihn in einem Kloster eingesperrt.[1] Er leugnet Gott und beichtet ihnen. Anbetung des Seins der Welt.

■

Wenn der wahre schaffende Künstler sich morgen einsam fände, würde er eine so abgrundtiefe Einsamkeit erleben, wie keine Zeit sie je für möglich gehalten hat. Er wäre allein, um eine Zivilisation zu entwerfen und ihr zu dienen, die nicht ohne die Mitwirkung aller entstehen kann. Er hätte den Verdacht, daß diese Zivilisation ihre letzte Chance hat und daß er einer der letzten ist, die dies wissen.

F. M. Er hat Antwort auf alles, außer auf den Anstand.

■

Vor der dritten Stufe: Novellen eines «Helden unserer Zeit». Thema des *Urteils und des Exils*[2].

1 Im April 1940 notiert Camus, daß er im Larousse-Lexikon gelesen hat, daß Don Juan von Franziskanern ermordet wurde (vgl. *Tagebücher 1935–1951*, rororo 1474, S. 109).

2 Entwurf für eine Gesamtanlage des Werks, wie Camus sie mehrfach geplant hat. Nach dem Zyklus des Absurden (*Der Fremde,*

Die dritte Stufe ist die Liebe: der Erste Mensch, Don Faust. Der Mythos der Nemesis.

Die Methode ist die Aufrichtigkeit.

■

Die Geschichte, leicht zu denken, schwer zu sehen für all jene, die sie am eigenen Leib erfahren.

Der Unterdrückte hat keine wirkliche Pflicht, weil er kein Recht hat. Das Recht kommt ihm einzig mit der Revolte zu. Aber kaum hat er das Recht erlangt, fällt ihm ungesäumt die Pflicht zu. So ist die Revolte gleichermaßen Quelle des Rechts und Mutter der Pflichten. Dies ist der Ursprung der Aristokratie. Und ihre Geschichte. Wer seine Pflicht vernachlässigt, verliert das Recht und wird zum Unterdrücker, selbst wenn er im Namen der Unterdrückten spricht. Aber welches ist diese Pflicht.

■

Roman. Ein Deportierter muß sich nackt ausziehen. Dabei rollt ein Manschettenknopf in eine Ecke, er liest ihn auf.

■

Der Mythos von Sisyphos, Caligula, Das Mißverständnis) und jenem der Revolte (*Die Pest, Der Mensch in der Revolte, Die Gerechten*) ein gesondertes Werk zum Thema des Urteils und des Exils: *Der Fall.* Anschließend war der Zyklus der Liebe und der Nemesis vorgesehen, die für ihn das Symbol des Maßes war.

Paris, später und jäher Frühling. Alle Kastanienbäume von ihren Wachskerzen bedeckt.

■

M.: «Wie könnte ich auf einen Menschen eifersüchtig sein, von dem ich weiß, daß er sterben und mir für immer entgleiten wird. Meine wirkliche Eifersucht bestünde darin, unbedingt mit ihm sterben zu wollen.»

■

Der treibende Stein[1]. Der Hahn – Aber es ist nicht schlimm. Man muß seinen Feind töten: War er dies nicht?

D'Arras: Er war es.

Der Hahn: Hier töten wir unsere Feinde, und nachher kommt der Herr Jesus.

■

Bei Solidor; ein Mann, Barbara, in seiner Nummer als Transvestit (als Dame von Welt), vor mehreren Gästen: seine Mutter, seine Großmutter und ein junger Mann, der Sohn seines derzeitigen Geliebten. Dieses Heim ist lustig.

■

1 Notiz zu *Das Exil und das Reich*.

Juli. Palerme[1].

Drei Tage Mistral hatten den Himmel bis zur Fadenscheinigkeit abgescheuert, abgewetzt, bis auf einen durchsichtigen und blauen Film, der von einer schweren Last goldenen Wassers aufgequollen war… und man erwartete, daß auch er platzte und daß ein Strom gelben Weins die Erde in einer frohlockenden Sintflut ertränken würde.

■

12. Juli, Palerme.

Zum Mistral. Heiße Tage, und ich erwartete, daß er sich erhöbe. Dann ging ich auf den von würzigen Kräutern und einer Myriade von winzigen fossilen Schnecken bedeckten Hügel. Er stürmte vom Norden herab, beizte die nahen Berge ab, scheuerte den Himmel bis zur Fadenscheinigkeit, zerzauste und reinigte die Bäume, heulte über dem Land, gab Tieren und Menschen Hausarrest, herrschte endlich … usw. Und ich lag auf dem Hügel, die Schneckenhäuschen zerdrückend, in einem unbändigen Bad von Wind und Sonne… das Fest.

■

1 Camus und seine Familie verbrachten den Sommer 1948 und 1949 in einem Haus, das zum Gut von Palerme in der Nähe von L'Isle-sur-la-Sorgue gehörte. Sie kehrten noch mehrmals dorthin zurück. Dort wohnte auch die algerische Familie von Albert Camus, als er vergeblich versuchte, seine Mutter, seinen Onkel Étienne Sintès sowie seinen Bruder Lucien in Frankreich heimisch werden zu lassen.

A. B. schreibt mir die wahre Geschichte des Van Eyck[1]. Kurz nach dem Diebstahl wird ein im Dienst des Kapitels stehender Priester verdächtigt. Er gesteht. Er hat den Flügel gestohlen, weil er es nicht aushielt, Richter in der Nähe des Mystischen Lamms zu sehen. In Anbetracht seiner Absichten wird ihm die Absolution erteilt, und er verspricht, am Tag seines Sterbens das Versteck des Flügels mitzuteilen. Der Tag kommt. Letzte Ölung. Er versucht zu sprechen. Aber seine Stimme erlischt. Er murmelt unverständliche Worte und stirbt.

■

Was ich im Verlauf der Jahre immer im Kern meiner Einstellung wiederfinde, ist die Weigerung, aus dieser Welt, ihren Freuden, ihren Genüssen, ihren Leiden zu verschwinden, und diese Weigerung hat aus mir einen Künstler gemacht.

■

Jean möchte eine Fischausrüstung, die ich ihm kaufe. Sucht vergeblich Würmer. Findet sie schließlich. Geht fischen. Fängt sechs Elritzen und bricht beim Anblick ihres Todeskampfs in Tränen aus. Er will nicht mehr fischen.

■

1 Die Geschichte des gestohlenen Altarflügels von van Eyck wurde in *Der Fall* aufgenommen.

22. Juli.
Der schwerelose und volle Mond über den Pappeln. Der Lubéron beinahe weiß und nackt in der Ferne. Ein leichter Wind im Röhricht. Mama und ich betrachten diese wunderbare Nacht mit gleichermaßen beklommenem Herzen.

Aber sie geht bald fort, und ich fürchte immer, sie nicht wiederzusehen.

■

Nemesis. Die auf die Geschichte konzentrierten Gedanken sind diejenigen, welche die Zeit, ihre Auswirkungen, ihre Bauten und ihre Zivilisationen am stärksten verachten. Für sie ist die Geschichte das, was zerstört.

■

Ende Juli.
Von Mond und Wind erfüllte Nächte. Die großen [...][1] des Vaucluse.

■

Es scheint, daß in diesem Land keine Partei fähig ist, die Anstrengung des Patriotismus lange durchzuhalten. So hat die Rechte 1940 und die Linke sechzehn Jahre später versagt.

■

1 Ein unleserliches Wort.

Gewitternacht. Heute morgen ist die Luft leicht, die Umrisse sind rein. Auf dem von frischem Licht überfluteten Hügel ein Teppich von rosaroten Winden. Der Duft der jungen Zypressen. Leugne nichts mehr!

■

Wenn man nichts anderes mehr weiß als dies: ich möchte besser sein.

■

Musik auf dem Ozeandampfer im Südatlantik. Nur die Musik besitzt die gleiche Dimension wie das Meer. Und gewisse Stellen bei Shakespeare, bei Melville, bei [...].[1]

■

Anekdote (vermutlich erfunden) aus Rußland. Stalin soll die Krupskaja aufgefordert haben, keinerlei Kritik mehr zu üben, andernfalls werde er eine andere Witwe Lenins ernennen.

■

Roman-Ende. Mama. Was ihr Schweigen ausdrückte. Was dieser stumme und lächelnde Mund rief. Wir werden auferstehen.

Ihre Geduld auf dem Flughafen, in dieser Welt der Maschinen und der Büros, die ihr Verständnis übersteigt,

1 Ein unleserliches Wort.

während sie wortlos wartet, wie seit Jahrtausenden so viele alte Frauen auf der ganzen Welt warten, daß die Welt vergeht. Und dann, ganz klein, ein bißchen gebrechlich, geht sie zu den heulenden Ungeheuern und hält mit einer Hand ihr sorgfältig gekämmtes Haar...

■

Wenn nichts unsere Tage und unsere Taten loskaufen wird, sind wir dann nicht gezwungen, sie zum höchstmöglichen Licht zu erheben?

■

Roman. Étienne. Große Empfindlichkeit. Der Geruch des Eis auf den Tellern. Deshalb Mikro-Tragödien.

■

Paris. Die Schönheit ist die vollkommene Gerechtigkeit.

Nicht die Hoffnung auf die Zukunft ist die Freiheit, sondern die Gegenwart und der Einklang mit den Menschen und der Welt in der Gegenwart.

Die Revolution ist in Ordnung. Aber wozu? Man muß eine Vorstellung von der Zivilisation haben, die man schaffen will. Die Abschaffung des Eigentums ist kein Zweck. Sie ist ein Mittel.

■

Tolstois Großvater väterlicherseits pflegte seine schmutzige Wäsche nach den ersten Schneefällen auf Schlitten von Rußland nach Holland zu schicken, von wo sie kurz vor dem Frühling mit sauberer Wäsche zurückkehrten.

Tolstoi: «Die politische Literatur, als Spiegel der vorübergehenden Interessen der Gesellschaft, hat ihre Bedeutung und kann für die Entwicklung des Volks notwendig sein; indessen gibt es eine andere Literatur, welche die ewigen, von der ganzen Menschheit geteilten Anliegen aufnimmt und die dem Volk am Herzen liegenden Schöpfungen einbeschließt, eine Literatur, die dem Menschen irgendeines Volks zu irgendeiner Zeit zugänglich ist und ohne die sich noch kein Volk voller Kraft und Saft entwickelt hat.»

■

Tolstoi hatte ein uneheliches Kind mit Axinia (Bäuerin).

Id. Turgenjew liest Tolstoi Väter und Söhne vor, und dieser schläft ein.

Id. vgl. die Gräfin: «Er widert mich an mit seinem Volk» (sie hat Krieg und Frieden siebenmal abgeschrieben).

Id. Tolstoi: «Nach jedem Heruntermachen habe ich einen Moralischen.»

Id. «Der Wahnsinn ist ein Egoismus.»

Id. Shakespeare. «Ein Greuel ist eine Bauernfängerei.»

Die Einsiedelei von Optina, die alle russischen Schriftsteller anzog, wurde im 14. Jahrhundert von einem reuigen Räuber gegründet.

Siehe Alexandra Tolstoi: Leo Tolstoi, mein Vater[1], S. 302 und vor allem für mich S. 444.

1 Alexandra Tolstoi: *Léon Tolstoï, mon père*. Übers. und eingeleitet von Edmond Cary (Amiot–Dumont 1956).

Tolstoi zum Russisch-Japanischen Krieg: «In einem Krieg mit einem nicht christlichen Volk müssen die christlichen Völker besiegt werden.» Und im Augenblick des Sterbens: «Alexandra, verlier den Mut nicht, alles ist in Ordnung.»

■

Roman (Ende). Sie kehrt nach Algerien zurück, wo gekämpft wird (weil sie dort sterben will). Man hindert den Sohn, in den Wartesaal zu gehen. Er bleibt und wartet. Zwanzig Meter voneinander entfernt schauen sie sich durch drei Glasschichten an und machen von Zeit zu Zeit ein kleines Zeichen.

■

Die Welt geht in Trümmer, der Orient steht in Flammen, die Menschen zerreißen sich rings um sie, und M. läuft an einem einsamen Strand am äußersten Ende Europas in einem stürmischen Wind mit dem Schatten der Wolken auf dem Sand um die Wette. Sie ist das triumphierende Leben.

■

August 1956.
C. Ich liebe dieses besorgte und verletzte, manchmal tragische, immer schöne kleine Gesicht; diese kleine Person mit den zu starken Fesseln, aber einem Gesicht, das von einer dunklen und sanften Flamme erhellt wird, jener der Reinheit, eine Seele. Und wenn sie auf der Bühne der Beleidigung ihres Partners den Rücken kehrt, dann

sieht man dieses kleine Unglück fortgehen, und ihre schmächtigen Schultern.

Zum erstenmal seit langer Zeit wird mein Herz von einer Frau gerührt, ohne das geringste Verlangen, ohne Absicht, ohne Spiel, sie um ihrer selbst willen liebend, nicht ohne Traurigkeit.

■

Roman. Nach fünfzehn Jahren Liebe mit Jessica begegnet er einer jungen Tänzerin, die mit gewissen Unterschieden dieselben Gaben, dasselbe Feuer besitzt wie J. Und etwas keimt in Jean, was der Liebe gleicht, die er für J. empfunden hat. Als wäre er noch fähig, neu zu beginnen (und wie M. H. am gleichen Ort Jessica geliebt hatte, ohne es zu sagen). Aber er ist alt, sie ist jung, er liebt immer noch Jessica und die Liebe, die er für sie empfunden hat. Er schweigt. Er verzichtet. Das Leben beginnt nicht von vorne. Er hatte kaum entdeckt oder geglaubt, zu entdecken, daß er sie liebte, als er beschloß, nie die Hand auf sie zu legen. Man möchte, daß die Menschen, die man zu lieben beginnt, einen gekannt hätten, wie man war, ehe man sie kennenlernte, damit sie gewahr werden können, was sie aus einem gemacht haben.

■

Eingeschobener Brief.
Ich bin alt oder werde es sein. Ich habe die Hälfte meines Lebens als Mann damit verbracht, ein Geschöpf um den Preis des Opfers eines anderen und vielleicht eines Teils meiner selbst zu verteidigen. Was mich zwölf Jahre ge-

kostet hat, um es zu bewahren, kann ich nicht um den Preis von ein paar Monaten oder Jahren Leben verwerfen. Das, wofür ich ein Geschöpf zerbrochen habe, kann ich nicht seinerseits zerbrechen wie ein bösartiges Kind, das all sein Spielzeug eines nach dem andern verstümmelt.

Ich war immer überzeugt, daß die Liebe, daß jedwedes Gefühl am Ende stets dem gleicht, was es in der Sekunde seines Entstehens war. Und was ich dir gegenüber empfunden habe, ist die Liebe ohne Besitznahme, das Geschenk des Herzens. Die Besitznahme ist später hinzugekommen und sie hat eine Dimension, die aber nicht sinnlich ist…

Hier könnten wir vielleicht eine Art Bund wiederfinden, eine nur uns bekannte Ehe, eine Zusage, einen Pakt.

■

Die Zeit existierte nicht mehr für mich; zehn Stunden am Tag in diesem Kellertheater in dem zugleich armseligen und harten Licht der Probenbeleuchtung, beobachtete ich auf diesem von einem anderen, aus dem Inneren kommenden Licht erhellten kleinen Gesicht fasziniert einen Tag des Leidens, alle Gemütsbewegungen, die das Leiden am Leben auf einem menschlichen Gesicht entstehen lassen kann. Ich sah mich dem gegenüber, was im Menschen im höchsten Grad tiefgründig, verletzt, feierlich ernst und wehrlos ist. Und wenn wir fortgingen, wurde der unvorhergesehene Regen oder die milde Septembernacht so angenommen, wie sie waren, eine unveränderliche Ordnung, die Szenerie dessen, was im Herzen der Männer und der Frauen in Unruhe ist und leidet, das einzige, was mich während langer Wochen lebendig machte und erfüllte.

■

C., Romanfigur. Junge deportierte Jüdin, hat der SS des Lagers gedient (Schwester von X.). *Sie kommt zurück.* Sie wird Schauspielerin: 1) weil ihre Fähigkeit zu spotten aufsehenerregend wird; 2) weil es sie der Welt entzieht; 3) weil sie all die Leben nachvollzieht, die endgültig dem vorzuziehen sind, was sie gesehen und getan hat. Und auf ihrem Gesicht: Belsen und das Erbarmen. Das ist es, was den Beifall erhält.

Ihre Ungeschicklichkeit. Verbrennt, macht Flecken, verliert, usw.

Nach der langen nächtlichen Arbeit waren sie allein im Wagen, Paris menschenleer, und der beharrliche Regen, der auf dem Blech über ihnen hallte. Auf diesem nur durch die Windschutzscheibe hindurch vom Licht einer Straßenlaterne erhellten Gesicht floß ohne Unterlaß der Schatten der Wassertropfen, die über die Scheibe rieselten. Um diesen Schatten waren sie in ihrem Blechhaus gekuschelt, und um sie herum die Straße, die schweigende Stadt, ein Kontinent, die in Flammen stehende Welt, und er wurde nicht müde, dieses von Schattentränen überströmte Gesicht anzuschauen.

«Unsere süßen, heimlichen, öden Ferien.» Er schüttelte die Zweige der Bäume über den Mauern, und die Wassertropfen fielen wie Regen auf das nach hinten geneigte Gesicht seiner Freundin. Er trank einen nach dem andern diese Tropfen, die schimmerten wie fiebernde und zärtliche Augen.

■

Sonntag, 2. September 1956.
Der langsame Schiffbruch und ihr Gesicht einer Ertrunkenen. Geburt.

■

Montag.
Getreulich der Regen.

■

Dienstag.
Das reine Geben. Ohne für sich zu fordern.

■

Donnerstag, 6.
Unüberwindliche Müdigkeit und schließlich Geständnis der Liebe.

Ich möchte atmen können – fähig sein, sie aus dem Gedächtnis oder aus Treue zu lieben. Aber mein Herz krampft sich unablässig zusammen. Ich liebe dich unablässig wie ein Geschundener. Ihre verletzten Handküsse auf ihm. Ihre aufreizende Art, immer etwas hinter sich zu lassen.

C.s Vater – Jüdischer Arzt – Bleibt während der Besatzung in Paris. Stirbt deportiert in Birkenau. Typhus. Verbrennungsofen; «ich denke immer, daß er Goldzähne hatte». Von seiner Frau getrennt, aufbrausend, leidenschaftlich, verführerisch. C. liebte ihn. Ihr Leben, das mit sechzehn Jahren im Augenblick der Landung der Alliierten begann.

Paris, wo die Sonne ein Luxus ist, wo das Sterben sündhaft teuer ist, wo es ohne Bankkonto keine Bäume gibt. Paris, das der Welt Lehren erteilen will.

■

Das Theater sprengt die Mauern der Städte. Und diese Motten, die dem Bild der Städte gleichende Mottentheater machen wollen.

■

Mit vierzehn Jahren entweicht C. in der Nacht dank den zu einem Seil geknoteten Bettüchern aus ihrem Haus in El Biar.

■

C. mit dem nach Unglück hungernden Herzen. Ihr Rasen *gegen* ihren Körper.

■

Die tragische Liebe und nichts anderes. Das tragische Glück. Und wenn es aufhört, tragisch zu sein, ist es etwas anderes und macht sich wieder auf die Suche nach der Tragik.

■

Die industrielle Zivilisation schafft und provoziert die künstlichen Bedürfnisse, indem sie die natürliche Schönheit abschafft und sie auf weiten Strecken mit dem Industrieabfall bedeckt. Ihretwegen kann die Armut nicht mehr gelebt und ertragen werden.

■

Faust als Don Juan verjüngt.[1] Es ist der besonnene und alte Geist in einem jungen Körper. Eine explosive Mischung.

Id. Szene, in der Don Juan seiner Beerdigung beiwohnt. Don Faust oder der Ritter des Abendlandes.

■

Aurora. Eine Fabel. Der Don Juan des Wissens: Kein Philosoph, kein Dichter hat ihn entdeckt. Ihm fehlt die Liebe zu den Dingen, die er entdeckt, aber er ist geistvoll und wollüstig und genießt die Reize und die Intrigen des Wissens – das er bis zu den höchsten und fernsten Sternen verfolgt –, bis ihm schließlich nichts mehr zu jagen bleibt außer dem, was dem Wissen an absolut *Schmerzlichem* innewohnt, so wie der Säufer am Ende Absinth und Fusel trinkt. Deshalb wünscht er sich schließlich die Hölle. Sie ist das letzte Wissen, das ihn *verführt.* Vielleicht wird auch dieses ihn enttäuschen wie alles, was er schon kennt. Dann müßte er für alle Ewigkeit innehalten; auf die Enttäuschung festgenagelt und selber zum steinernen Gast geworden verlangte ihn dann nach einer Abendmahlzeit des Wissens, einer Mahlzeit, deren er nie teilhaftig werden kann. Denn die ganze Welt der Dinge

1 Vgl. Siebtes Heft, S. 133 und Achtes Heft, S. 153, 157 und 234.

wird keinen Bissen mehr finden, den sie diesem Hungrigen geben könnte.

■

Intellektuelle des Fortschritts. Sie sind die Strickerinnen der Dialektik. Bei jedem Kopf, der fällt, nehmen sie die Maschen der von den Tatsachen zerrissenen Überlegung wieder auf.

■

Johanna die Wahnsinnige verbrachte 44 Jahre in einem kleinen, fensterlosen Zimmer, das Tag und Nacht von einer Lampe erhellt wurde und das sie nur verließ, um in das benachbarte Kloster zu gehen und das Grab ihres Gemahls zu betrachten. Vielleicht ist dies das wahre Leben.

■

Der Geschäftsmann, der die Nase voll hat und Clown wird. Aber ohne sein Haus oder seine Geschäfte aufzugeben. Er kleidet sich bloß als Clown.

■

X. X. Nach langen Küssen: «So ein Ungestüm!»

■

Custine: «Der Widerspruch zwischen einem glühenden Gemüt und der Gleichförmigkeit des Daseins macht mir das Leben unerträglich.»

Id. «Heute, da das Wort nur noch eine Verhandlung zwischen der Wahrheit und den Eitelkeiten ist.» [1]

■

Die beiden sehr großen Geister, die der Himmel den Römern schenkte, Lukrez und Seneca, begingen Selbstmord.

■

Nach *Hochzeit in Tipasa Sommer in Algier*. Das Fest (1 – Fußball; 2 – Tipasa; 3 – Rom – Die griechischen Inseln – Der Mistral – Die Körper – Der Tanz – Der ewige Morgen).

■

Er verliert seine Tochter. Jetzt bin ich ein alter Mann. Um jung zu sein, braucht er eine Zukunft.

■

Der Bethlehemitische Kindermord im Leben Christi. Wer schuldig geboren wurde, muß unschuldig sterben. [2]

■

Neuauflage Chute, p. 73: «mélancoliques rédditions», p. 126 corporation masculine.

■

1 Astolphe de Custine, *Souvenirs et portraits* (Éditions du Rocher).
2 Vgl. *Der Fall*: «Die Kinder von Judäa, die hingemordet wurden, während seine Eltern ihn in Sicherheit brachten, weshalb waren sie gestorben, wenn nicht seinetwegen?»

Dr. Schnitzler. Mehrere Konzentrationslager. Schließlich gerettet, weil er *sympathisch* war. Alle haben ihm geholfen.

■

X. X. Professor: «Die Menschen müssen sich lieben», «man muß...» «man muß...». Rings um ihn die Wirklichkeit: ein unbeschreibliches Chaos.

■

Manchmal erfaßt mich eine unendliche Zärtlichkeit für all die Leute rings um mich, die im gleichen Jahrhundert leben.

■

Die kanadische Prostituierte im Café bei den Folies-Bergère: «Mein Vater hat die ganze Welt bereist, ich auch, das kannst du mir glauben, ich war in Deutschland, in Algerien, ich habe zuviel gelitten, ich war am Verhungern, jetzt bin ich schlecht, und meine Mutter hat mich seit vierzehn Tagen nicht gesehen, mein Vater ist mit einer Mine aufgeflogen, mein Bruder auch, kurzum, ich tue es deinetwegen, weil du eine Kameradin bist, schön, ich erwarte ihn, es ist schlimm genug, daß ich meine Familie Geld koste, dazu noch mit diesem Idioten ausgehen, ah, das ist blöd, ich kenne niemand.»

■

N.: Die Kraft in der Mäßigung ist die überlegene Kraft.

■

M. sagt: «Die Rasse Christi – und die andere.»

■

Stück. Ein Schriftsteller (oder Gelehrter oder Künstler oder Schauspieler) ist vom gesellschaftlichen Druck überfordert und überläßt *im Leben* seine Rolle einem Stellvertreter. Neben ihm ein sehr würdiger Professor, der sich von Liebe gepackt infantil benimmt: Er gibt vor, daß er alles kann, trinken, Autos lenken, Liebe machen, Judo treiben, usw.

■

Es gibt auf der Welt gleichläufig mit der Kraft des Todes und des Zwangs eine gewaltige Kraft der Überredung, die Kultur heißt.

■

Im Alten Testament sagt Gott nichts, es sind die Lebenden, die ihm als Vokabel dienen. In diesem Sinn habe ich nicht aufgehört, das in der Welt vorhandene Heilige zu lieben.

■

N. verwirklicht. Vervielfältigung der Erfahrungen, aber beherrscht und auf das höchste Sein und die höchste Zeit ausgerichtet, dank der äußersten Freiheit, aber gemäß der Disziplin – und das pausenlos wie eine ständige Sanktionierung aufs Spiel gesetzte Leben – eine bejahte und *verschwenderische* Einsamkeit, die sich nur insgeheim vor dem Wesen der Welt verneigt. Nicht mehr sagen, sondern tun, um einem höheren Wort einen Sinn zu verleihen, und nur sprechen in Abhängigkeit von ... (Für diejenigen, die ihr Gedächtnis verlieren, das Tagebuch als Werkzeug dieser Askese.)

■

Custine: «Die arabische Architektur ist die Kunst eines effeminierten Volks» (die Scherenschnitte, mit denen die Konditoren ihre Schachteln mit Zuckerwerk zudecken). Er (Custine) zitiert einen Ausspruch von Voltaire oder Diderot: «Die Russen sind verfault, bevor sie reif sind.»

■

Mit zehn Jahren gründet Nietzsche mit ein paar Freunden ein *Theater der Künste*, wo zwei von ihm verfaßte antike Dramen aufgeführt werden.

■

Juni 1957.
Festival von Angers zu Ende.[1] Beglückte Müdigkeit. Das Leben, das wunderbare Leben, seine Ungerechtigkeit,

1 Camus spielte auf dem Festival von Angers im Juni 1957 eine entscheidende Rolle. Er bearbeitete und inszenierte *Le Chevalier d'Olmedo* von Lope de Vega und inszenierte *Caligula*. Auf dem Festival wurde außerdem *On ne badine pas avec l'amour* in der Inszenierung von Jean Marchat aufgeführt.

sein Ruhm, seine Leidenschaft, seine Kämpfe, das Leben beginnt neu. Noch immer die Kraft, zu lieben und alles zu schaffen.

■

15. Juli.
Abfahrt nach Paris. Übernachten in Guéret. Es ist die Welt der Giftmischerin der Familie.

■

17. Juli.
Cordes[1]. Schweigen und Schönheit. Einsamkeit dieses großen Hauses, der toten Stadt. Die Zeit verfließt spürbar in mir, und ich kann wieder atmen. Rings um Cordes ruht der weiche, luftige, zugleich wolkige und lichtvolle Himmel auf dem vollkommenen Kreis der Hügel. Am Abend geht die pfirsichgroße Venus mit irrer Geschwindigkeit auf dem Hügel im Westen schlafen. Sie hält auf der Kammlinie einen Augenblick inne, dann verschwindet sie jäh, wie eine vom Schlitz angesaugte Spielmarke. Alsbald wimmeln die Sterne und die Milchstraße wird sahnig.

■

1 Claire Targuebayre, eine ehemalige Mitarbeiterin von Edmond Charlot in Algier, hatte in einem Landsitz in Cordes, im Département Tarn, ein Hotel aufgemacht. Camus hatte zu ihrem Buch *Cordes* (Édouard Privat, 1954) das Vorwort geschrieben. Nach dem Festival von Angers ruhte er sich dort aus, um neue Theaterprojekte vorzubereiten, insbesondere mit Jean-Pierre Jorris.

18. Juli.
Es regnet. Heute vormittag im wilden Tal des Aveyron. Arbeit. Ich vertrage gar keine Bindung mehr, so sehr auf Freiheit versessen, daß ich eine Einsamkeit, die gefährlich werden kann, immer mehr verstärke. Ich denke ohne Unterlaß an F., meinen Kummer.

Abend. Von mir selbst, von meinem wüstenartigen Leben entmutigt.

■

20. Juli.
Ein Brief des Superiors von Georges Didier[1] teilt mir mit, daß er bei einem Autounfall in der Schweiz ums Leben gekommen ist.

■

21. Juli.
Seit Tagen ein unaufhörlicher Regen. Tiefe und trockene Traurigkeit.

■

22. Juli.
Brief von Mi., die mir von ihrer Familie und ihren «zänkischen Gelagen» erzählt. Als sie mit dem geliebten Mann telefoniert, der 700 km weit entfernt ist, findet

1 Ein Kindheitsfreund von Albert Camus, der Mönch geworden war. Am 9. Juli 1957 fand er den Tod bei einem Autounfall in La Chaux-de-Fonds in der Schweiz. Vgl. Anhang, S. 305.

sie keine Worte. «Ich stand da, todunglücklich und froh.»

■

23. Juli.
Die Wahrheit. Die Wahrheit!

■

24. Juli.
Schönes und menschenleeres Land, wo jedes Haus, auf das man stößt, zur Ruine zerfällt. In den aufgerissenen und von Brennesseln überwucherten Scheunen verrosten alte Eggen mit Rädern, alte und riesige Spinnen, die in diesem verlassenen Königreich spuken. Der Drang nach den Städten, den Fabriken, den kollektiven Vergnügen. Hier stirbt langsam eine Zivilisation rings um uns, und die alten Häuser zeugen davon. Das sage ich M., die mir sagt, daß sie nicht den Eindruck eines Todes hat, sondern eines Wartens. Warten auf was? – Den Messias.

Es regnet immer noch; ich habe Hunger nach Licht wie nach Brot und kann mich nicht mehr ausstehen.

■

24. Juli.
Abfahrt ins Roussillon. Das Meer. Leucate. Zurück am 25. abends.

■

26. Juli. Wunderbare Vormittage. Trunkene Schwalben.

Die Leute, die nicht neugierig sind: Was sie wissen, verleidet ihnen das, was sie nicht wissen (C.).

■

Der Buddhismus ist der zur Religion gewordene Atheismus. Die Renaissance mit dem Nihilismus *als Ausgangspunkt*. Ein einzig dastehendes Beispiel, glaube ich. Und ein kostbarer Gegenstand der Meditation für uns, die wir mit dem Nihilismus zu ringen haben.

■

Man kann vom Leiden nicht verlangen, seine Gründe zu rechtfertigen. Man liefe Gefahr, mit beinahe nichts mehr Mitleid zu empfinden.

■

Cordes. Jeden Abend schaute ich zu, wie Venus sich schlafen legte und die Sterne in der warmen Nacht über ihrem Bett aufgingen.

■

Die englische alte Dame, die sich das Leben nimmt. Seit Monaten notierte sie jeden Tag das gleiche in ihrem Tagebuch: «Heute ist niemand gekommen.»

■

Am Schluß vom *Jüngling* (und in den drei Varianten) macht Dostojewski ironisch Tolstoi den Prozeß.

■

Cordes, 4. August.
Todesgedanken.

■

6. August.
Besuch im Cayla: einsamer, schweigender Ort, um den herum die Welt zum Sterben kommt. Nun verstehe ich besser, was ich nachher im Tagebuch von Eugénie de Guérin lese: «Im Cayla würde ich gerne das Gelübde der Zurückgezogenheit ablegen. Kein anderer Ort auf Erden gefällt mir besser als das Zuhause.» Und dann: «Wo werde ich sein? Wo werden wir sein, wenn diese Bäume wieder groß sind? Andere werden in ihrem Schatten spazieren und wie wir die Winde kommen sehen, die sie umstürzen werden.»

■

Die alten Gläubigen in Rußland dachten, wir trügen einen kleinen Teufel auf der linken Schulter und einen Engel auf der rechten. Das enthält eine Theateridee (für Don Faust?): Der Engel und der Teufel wachsen je nachdem, wie man sie nährt. Im allgemeinen ist der eine *oder* der andere sehr groß. Meine Person tritt mit zwei kleineren Geschöpfen auf, die *beide gleich groß sind*. Ihre Dialoge unter sich, zwischen der Person und den beiden Geschöpfen, zwischen den beiden und der Person, usw., usw.

■

«Der leichteste Seidenfaden ist für mich unerträglicher als eine Bleikugel für einen anderen» (N.). Für mich auch, leider.

■

Swidrigailow in Schuld und Sühne: «Ein kleines, verräuchertes Zimmer mit Spinnen in den Ecken, und wir haben die ganze Ewigkeit.» [1]

■

8. August 1957. Cordes.

Nach der Lektüre von Schuld und Sühne zum erstenmal totaler Zweifel an meiner Berufung. Ich überlege mir ernstlich die Möglichkeit aufzugeben. Habe immer geglaubt, das Werk sei ein Dialog. Aber mit wem? Mit unserer literarischen Gesellschaft, deren Grundsatz die mittelmäßige Bosheit ist, wo die Beleidigung die kritische Methode ersetzt? Mit der Gesellschaft schlechthin? Ein Volk, das uns nicht liest, ein Bürgertum, das im Jahr die Zeitung und zwei Bücher liest, die gerade in Mode sind. In Tat und Wahrheit kann ein Schöpfer heute nur ein einsamer Prophet sein, der von einer maßlosen Schöpfung bewohnt und aufgefressen wird. Bin ich ein Schöpfer? Ich habe es geglaubt. Genauer gesagt habe ich geglaubt, daß ich einer sein könnte. Heute zweifle ich

1 In den *Aufzeichnungen zu Schuld und Sühne* notiert Dostojewski, daß Swidrigailow «an das zukünftige Leben glaubt, an die Spinnen usw.» («an die Spinnen» wurde von Dostojewski hervorgehoben).

daran, und die Versuchung ist groß, dieses unablässige Bestreben zu verwerfen, das mich selbst mitten im Glück unglücklich macht, diese leere Askese, diesen Ruf, der mich ich weiß nicht was entgegenstemmt. Ich könnte mich dem Theater widmen, aufs Geratewohl Stücke schreiben, ohne mich um etwas zu kümmern, ich wäre vielleicht frei. Was soll mir eine achtungswerte und ehrliche Kunst? Und bin ich zu dem fähig, wovon ich träume? Wenn ich nicht dazu fähig bin, wozu träumen? Mich auch davon befreien und in nichts einwilligen! Andere haben es getan, die größer waren als ich.

■

12. August.
C. S. «Nicht der Schmerz soll das größte Mitleid hervorrufen, sondern die Nichtswürdigkeit. Das allergrößte Unglück besteht darin, sich in der Schande zu wissen. Ihr macht alle den Eindruck, immer nur schöne Leiden, distinguierte Leiden durchgemacht zu haben.» Das stimmt.

Emerson: «Das Geheimnis des Genies besteht darin, um sich herum keinerlei Fiktion zu dulden.»

■

13. August.
Abreise von Cordes.

■

Die atonale Musik ist immer dramatisch, obschon sie eine Reaktion auf die musikalische Romantik sein will. Denn die Bedeutungslosigkeit ist immer pathetisch und dramatisch. Id. für die Malerei.

Ein Kommentar zu Der Fall, da sie nicht verstehen. Die Gestaltung und Verspottung der modernen Einstellung und des merkwürdigen und anstößigen weltlichen Gewissensbisses der Sünde. Vgl. Chesterton[1] «Das 19. Jahrhundert (id. das 20.) ist voll von christlichen Ideen, die verrückt geworden sind.»

Daß Lenin nie mit den Volksmassen zu tun gehabt hat. Vgl. Sperber[2]: die Linke und Trumans Punkt-Vier[3].

■

Id. Freud verspürte keinerlei ärztliche Berufung, keinerlei «Zuneigung für die leidende Menschheit».

Nemesis. Wesentliche Komplizität von Marxismus

1 Gilbert Keith Chesterton (1874–1936), englischer katholischer Schriftsteller und Pamphletist.

2 Manès Sperber (1905–84), Schriftsteller, Schüler von Adler und Freund von Malraux. Am 29. Oktober 1946 nahm er mit Camus, Koestler, Sartre und Malraux an einer Kundgebung teil, auf der eine minimale politische Moral definiert werden sollte. (Vgl. *Tagebücher 1935–1951*. S. 226)

3 Die am 12. März 1947 vom Präsidenten der USA dargelegte *Truman-Doktrin* verfolgte den Zweck, die sowjetische Expansion aufzuhalten, und führte zum Marshall-Plan, einem umfassenden Programm der Wirtschaftshilfe für die vom Kommunismus bedrohten Nationen.

und Christianismus (weiterentwickeln). Deswegen bin ich gegen beide.

■

Die blinden Geliebten, die tastend den blinden Ehemann töten.

■

Ein ununterbrochenes Theater.

■

Anziehungskraft der Religion für die Theaterleute. Das Traumleben und das wirkliche Leben.

Ich pflegte diese Orte zu lieben (Restaurants voller Licht, Dancings, usw.), die von den Menschen erfunden wurden, um sich vor dem Leben zu schützen. Dieses Verletzte in mir.

■

Notwendigkeit und Lob der Gegensätze. Das Maß, Stätte des Widerspruchs. Sonne und Finsternis.

■

Als Kameraden des fünfzehnjährigen Nietzsche in seinem Beisein die Handlung des Mucius Scaevola bestritten, nahm er wortlos eine glühende Kohle aus dem Ofen und zeigte sie seinen Freunden. Er trug die Narbe sein Leben lang.[1]

Geschichte des Bordells[2] (H., S. 48). Cosima verdient die größten Vorwürfe, weil sie sämtliche Briefe von N. an W. vernichtet hat. Die «tragische Erkenntniss» und die «griechische Heiterkeit». Der Münsterplatz in Basel, wo Nietzsche und Burckhardt sich zu unterhalten pflegten. «Modernes *Anachoretenthum*, das Mitleben mit dem Staate unmöglich.» Id. «Die geistige Aristokratie muß sich auch Freiheit von dem Staate verschaffen: der jetzt die Wissenschaft im Zaume hält» – Id. Der Mensch ruht gleichsam auf dem Rücken eines Tigers in Träumen hängend.

Zum Brand des Louvre während der Kommune, der ihn zum Weinen bringt und tagelang niederschmettert: «Aber auch bei meinem höchsten Schmerz war ich nicht im Stande, einen Stein auf jene Frevler zu werfen, die mir nur Träger einer allgemeinen Schuld waren, über die viel zu denken ist.»

1 Camus machte diese Notizen während der Lektüre des *Nietzsche* von Daniel Halévy (Grasset, 1944). Gajus Mucius Cordus Scaevola ist ein legendärer römischer Held (6. Jahrhundert v. Chr.). Er drang in das feindliche Lager ein, um den etruskischen König Porsenna zu töten, wurde gefangengenommen und ließ lieber seine Hand verbrennen, als daß er die Namen seiner Komplicen verraten hätte, daher sein Beiname *Scaevola*, Linkshand.

2 Als Nietzsche in Köln ein Hotel suchte, wurde er in ein Freudenhaus geschickt. Beim Anblick der nackten Mädchen im Salon setzte er sich ans Klavier und schmetterte zur allgemeinen Verblüffung eine seiner Improvisationen.

– Mach, daß man mich wie einen redlichen Heiden bestattet, ohne Lüge. Traurig ohne Licht, begeistert, sobald es zurückkehrt.

Plan für zehn Jahre Meditation und Schweigen. Idee der «Maske»[1]. Lob Napoleons in La Gaya Scienza[2]. Abenteuer mit Frau V. P., 1887, ein letztes Billet an Rohde – erschütternd.[3] Rohde antwortet nicht. Lisbeth[4], warum weinst du? Sind wir nicht glücklich?

■

Ich war sehr voreingenommen gegen den Rationalismus. Aber die Leidenschaft meiner Kollegen [. . . . .
. . . .][5]

■

8. September.
Tod von Robert Chatté[6]. Allein im Krankenhaus von Villejuif.

■

Darauf verzichten zu glänzen, wenn man glänzen kann, zu gefallen, usw. Es braucht ein wenig Künstelei, aber die

1 «Aber gib mir, ich bitte – (…) Eine Maske mehr! Eine zweite Maske!» (*Jenseits von Gut und Böse*).
2 *Die fröhliche Wissenschaft* («la gaya scienza»), fünftes Buch. Nr. 362.
3 «Ich habe jetzt 43 Jahre hinter mir und bin genau noch so allein wie ich es als Kind gewesen bin. –» (Brief vom 11. Nov. 1887.)
4 Elisabeth Förster-Nietzsche, Nietzsches Schwester.
5 Zwei unleserliche Sätze.
6 Buchhändler, enger Freund von Pascal Pia.

Künstelei verschlingt schließlich alles. Es ist letzten Endes fruchtbarer, sich (so lange wie nötig) zu langweilen, als zu schwatzen und für nichts auszugehen.

Was nötig wäre: nicht nur jemand, den man liebt, ohne etwas von ihm zu verlangen, sondern sogar jemand, den man liebt und der einem nichts gibt.

■

Roman. Mi: In der Liebe atmete sie wie eine Schwimmerin und lächelte dabei, dann schwamm sie immer schneller, bis sie mit offenem Mund und immer noch lächelnd an einem warmen und feuchten Gestade strandete, als wäre vor lauter Grotten und tiefen Gewässern das Wasser ihr Element geworden und die Erde der trockene Ort, wo sie als triefender Fisch fröhlich erstickte.

■

Der größte Mensch, die größte geistige Kraft: der größte, die konzentrierteste [...][1].

Nietzsche. Irreligiös aus Religiosität. Pascal – auf seine Weise – Schließlich ist der Glaube, wie Thomas sagt, der Mut des Geistes.

Id. Christus, für ihn: der immoralistische Erlöser.

■

Custine. «Eines Tages wird der schlafende Riese sich erheben, und die Gewalt wird der Herrschaft des Worts ein

1 Zwei unleserliche Worte.

Ende setzen. Dann wird die verstörte Gleichheit umsonst die alte Aristokratie zurückrufen und sie um Beistand für die Freiheit bitten; die zu spät aufgenommene und von zu lange untätigen Händen geführte Waffe wird ohnmächtig geworden sein.»

Id. Über die Franzosen: «Es wäre ihnen lieber, ein häßliches Bild von sich zu entwerfen, als sich vergessen zu lassen.»

■

Don Faust. Wenn er sich in Don Juan verwandelt, beginnt die Szene mit einem dröhnenden Männerlachen hinter den Kulissen, das Don Juans Auftreten ankündigt.

Nietzsche. «Einige Jahrtausende weiter auf der Bahn des letzten Jahrhunderts! – und in allem, was der Mensch thut, wird die höchste Klugheit sichtbar sein: aber eben damit wird die Klugheit alle ihre Würde verloren haben. Es ist dann zwar nothwendig, klug zu sein, aber auch so gewöhnlich und gemein, daß ein edlerer Geschmack diese Nothwendigkeit als eine Gemeinheit empfinden wird. [...] Edel sein – das hieße dann vielleicht: Thorheiten im Kopfe haben.»

■

Die Bibel ist inmitten der Steine entstanden.

■

1. Oktober.
Besuch von G. T.[1], die mir vor ihrer Abreise nach Algier anvertraut, was sie macht. Vor einem Monat in Algier. Emissäre der F. L. N. nehmen Fühlung auf und schlagen eine Zusammenkunft mit Verantwortlichen vor, die ihr wegen ihrer Broschüre (Algérie 57) Fragen zu stellen haben. Sie nimmt an. Treffen, dann Beschattung. Kurzum Haus Kasbah, dort von zwei Frauen empfangen. Dann kommen zwei bewaffnete Männer. Man diskutiert. G. T. erklärt ihnen ihre Ansicht, die Clochardisierung, das Volumen der Zusatzlöhne, die aus Frankreich kommen, usw. (ihre Meinung: politisch auf der Höhe, wirtschaftlich ungeschult). In dem Moment sagt einer, der der Anführer zu sein scheint: «Sie halten uns für Mörder.» Darauf G. T. «Und ihr seid Mörder» (es war kurz nach dem Attentat auf das Casino an der Uferstraße). Darauf furchtbare Reaktion des anderen: Tränen in den Augen. Dann: «All diese Bomben möchte ich auf dem Grund des Meeres sehen.» – «Das hängt nur von dir ab», sagt G. T. Sie sprechen von der Folter. Ich bin Anklägerin, sagt sie (sie war Mitglied der Kommission für [das] Konzentrationslager-System). Sie erzielen [eine] Einigung: Aufhören des zivilen Terrorismus gegen Aufhören der Hinrichtungen. Ungefähr so formuliert, wie ich es vorgeschlagen hatte (aber der weitere Verlauf, leider…). Im Zusammenhang mit den Vernagelungen sagt der andere:

1 Die Ethnologin Germaine Tillon lebte vom Dezember 1954 bis März 1957 im Massif des Aurès. Camus schrieb ein Vorwort zur amerikanischen Ausgabe ihres *Algeria* betitelten Buches.

«Das ist Frankreich.» – «Erzähl du das deiner Großmutter», sagt G. T. «Ich war dabei. Es ist die F. L. N., und du weißt es.» Der Anführer bedeutet dem anderen mit einem Zeichen, zu schweigen. Sie erfährt wenig später, daß er Ali la Pointe ist. Im Weggehen packt sie ihn an der Krawatte und schüttelt ihn. «Und vergiß nicht, was ich gesagt habe.» Und er antwortet ihr: «Nein, Madame.»

2. Zusammenkunft nach Hinrichtung, und sie erfährt, daß der Anführer Yaasef Saadi ist. Zwei Wochen später wird er verhaftet.

Zeigt mir auch die Aufsätze von 30 arabischen Schülern, die elf bis zwölf Jahre alt sind und denen der arabische Lehrer folgendes Thema gegeben hat: «Was würdet ihr machen, wenn ihr unsichtbar wäret?»: Alle greifen zu Waffen und töten entweder Franzosen oder Fallschirmjäger oder Regierungschefs. Ich verzweifle an der Zukunft.

Daß der Sklave unterjocht wird, weil er dem Tod das Leben vorgezogen hat, ist historisch falsch. Budapest.

■

17. Oktober.
Nobelpreis. Eigenartiges Gefühl der Niedergeschlagenheit und der Wehmut. Als ich 20 war, arm und nackt, habe ich den wahren Ruhm gekannt. Meine Mutter.[1]

■

1 Auf die Nachricht vom Nobelpreis telefonierte Camus mit seiner Mutter in Algier.

19. Oktober.
Erschrocken über das, was mir zustößt und was ich nicht verlangt habe. Und zur Krönung des Ganzen so gemeine Angriffe, daß es mir das Herz zuschnürt. Rebatet[1] wagt es, von meiner Sehnsucht zu sprechen, ein Exekutionskommando zu befehligen, während er doch zu jenen gehört, für deren Begnadigung ich mit anderen Schriftstellern der Résistance eingetreten bin, als er zum Tode verurteilt wurde. Er wurde begnadigt, aber er kennt keine Gnade für mich. Wieder die Lust, dieses Land zu verlassen. Aber um wohin zu gehen?

Die Schöpfung selbst, die Kunst selbst, ihr Detail, Tag für Tag, und der Bruch... Verachten geht über meine Kraft. Auf jeden Fall muß ich diese Art Schrecken überwinden, diese unbegreifliche Panik, in die mich diese unerwartete Nachricht gestürzt hat. Dafür...

Sie lieben mich nicht. Ist das ein Grund, sie nicht zu segnen? N.

Die Heiligen haben Angst vor den Wundern, die sie wirken. Sie können sie nicht lieben und auch nicht sich selbst in ihnen.

■

Im Verlauf des Monats drei Erstickungsanfälle, verschlimmert durch klaustrophobische Panik. Gestörtes Gleichgewicht.

1 Journalist und Kollaborateur, der in *Je suis partout* schrieb; Verfasser von *Décombres*.

Die Anstrengung, die ich unermüdlich unternehme, um mich in den allgemeinen Werten den anderen zu verbinden und mein eigenes Gleichgewicht zu erlangen, ist nicht ganz umsonst. Was ich gesagt oder gefunden habe, kann, ja muß anderen dienen. Aber nicht mir, der ich jetzt einer Art Wahnsinn ausgeliefert bin.

■

29. Dezember.
15 Uhr. Wieder ein Anfall von Panik. Vor genau vier Jahren, Tag für Tag, begann X. ihr Gleichgewicht zu verlieren (nein, heute ist der 29., also auf einen Tag genau). Ein paar Minuten lang das Gefühl totalen Wahnsinns. Dann Erschöpfung und anhaltendes Zittern. Beruhigungsmittel. Ich schreibe dies eine Stunde später.

Nacht vom 29. auf den 30.: endlose Angstzustände.

■

30. Dezember.
Anhaltende Besserung.

■

1. Januar.
Verdoppelte Beängstigung.

■

Januar–März.
Die schweren Anfälle haben aufgehört. Nur noch dumpfe und ständige Beklemmung.

■

5. März.
Gespräch mit de Gaulle. Als ich von der Gefahr von Unruhen spreche, falls Algerien verlorengeht, und in Algerien selbst von der rasenden Wut der Franzosen Algeriens: «Die rasende Wut der Franzosen? Ich bin 67 und ich habe nie einen Franzosen andere Franzosen töten gesehen. Außer mir.»

Frankreich mit dem übrigen vergleichen. «Genau besehen», sagt er, «ist noch nichts Besseres erfunden worden als Frankreich.»

■

Gesang der Revolutionäre von 1905: «Brüder, der Sonne, der Freiheit entgegen.»

■

Sperber. «Die Achillesferse»[1]: «Der Gedanke, den Selbstmord durch einen radikalen Bruch zu ersetzen, ist nicht neu. Der Wille, seine eigenen Handlungen endgültig zu verleugnen, sich ihrer ein für allemal zu entledigen, kehrt oft in den Träumen wieder, denen sich die Menschen hingeben, die nur noch dank der Logik des Körpers am Leben festhalten, die aber nichts mit den Menschen verbindet: weder das, was sie von ihnen erhalten haben, noch das, nicht einmal das, was sie ihnen gegeben

1 1957 unter dem Titel *Le Talon d'Achille* bei Calmann-Lévy erschienen. Zitat ebd. p. 202.

haben. Dieser Traum entspringt einer Einsamkeit, die fähig ist, sogar die Zuneigung zu zerstören, die der Mensch für sich selbst hegt.»

Kierkegaard stieß Hegel gegenüber eine furchtbare Drohung aus: ihm einen jungen Mann schicken, der ihn um Ratschläge bittet.

Dostojewski nach der großartigen Rede über Puschkin[1]: «Was das angeht, was ich über Moskau gesagt habe, so seht doch, wie ich beinahe in unserer ganzen Presse behandelt werde: als hätte ich eine Bank beraubt oder betrogen. Nicht einmal auf Ukanzew (ein berühmter Betrüger) wird so viel Unflat gekübelt wie auf mich.»

Id. nach dem Erfolg seiner Anfänge: «... man hat mir eine zweifelhafte Berühmtheit geschaffen, und ich weiß nicht, bis wann diese Hölle dauern wird.»

«Der Gedanke, der mich am stärksten beschäftigt, ist die Frage, worin unsere Ideengemeinschaft besteht, welches die Punkte sind, auf die wir uns alle einigen können, ungeachtet der Tendenzen ...»

«Man soll sein Leben für keinen Zweck verpfuschen» (Ausführen).

■

Diejenigen, die wirklich etwas zu sagen haben, sprechen nie davon.

■

1 Gehalten am 8. Juni 1880 auf der feierlichen Sitzung der Gesellschaft der Freunde der russischen Literatur und in der einzigen Nummer von *Journal eines Schriftstellers 1880* veröffentlicht.

Marseille.

Algier auf dem *Kairouan.*[1] Der doppelte Sprühregen. Der eine schäumt und knistert auf dem Kamm der Welle, die sich am Schiffsrumpf bricht – und der heftige Wind packt ihn mit einem Griff, dreht ihn zusammen, wringt ihn aus; und ein zweiter Sprühregen, mit weniger Wasser beladen, Spitzen aus feinem Dampf, erhebt sich als Dunstschleier.

Die Möwen mit den genau in der Mitte dachartig /VV gebrochenen Flügeln.

Die Soldaten an Deck, im Wind, ins Tauwerk gekauert in unförmigen Mänteln, die Köpfe mit Tüchern umwickelt. Diese Augenblicke, in denen der Mensch die Fassade aufgibt und sich auf der Ebene des Bedürfnisses duckt. So ist die Geschichte.

Unbeweglich auf dem Oberdeck, und die Möwen kommen herab und setzen ihren geduldigen Flug ganz in meiner Nähe fort. Eigensinnige Möwen mit ihren kugeligen Augen, ihrem Hexenschnabel, ihren unermüdlichen Muskeln. Die Meeresvögel haben nichts, wo sie sich niederlassen können, es sei denn die wechselnde Höhlung der See oder das schwankende Kreuz des Großmasts.

■

1 Camus verbrachte die Monate März und April 1958 in Algerien. Er wurde an der Universität von Algier empfangen und begegnete dem Schriftsteller Mouloud Feraoun, einem kabylischen Lehrer, der 1962 von der O.A.S. ermordet wurde.

Condorcet: «Robespierre ist ein Priester und wird nie etwas anderes sein.»

Zu den *primären* Reflexen, die der unmittelbaren Natur des Menschen oder des Tiers angehören, rechnet Pawlow den «Reflex der Freiheit».

■

Die Macht läßt sich nicht von der Ungerechtigkeit trennen. Die gute Macht ist eine gesunde und umsichtige Verwaltung der Ungerechtigkeit.

■

Nie von seiner eigenen Arbeit sprechen.

■

Schauspieler.

■

Nietzsche. In einer Überfülle von belebenden und erholsamen Kräften besitzen selbst die Unglücke einen Sonnenglanz und erzeugen ihren eigenen Trost…

Id.: Angenommen, man sei ständig in der Erwartung des Bösen, der unangenehmen Überraschung, dann verharrt man in einem Zustand der Spannung und der Gehässigkeit, man wird für die anderen unerträglich und sieht seine eigene Gesundheit darunter leiden; solche Naturen sind zum Aussterben verurteilt.

Id.: «Die Furcht vor dem Tode als europäische Krankheit.»

Id.: «Glück liegt in der Geschwindigkeit des Fühlens und Denkens: alle übrige Welt ist langsam, allmählich und dumm. Wer den Lauf des Lichtstrahls fühlen könnte, würde sehr beglückt sein, denn er ist sehr geschwind.»

Id.: Porträt des zukünftigen Menschen: exzentrisch, energisch, herzlich, unermüdlich, Künstler, Feind der Bücher.

Id.: Die hochkultivierten Menschen mit einem starken Körper sind allen Herrschern überlegen.

■

Zu den Biophagen[1]: Aufzeichnungen von Montherlant, S. 82: Dort ist alles mit Vortrefflichkeit und Mäßigung gesagt.

■

1 Biophagen: Der Ausdruck stammt von Montherlant: «Die Menschen, die unser Leben auffressen, sind in erster Linie jene Gleichgültigen, denen wir der Geschäfte wegen gezwungenermaßen Brosamen von unserer Zeit geben müssen...»

Für mich: Ich werde jedem meiner einzig gebliebenen Gefühle erlegen sein. Ich habe immer zwei Gefühle einander entgegengestellt.

■

Tipasa: Der graue und sanfte Himmel. In der Mitte der Ruinen lösen die Wellenschläge des etwas unruhigen Meers das Piepsen der Vögel ab. Der riesige und schwerelose Chénoua. Ich werde sterben, und dieser Ort wird fortfahren, Fülle und Schönheit auszuteilen. Nichts Bitteres in dieser Vorstellung. Sondern im Gegenteil ein Gefühl der Dankbarkeit und der Verehrung.

■

Der senkrechte und schwere Regen von Algier. Unaufhörlich. In einem Käfig.

■

Algerier. Ihr Leben in der Dichte und Wärme der Freundschaft und der Familie. Der Körper im Mittelpunkt, und seine Tugenden – und seine tiefe Traurigkeit, sobald er hinfällig wird –, ein Leben ohne anderen Horizont als das Unmittelbare, als dieser körperliche Kreis. Stolz auf ihre Männlichkeit, ihre Fähigkeit, zu essen und zu trinken, ihre Kraft und ihren Mut. Verwundbar.

■

Die erdolchte Taube.

■

Rückfahrt. Kairouan. Der Sturm. Unwiderstehliches Verlangen, mich ins Wasser zu werfen. Die Einsamkeit und die Verlassenheit des Menschen, allein in den entfesselten Fluten hinter dem Schiff, das seine Fahrt fortsetzt.

■

Etappen einer Heilung.

Den Willen schlafen lassen. Kein «ich muß» mehr.

Den Geist vollkommen entpolitisieren, um zu vermenschlichen.

Den Klaustrophoben schreiben – und Komödien.

Mit dem Tod ins reine kommen, das heißt ihn akzeptieren.

Akzeptieren, daß man sich zur Schau stellt. An dieser Angst werde ich nicht sterben. Und wenn, dann ist alles aus. Andernfalls womöglich unbesonnenes Betragen. Es genügt, das Urteil der anderen anzunehmen. Bescheidenheit und Willigkeit, rein ärztliche Mittel gegen die Angstgefühle.

Die Welt ist auf dem Weg zum Heidentum, aber noch lehnt sie die heidnischen Werte ab. Es gilt, sie wieder einzusetzen, den Glauben heidnisch und Christus griechisch zu machen, und das Gleichgewicht stellt sich wieder ein.

Könnte ich nicht am Ende unter dem Übermaß meiner Verantwortungen gelitten haben?

Da ich mich in der Wüste und der Erschlaffung befinde, ist es nötig, die Dürre zum Äußersten zu treiben, damit die Grenze erreicht und auf diese oder jene Weise überschritten wird. Wahnsinn oder größere Beherrschung.

Methode: Sobald das Angstgefühl auftaucht, vom ersten Alarmzeichen an, beschleunigte oder verlangsamte Atmung. Und *zusätzlich* sofortiger Verzicht auf *jegliche Handlung* und jegliche Gebärde.

Ferner zusätzlich: allgemeine Entspannung.

Auf längere Sicht: Übertragung und Anhäufung der Energieladung, die jedem Wollen oder Wünschen eigen ist, und zwar dank der vorübergehenden Aufhebung dieses Wollens oder Wünschens.

Was die Gesellschaft angeht, zugeben, daß ich nichts von ihr erwarte. Dann wird jede Beteiligung zu einem Geschenk, das keinen Lohn erhofft. Lob oder Tadel werden dann zu dem, was sie sind: nichts. Schließlich Abkehr von der Herde.

Die abgenutzte Moral der abstrakten Gerechtigkeit abschaffen.

An der Wirklichkeit der Menschen und der Dinge festhalten. Sooft wie möglich zum persönlichen Glück zurückkehren. Sich nicht weigern, das Wahre anzuerkennen, auch wenn das Wahre sich zufällig dem Wünschenswerten widersetzt. Bspl: Zugeben, daß auch die Kraft, vor allem die Kraft, überzeugt. Die Wahrheit lohnt jede Qual. Sie allein ist die Grundlage der Freude, die dieses Bemühen krönen soll.

Die Energie wiederfinden – in der Mitte.

Die Notwendigkeit von Feinden zugeben. Lieben, daß es sie gibt.

Systematisch die Automatismen vom geringsten bis zum höchsten brechen. Tabak, Nahrung, Sex, die affektiven Reaktionen der Verteidigung (oder des Angriffs. Es sind die gleichen) und *selbst das Erschaffen*. Askese nicht im Verlangen, das unversehrt bewahrt werden muß, sondern in seiner Befriedigung.

■

Soviel Kraft wie möglich wiederfinden, nicht um zu beherrschen, sondern um zu geben.

■

3. Mai.
Beinahe vollständige Genesung, ich erhoffe sogar eine vermehrte Kraft. Verstehe jetzt besser, was ich immer gewußt habe: Wer sein Leben hinschleppt und unter seiner Last zusammenbricht, kann niemandem helfen, gleichgültig, welche Pflichten er übernimmt. Wer sich beherrscht und das Leben beherrscht, kann der wahrhaft Großzügige sein und mühelos geben. Nichts erwarten und nichts fordern außer dieser Kraft zum Geben und zum Arbeiten.

Tagebuch.

■

Ende April 1958. Cannes[1].
Täglich auf dem Meer. Die Bojen der Netze (eine Flasche und ein Stück Blei, die auf Kork schwimmen) machen am Abend ein Geräusch, das wie Schellen tönt, die die Herden des Meeres versammeln. Nachts schreien und stöhnen die Schiffe im Hafen mit ihren Masten und Brücken.

Das Licht – das Licht – und das Angstgefühl weicht zurück, noch nicht verschwunden, aber dumpf, gleichsam in der Wärme und der Sonne eingeschlafen.

■

30. April.
Martin du Gard. Nizza. Er schleppt sich mit seinem Gelenkrheumatismus herum. 77 Jahre alt. «Angesichts des Todes hält nichts mehr stand, nicht einmal mein Werk. Es gibt nichts, nichts...» – «Ja, es tut gut, sich nicht allein zu fühlen» (und seine Augen füllen sich mit Tränen). Wir verabreden uns für Juli auf *Tertre*[2]. «Wenn ich noch lebe.» Aber unverändert das gleiche Herz, das an allem Anteil nimmt.

■

1 Während seines Besuchs bei Michel Gallimard hatte dieser Camus sein Rennboot zur Verfügung gestellt.

2 Name des Guts, das Martin du Gard in Bellême (Orne) besaß. 1955 hatte Camus das Vorwort zu Martin du Gards *Œuvres complètes* in der Pléiade-Ausgabe geschrieben.

29. Mai 1958.
Mein Handwerk besteht darin, meine Bücher zu schreiben und zu kämpfen, wenn die Freiheit meiner Familie und meines Volks bedroht ist. Weiter nichts.

■

Der Künstler ist wie der Gott von Delphi: «Er zeigt nicht und verbirgt nicht: er bedeutet.»

■

Tschechow: «Ich bin weder liberal noch konservativ... Mein Allerheiligstes ist der menschliche Körper, die Gesundheit, die Intelligenz, das Talent, die Inspiration, die Liebe und die uneingeschränkte Freiheit. Die Befreiung von jeglicher brutalen Kraft und jeglicher Lüge, wie immer sie sich ausdrücken:

Das also wäre mein Programm, wenn ich ein großer Künstler wäre» (Brief an Plechtschejew[1]. 1888).

■

Musil[2]: Ein großes Unterfangen, das alle Mittel der Kunst voraussetzt, die er nicht besitzt. Daher dieses

1 Alexis Plechtschejew (1825–93), Dichter, zum Tode verurteilt und zugleich mit Dostojewski begnadigt.

2 1957 erschien *Der Mann ohne Eigenschaften* auf französisch (Le Seuil).

nicht seiner Aussagen, sondern seiner Fehlschläge wegen ergreifende Werk. Dieser endlose Monolog des Autors, wo stellenweise das Genie glänzt, das aber nie in seiner Ganzheit von der Kunst erleuchtet wird.

Musil. «Man hat eine zweite Heimat, in der alles, was man tut, unschuldig ist.»

«Das gewöhnliche Leben ist ein Mittelzustand aus allen uns möglichen Verbrechen.»

■

Mama. Wenn wir die Menschen, die wir lieben, lieb genug hätten, würden wir sie am Sterben hindern.

■

9. Juni 1958.
Wieder nach Griechenland.

■

10. Juni.
Akropolis. Weniger tief beeindruckt als das erste Mal. Ich war nicht allein und kümmerte mich um meine Begleitung. Und dann die Begegnung mit O., die mich stört. Die Akropolis ist nicht der geeignete Ort, um zu lügen. Zwei Flugstunden von Rhodos. Die Inseln, Felsen auf dem Meer, die dahintreiben. Pulverisierung von Kontinenten. In Rhodos landet man inmitten von Feldern, wo ein niedriges und blühendes Korn wächst, das der Wind

in Wellen dem blauen Meer entgegenlaufen läßt. Prachtvolle und blumenreiche Insel. Der nächtliche Spaziergang in einer Umgebung fränkischer Architektur. Begegnung mit Pater Brückberger, der mir seine Absicht mitteilt, mit der Kirche zu brechen, ohne aus dem Orden auszutreten. Meine Sympathie für ihn unverändert lebendig. Schiff mit den Familien Michel G. und Prassinos.[1]

■

11. Juni.

Ich verlasse das Schiff frühmorgens, allein, und gehe an den zwanzig Minuten entfernten Strand von Rhodos, um zu baden, allein. Das Wasser ist klar, weich. Die am Anfang ihres Laufs stehende Sonne wärmt, ohne zu verbrennen. Köstliche Augenblicke, die mich an die Morgen von Madrague erinnern, vor zwanzig Jahren, als ich schlaftrunken aus dem nur wenige Meter vom Meer entfernten Zelt trat, um in das verschlafene morgendliche Wasser zu tauchen.[2] Aber leider kann ich nicht mehr schwimmen. Oder vielmehr nicht mehr so atmen wie früher. Gleichviel, ich verlasse mit Bedauern diesen Strand, wo ich eben glücklich gewesen bin.

1 Michel Gallimard und der Maler Mario Prassinos.

2 Im Juli 1941 verbrachte Camus eine Woche in einem Zelt in den Dünen des Strands von Madrague, in der Nähe von Oran. Vgl. das Vorwort von 1958 zu *Licht und Schatten*.

Um zehn Uhr verlassen wir Rhodos, um die Nordspitze der Insel zu umschiffen und nach Lindos zu fahren.

■

12 h 30. Lindos.
Kleiner, beinahe geschlossener natürlicher Hafen. Eine vollkommene Bucht. Wir verlieren in dem absolut klaren Wasser einen Anker. Die Bucht wird zunächst von den weißen Häusern des Dorfs beherrscht und dann von der Akropolis mit dem Festungswerk ihrer mittelalterlichen Mauern, aus denen Schäfte dorischer Säulen auftauchen.

Wir gehen in einem Joujou an den Strand. Bad. Am späten Nachmittag gehen wir zur Akropolis hinauf. Auf dem Gipfel eine breite und steile Treppe, die zu einem sehr großen Platz mitten im Himmel führt; er beherrscht auf der einen Seite den Hafen, wo wir vor Anker liegen, und auf der anderen, aber senkrecht über einer schwindelerregenden Leere, eine andere, geschlossene kleine Bucht, die Bucht, wo Paulus landete. Die Schwalben kreisen lichttrunken über diesem Raum, tauchen senkrecht in die Leere hinab und steigen mit schrillen Schreien wieder empor. Der Tag geht über den Säulen zur Neige, über den beiden Buchten, den sich bis zum Horizont vervielfältigenden Kaps und dem unendlichen Meer vor uns. Ein Gefühl der Ohnmacht, um sich mit soviel Schönheit zu vereinen und sie zum Ausdruck zu bringen. Aber gleichzeitig Dankbarkeit gegenüber dem vollkommenen Sein der Welt. Auf dem Rückweg die

Stadt, die kleinen Esel, das Schiff im Dämmer… In der Nacht lautes Eselsgeschrei.

■

12. Juni.
Um sechs Uhr gehe ich an Deck, um ein letztes Mal die Bucht zu sehen, die ich liebe. Alle an Bord schlafen außer dem Kapitän. In dem schwerelosen Morgen der Geruch von Lindos, Geruch nach Schaum, Wärme, Eseln und Kräutern und Rauch…

■

Rhodos um 8 Uhr 30.
Spaziergang in eine Schlucht, wo unzählige, eben ausgeschlüpfte Schmetterlinge zu sehen sind. Sie kauern im Gras, in den Bäumen, den Grotten, und erheben sich vor unseren Schritten in stummen und aufgeregten Wolken. Erdrückende Hitze. Rückkehr. Abfahrt um 15 Uhr nach Maralis, einem türkischen Hafen. Ankunft um 17 Uhr. Die Bucht, in deren Mitte wir ankern, ist schön, aber dunkel. Die kleine Stadt wirkt aus der Ferne kläglich. Und nach und nach sehen wir die ganze Bevölkerung sich drängend am Landungsplatz auftauchen. Die türkischen Polizei- und Zollbeamten kommen an Bord. Endlose Palaver, um die üblichen Formalitäten zu erledigen. Dann gehen wir an Land, wo wir von einer großen Menge verwahrloster Kinder umgeben und begleitet werden. Die Armut, die Vernachlässigung der Straßen und der Häuser macht einem das Herz so schwer, daß wir ohne zu säumen zurückkehren. Nach

dem Abendessen erneuter Besuch der Beamten. Neue, uferlose Palaver (sie sprechen keine einzige Sprache des Westens). Sie haben die Pässe behalten, usw. Wir bekommen sie um sechs Uhr früh. Der Kapitän protestiert... usw. In Wirklichkeit müssen wir sie am nächsten Morgen selber holen.

■

13. Juni.
Abfahrt um 7 Uhr. Um 11 Uhr die Insel Simi. Wunderbare griechische Sauberkeit. Die ärmsten Häuser sind frisch gekalkt, geschmückt usw. Unglaublich und empörend, daß die Türken dieses Volk so lange unterdrücken konnten. Bad. Aber wachsende Klaustrophobie. Im übrigen großartig in Form. Um 15 Uhr fahren wir weiter nach Kos.

■

Kos. Kleiner, abendlicher Hafen, wo es sich gut leben läßt. Musik. Radiolautsprecher brüllen die Ereignisse von Zypern in einem Ton, den ich nur zu gut kenne. Wir essen unter den rosaroten Lichtern zu Abend.

■

14. Juni.
Die Insel. Kleiner Tempel an einem Strand, wo das Wasser klar ist. Bad und Mittagessen in Psameros. An der kleinen Bucht fünf weiß und blau getünchte Häuser. Kleine Mädchen gehen mit ihrem Hemd bekleidet ins Wasser und schwimmen uns entgegen.

Jeden Tag die ungeheuerliche Sonne... nicht vom Dunst verschleiert oder schwer lastend, sondern klar und unumwunden, mit all ihren Feuerpfeilen, ingrimmig...

Um 18 Uhr nach Kalimnos. Das Meer ist von kurzen und frischen Wellen bedeckt... Dutzende von Kindern mit runden Köpfen geben uns das Geleit. Katina. Am 15. Juni, dem nächsten Morgen, läuft sie bis zur Fahrrinne und winkt noch lange. Mittag und Bad in Leros. Dann nach Patmos, wo wir in eine beinahe völlig geschützte Bucht einlaufen. Die Abendstunde.

■

16. Juni.

Auf Maultier und Esel klettern wir nach Patmos hinauf, zum Kloster des hl. Johannes von P. Von dort oben die beiden Landengen. Der wütende Nordwind (der Meltem) hat sich erhoben. Der griechische Mistral hat dieselben Wirkungen: er scheuert den Himmel und läßt ein gereinigtes, klares, gespanntes, beinahe metallisches Licht hervortreten. Aber er hindert uns, wieder in See zu stechen, wir müssen warten, bis er sich beruhigt.

■

17. Juni.

Abfahrt um sechs Uhr früh trotz Meltem, um nach Gaideros zu fahren. Aber das Meer ist entfesselt. Drei Stunden lang von den Sturzseen geschüttelt, alle an Bord seekrank oder kotzelend, und das Schiff wird auf die Furni-Inseln umdirigiert. Unterschlupf in einer kleinen, menschenleeren Bucht, wo der Wind weniger stark bläst, aber doch bläst. Ein Tag des Abwartens. Gegen Abend legt der Wind sich ein wenig. Aber es ist zu spät, um abzufahren.

■

18. Juni.
Der Wind ist in der Nacht erneut aufgekommen und bläst wütend. Wir verzichten auf die Abfahrt. Aber da sich nichts ändert und es an Brot fehlt und demnächst an Wasser, beschließen wir dennoch gegen 18 Uhr, abzufahren. Alle im Navigationsraum. Stürmische See, aber gegen 20 Uhr 30 kommen die Leuchtfeuer von Tigani (ehemals Samos) in Sicht.

Wohltat des ruhigen kleinen Hafens nach der stürmischen See.

■

19. Juni.
Am Morgen gehe ich allein baden. Abfahrt im Wagen zur Besichtigung der Insel. Eine der schönsten wegen der Überfülle an Olivenbäumen und fadenförmigen Zypressen, allenthalben an den zum Meer abfallenden Hängen der Hügel und Berge. Nachdem wir gebadet haben, essen wir in einem kleinen Dorf an der Südküste zu Mittag. Der Tisch steht im Freien. Zahlreiche schöne Kinder spielen um uns herum und kommen dann, um uns anzuschauen. Eines der kleinen Mädchen, Matina, mit goldenen Augen, rührt mein Herz. Als wir abfahren, kommt sie zum Auto, und ich fasse ihre kleine Hand. Gegen Abend das Heraion, der vom Blitzschlag getroffene Tempel, dessen gewaltige Trümmer vor dem Meer zwi-

schen dem Schilf und dem Hafer in eine wunderbare Landschaft von Bergen und Meer gestreut sind und wiederum von den jüngsten Erdbeben zerstört wurden. In einem nahen Café, wo unsere Fahrer uns zu einem Glas einladen, tanzen sie zur Musik eines Radios, zu ihrem und unserem Vergnügen.

Polykrates, der Tyrann von Samos, «genialer Staatsmann und ausschweifender Tyrann». Erschrocken über sein eigenes, unverschämtes, unaufhörliches Glück, seine unverwüstlichen Erfolge und seinen fabelhaften Reichtum, warf er einen kostbaren Ring ins Meer, um das Schicksal zu beschwören. Aber ein bei Tisch servierter Fisch gab ihm den Ring zurück, den er verschluckt hatte. Vollendete das Heraion, hielt einen prunkvollen Hof, an dem die Künste einen großen Raum einnahmen. Wurde von dem Strategen Oroites, der ihn in eine Falle gelockt hatte, gekreuzigt (522).

■

20. Juni.

Ein Tag auf dem Meer nach Chios. Am Vormittag ein Manati vor dem Bug. Er rollt, schwimmt vor, schlenkert in spöttischer Haltung und taucht dann in die Tiefe hinab. Ein wenig später, mehrere Meilen von der Küste entfernt, bringt der Wind uns einen Geruch nach Oleander. Am Nachmittag Sonne und Baden in einer kleinen Bucht, wo das Wasser so klar ist, daß es luftig wirkt; ein schöner, ruhiger Abend, als wir in Chios einlaufen.

■

21. Juni.

Chios. Türkisches Viertel. Quer über die Insel. Die riesigen Häuser aus Bruchstein. Die rote Erde. Riesengroße Olivenbäume. Bauern dreschen das Getreide mit den Hufen ihrer Maultiere in einer blendenden Hitze. Der Sommer der Gemetzel.[1] Zuletzt das Leprosorium in einem schmalen, mit Eukalyptusbäumen bestandenen Hohlweg, der in die Sackgasse der Felsen mündet. Eine Reihe langgestreckter, baufälliger Gebäude, kastanienbraun und dunkelgrün. Im aufsteigenden Abend in ihren Zimmern mit den plumpen Eisenbetten und den kastanienbraunen Decken sich selbst überlassen. Vierzehn Aussätzige, elf Frauen und drei Männer, irren durch die Laubengänge. Einige haben Finger verloren. Andere haben große, trübe Augen, gelb, ohne Pupillen oder Augäpfel, wie ein riesiger Tropfen faulen Wassers. Ihre natürliche Fröhlichkeit unter ihren derben, gräulichen, unendlich armseligen Kleidern. Eine beschwert sich, weil man sie aus diesem erbärmlichen Ort anderswohin verbringen will... Am Abend Tanz und Lachen bis sehr spät in der Nacht.

■

1 Anspielung auf die von den Türken im April 1822 veranstalteten Gemetzel von Chios, die Victor Hugo zu dem in *Les Orientales* aufgenommenen Gedicht *L'Enfant* inspirierten und Delacroix zu dem berühmten Bild *Szenen der Massaker von Scio: griechische Familien erwarten den Tod oder die Versklavung...*

22. Juni.
Nach Mytilene. Große, von Buchten und Stränden durchbrochene Kerbe. Die Olivenbäume steigen beinahe bis ins Meer hinab. P. ist krank. Arzt (Paritis). Hinauf nach Ayassos. Bad. Ich schwimme ein Weilchen. Abfahrt, die Insel entlang. Gegen Ende des Nachmittags streichen Hunderte von Seeschwalben knapp über der reglosen Wasseroberfläche fliegend an unserem Schiff vorbei. Ankunft in Sigris.

(Wir kamen bei Sonnenuntergang in Häfen. Und manchmal verbarg die Sonne uns den Hafen und verschwand dann hinter dem Hügel, und der Hafen tauchte in der Dämmerung auf…)

■

Sigris. Nach Sigris zurückkehren. Die beiden geschlossenen Buchten. Die kahlen Hügel. Das spiegelglatte Wasser, das abendliche Licht. Die Welt und das Leben enden hier. Und beginnen neu.

In der Nacht das Dorf, vom Schiff aus gesehen, das von den Johannisfeuern erleuchtet wird.

Abfahrt in der Nacht. Michel und ich übernehmen die Wache um Mitternacht. Nacht über dem unendlichen Meer, nachdem die Mondsichel im Westen untergegangen ist. Die Sternbilder sinken zum Horizont. Unvorhergesehene Inseln formen sich am Horizont zu Schatten. Am Morgen das sich über die Bergrücken stufende Skyros.

Um 15 Uhr Abfahrt nach Skopelos. Am Nachmittag

die Nördlichen Sporaden. Eine, zwei, fünf, zehn, vierzehn Inseln blühen auf dem Meer auf. Am Abend Skopelos und seine Dächer, deren Kante mit Kalk hervorgehoben wird. Jasmine, Granatbäume, Hibisken. Friedliche Nacht. Am Morgen Skiathos, und dann fahren wir durch die Meerenge von Euböa.

■

26. Juni.
Chalkis. Vorwort Grenier[1]: «Jedes Bewußtsein will den Tod des anderen.» Nicht doch. Herr und Sklave. Meister und Schüler. Die Geschichte hat sich ebenso sehr auf Bewunderung aufgebaut wie auf Haß.

Ich wünsche diesem Buch den jungen Leser, der jenem gliche, der ich war.

Wie jene Suche von Inseln zu den Inseln, die Melville in «Mardi» geschildert hat, endet auch diese mit einer Meditation über das Absolute und das Göttliche.

■

Chalkis. Am Abend die weite und schweigende Bucht von Marathon. Das Wasser beruhigt sich unvermittelt.

1 Vgl. das Vorwort zu *Die Inseln* von Jean Grenier: «Zu den Halbwahrheiten, an denen sich unsere intellektuelle Gesellschaft ergötzt, gehört die folgende, aufreizende, daß jedes Bewußtsein den Tod des anderen will. So werden wir alsbald alle zu Herren und Sklaven, dazu verurteilt, uns gegenseitig umzubringen...» «Grenier beendet in der Tat seine Reise wie Melville mit einer Meditation über das Absolute und das Göttliche.» (Siehe S. 219 und S. 314.)

Nur eine kurze und schwere Brandung. Und die Nacht fällt auf den riesigen Kreis der Berge und die auf einmal geheimnisvolle Bucht. Die Schönheit schläft auf den Wassern.

■

27. Juni.
Frühmorgens, als die Zikaden anfangen, in den umliegenden Hügeln zu zirpen, bade ich in den unbeweglichen und kühlen Wassern. Dann zur See und zwölf Stunden bis nach Kea, der Insel mit den grünen Felsen, große, erdige Auster unter einem leicht verschleierten Himmel. Aber in der Nacht kommt der Südwind auf, und am nächsten Tag, dem 28., sind wir in Kea blockiert. 29. Abfahrt am Morgen bei starkem Seegang. Sunion. Licht. Hydra, Spetsai über Nacht. 30. Poros, Ägina und wieder Ayia Marina wie vor vier Jahren. Wunderbare Insel im Mittelpunkt des Kreisens von Licht und Raum. Wiederkommen.

■

1. Juli.
Athen. Hitze. Staub. Blödes Hotel. Müdigkeit. 2. Delphi. Wieder der außerordentliche Aufstieg durch die Absätze des Lichts. Ich folge meinen eigenen Spuren. Geruch des Abends in dem kleinen Stadion. 3. Rückkehr nach Korinth. Bis nach Patras. Allein, das Bad, das Wasser… Patras; großes, staubiges Oran, häßlich und lebendig. 4. Olympia. 5. Mykene, Argos. Die großen Pinien von Olympia knistern von Zikaden. Griechenland birst

vor tönendem Eselsgeschrei in der Höhlung der Täler, auf den Hängen der Inseln.

■

Pavese[1]. Daß der einzige Grund, weshalb wir immer an uns denken, darin liegt, daß wir länger mit uns selbst zusammen sein müssen als mit anderen. Daß das Genie Fruchtbarkeit ist. Und das heißt zum Ausdruck bringen, unablässig zum Ausdruck bringen. Daß der Müßiggang die Stunden langsam und die Jahre schnell verfließen läßt und daß Tätigsein die Stunden kurz und die Jahre lang macht. Daß alle Lockerlebigen sentimental sind, denn für sie sind die Beziehungen zwischen Mann und Frau eine emotionelle Angelegenheit, keine Sache der Pflichten.

Id. «Wenn eine Frau heiratet, gehört sie einem anderen, und wenn sie einem anderen gehört, hat man ihr nichts mehr zu sagen.»

Id. Die alte Mentina, die 70 Jahre lang keine Kenntnis von der Geschichte hatte. Sie hat ein «statisches und unbewegliches Leben» gelebt. Das läßt Pavese erschaudern. Und wenn die alte Mentina seine Mutter gewesen wäre?

■

1 Gallimard hatte eben das von Michel Arnaud übertragene Tagebuch von Cesare Pavese, *Métier de vivre* [dt. *Das Handwerk des Lebens. Tagebuch 1935–1950*. Hamburg 1956] veröffentlicht.

In der Freiheit und für die Freiheit leben. Zunächst die Wahrheit dessen, was man ist. Darauf verzichten, mit den Menschen Kompromisse zu schließen. Dann die Wahrheit dessen, was ist. Nicht mit der Wirklichkeit mogeln. Somit seine Originalität und seine Ohnmacht akzeptieren. Dieser Originalität gemäß bis zu dieser Ohnmacht leben. Im Mittelpunkt die Schöpfung mit den immensen Kräften des endlich respektierten Menschen.

■

Zurück. Mittagessen mit A. M. Er berichtet mir, daß Massu und zwei oder drei seiner Mitarbeiter sich der Folter unterworfen haben, um das Recht zu besitzen, zu… (Der Unterschied: Sie haben sie gewählt. Es gibt keine Demütigung.) Ein merkwürdiger Eindruck.

■

Seit der Rückkehr aus Griechenland zehn Tage. Kraft und Freude der Körper. Schlummer der Seele und des Herzens. In der Tiefe schläft das Kloster, das starke und kahle Haus, wo das Schweigen besinnlich ist.

■

Die Lüge schläfert ein oder träumt wie die Illusion. Die Wahrheit ist die einzige Kraft, fröhlich, unerschöpflich. Wenn wir fähig wären, nur von der Freiheit und für sie zu leben: junge und unsterbliche Energie in uns. Der Mensch der Wahrheit altert nicht. Noch eine Anstrengung, und er wird nicht sterben.

Anhang

Albert Camus hatte dem Achten Heft Briefentwürfe und Notizen beigelegt, die wir als Anhang veröffentlichen.

Brief an Amrouche.

19. November

Mein lieber Amrouche[1],
Die Zeit – und die Gesundheit – sind schuld, daß ich Dir nicht geantwortet habe. Ich hätte es ausführlich tun müssen, und ich war schon meiner Alltagspost nicht mehr gewachsen. Heute bin ich ihr nicht besser gewachsen. Aber ich will nicht länger säumen, Dir für Deinen zweiten Brief zu danken, der mich bewegt hat. Indessen bin ich Dir die Wahrheit über meine Ansichten schuldig. Es gibt keine persönlichen Fragen, die uns trennen könnten. Was sind sie schon angesichts der Dinge, die sich vorbereiten? Aber was Du wiederholt über die Franzosen Algeriens im allgemeinen geschrieben hast (in Le Monde

1 Kabylischer Schriftsteller und Essayist (1906–62). 1946 hatte er in seiner Zeitschrift *L'Arche* den Text *Le Minotaure ou la halte d'Oran* veröffentlicht.

und in Commune), hat mich schmerzlich entrüstet. Du hast das Recht, die Standpunkte der F. L. N. zu wählen. Ich für mein Teil finde, daß sie für die Gegenwart mörderisch und für die Zukunft blind und gefährlich sind. Aber selbst wenn Du Dich auf diese Seite stellst, mußt Du die notwendigen Unterscheidungen treffen, die Du unterlassen hast. Ich habe darauf verzichtet, öffentlich eine Stimme der Vernunft laut werden zu lassen. Ich hoffe gegen jede Hoffnung, es eines Tages tun zu können. Aber unter uns muß ich Dir meine Reaktion sagen, und Du darfst eines nicht übersehen: Wenn man auf die Franzosen Algeriens *im allgemeinen* und als solche genommen schießt oder rechtfertigt, daß man schießt, dann schießt man auf die Meinen, die allezeit arm waren und ohne Haß und die nicht in eine ungerechte Revolte verwickelt werden dürfen. Es gibt keine Sache, selbst wenn sie unschuldig und gerecht geblieben wäre, die mich je die Solidarität mit meiner Mutter aufgeben ließe, die die größte Sache ist, die ich auf Erden kenne.

Ich bin sicher, daß Du in dieser aufrichtigen Sprache ein Echo der brüderlichen Beziehungen der Vergangenheit wiederfinden wirst. Mögen sie Dich dazu bewegen, im Sinn der Beschwichtigung und der Einigung zu wirken und nicht im Sinn der brudermörderischen Trennung, diesen Wunsch hegt von ganzem Herzen Dein Bruder von gleicher Geburt unter dem gleichen Himmel.

Albert Camus

■

Brief an einen Unbekannten.

3. April

Monsieur,
Mein schlechter Gesundheitszustand hat diese Antwort verzögert, und ich bitte Sie dafür um Entschuldigung. Nachdem ich erkannt hatte, was mich in der algerischen Frage ein für allemal von der Linken wie von der Rechten trennt, habe ich vor über einem Jahr beschlossen, mich keiner dieses Thema betreffenden Kampagne mehr anzuschließen. Die kollektiven Unterschriften, diese zweideutigen Allianzen zwischen Menschen, die im übrigen überhaupt nichts gemeinsam haben, schaffen Verwirrungen, die weit über die Sache hinausgehen, der sie dienen wollen, und die somit diese Sache gefährden. Selbst wenn diese Sache annehmbar ist wie im vorliegenden Fall, habe ich also beschlossen, nur noch persönlich Stellung zu nehmen, und zwar unter den Bedingungen und in dem Augenblick, die mir passend scheinen, ungeachtet jedweden Drucks, den man auf mich ausübt.

Ich habe übrigens die Absicht, die Fragen, die Sie interessieren, in einem Buch zu behandeln, das demnächst erscheinen wird und das nur für mich verbindlich sein wird. Ich vertraue jedenfalls diese Antwort Ihrer Loyalität an und verbleibe mit meinen besten Grüßen

Albert Camus

■

Brief an Guérin.

9. Juni 1954

Mein lieber Guérin[1],
Man schickt mir (ich lese diese Zeitschrift nicht und habe den Argus nicht abonniert) Ihren Artikel in der Parisienne. Nein, ich werde Ihnen weder «die Undankbarkeit» noch «die Strenge» vorwerfen. Ich schätze weder den Ort, an dem sie sich ausdrücken, noch Ihre unhöfliche Art. Ich schätze ebensowenig, daß Sie von Dingen reden, die Sie nicht kennen, nämlich von meinem Leben. Wenn Sie es kennten, hätten Sie in diesem Punkt geschwiegen. Aber was das Wesentliche betrifft, so haben Sie das Recht, zu sagen, daß Sie nicht schätzen, was ich veröffentliche, und es ungeschminkt zu sagen.

Was ich Ihnen vorwerfe, ist ein unqualifizierbares Vergehen gegen den Brauch, der will, daß ein persönlicher Brief nicht ohne die Einwilligung des Absenders veröffentlicht wird. Ich habe Ihnen damals nicht geschrieben, damit meine vertrauensvollen, in der Freiheit des Herzens geschriebenen Briefe zehn Jahre später öffentlich zur Schau gestellt werden. Sie haben das Recht, sich dieser Öffentlichkeit anzuvertrauen und völlig frei von den Menschen zu sprechen, die Ihre Freunde waren; Sie haben nicht das Recht, diese Freunde zu zwingen,

1 Daniel Guérin (1904–88), Soziologe und Verfasser mehrerer Bücher über die Anarchie.

sich selber anzuvertrauen. Als ich diese an einen Freund in seinem Kummer geschriebenen Sätze herzlicher Kameradschaft an der Stelle las, wo Sie sie gedruckt haben, empfand ich eine unerträgliche Verlegenheit und eine Art Ekel, die Sie im voraus hätten empfinden sollen, und ich entschuldige nicht, daß Sie sie mir auferlegt haben.

Auf jeden Fall kann ich Sie nicht über meine diesbezüglichen Gefühle im unklaren lassen.

Ihr
Albert Camus

■

Brief an eine Unbekannte.

20. Juli 1956

Madame,
Ich bin untröstlich über das, was Sie mir sagen. Und zwar um so mehr, als es sich ohne jeden Zweifel, das versichere ich Ihnen, um ein Mißverständnis handelt.

Ich bin dem Arzt, dessen Namen Sie mir nennen, vielleicht einmal begegnet, aber dieser Name sagt mir nichts. Es handelt sich also nicht um einen meiner Freunde. Und auf jeden Fall kennen ich ihn nicht gut genug, um ihn je zu ermächtigen, über einen Dritten eine vertrauliche Bemerkung zu machen. Und überdies kennen Sie mich schlecht, angenommen, diese vertrauliche Bemerkung sei gemacht worden, wenn Sie meinen, ich hätte sie unvorsichtig verwenden können.

Ich beteure auf Ehre und Gewissen, daß die in Der Fall orchestrierten Einzelheiten nur mich betreffen. Ihr Freund ist nicht der einzige, der die Hochplateaus liebt. Ich liebe sie und habe dort gelebt. Als ehemaliger Schwindsüchtiger leide ich in der Tat an einer Lungensklerose, die in mir Klaustrophobie hervorgerufen hat. Die Menschen, die mich umgeben, können Ihnen das Grauen bestätigen, das ich vor Abgründen, Höhlen und allen geschlossenen Orten habe und das sich aus diesem kleinen und ganz persönlichen Gebrechen erklärt. Man macht sich oft lustig über meine Ungeduld gegenüber den Höhlenforschern, meine Niedergeschlagenheit in den tief eingeschnittenen Alpentälern usw. Jedes dieser Details, die Ihrem Freund aufgefallen sind, kann so eine unwiderlegbare Erklärung erhalten. Was die Hauptbegebenheit betrifft, so verstehen Sie gewiß, daß ich hier nichts Vertrauliches berichten werde. Gestatten Sie mir indessen, einen Satz aus einem Brief zu zitieren, den ich kürzlich von einem meiner Freunde erhalten habe: «Jeder von uns, ausnahmslos, hat so in seinem Leben ein junges Mädchen, dem er keine Hilfe geleistet hat.»

Das ist ganz selbstverständlich, und Ihr Freund muß sich von dieser Selbstverständlichkeit überzeugen. Sie sagen mir, daß er mich immer mit Achtung und einem besonderen Interesse gelesen hat. In dem Fall muß er wissen, daß ich unfähig bin, bei einem solchen Thema zu lügen.

Auf Ehre, ich wiederhole es, versichere ich ihm, daß er nichts, aber nicht das geringste mit meiner Gestalt zu tun hat. Er ist nicht verraten worden, von niemandem, und wenn er so ist, wie ich zu erraten glaube, wird er seinen Freunden erneut jenes Vertrauen des Herzens schenken, ohne das jedes Leben erschöpft und unglücklich ist.

Der Zweifel, an dem Ihr Freund heute leidet, erklärt sich in erster Linie aus dem aufreibenden Leben, das wir alle führen, und besonders die Menschen, die zur endlosen Last des modernen Lebens die Anstrengung einer persönlichen Arbeit hinzufügen. Wie sollte ich das nicht verstehen? Es kommt vor, daß ich gewisse Tage mit zusammengebissenen Zähnen beende, und oft habe ich den Eindruck, daß nur ein purer Wille, der allein mich aufrechthält, mir zu gehen und zu arbeiten erlaubt. Aber in diesen Fällen muß man mit sich selbst und seiner Natur nachsichtig sein. Man muß zu einem tierhafteren Leben zurückkehren, zur Ruhe, zur Einsamkeit.

Ich hoffe, daß Ihr durch mein Zeugnis aufgeklärter Freund Ruhe und Frieden wiederfindet. Dann werde ich mich darüber hinwegtrösten, daß ich ungewollt in einem edlen Herzen Verwirrung gestiftet habe. Im Augenblick empfinde ich nur Traurigkeit, weil ich mit einem meiner Bücher geschadet habe, während ich doch immer der Ansicht war, die Kunst sei nichts, wenn sie nicht letzten Endes Gutes tut und hilft.

■

Brief an Monsieur R. P.[1]

Monsieur R. P.
Ich habe Ihren Brief mit großer Verspätung erhalten, und die Nachricht vom jähen Tod meines Freundes erreicht mich, nachdem alles vorbei ist. Dennoch möchte ich Ihnen von ganzem Herzen danken, daß Sie an mich gedacht haben. Didier war ein Teil meiner Kindheit und meiner Jugend, und als ich ihn später im Ordenskleid wiedergesehen habe, fiel es mir nicht schwer, erneut das zu lieben, was zu sein er nie aufgehört hatte. Denn er war das gleiche Kind geblieben, der gleiche Mann geworden, mit demselben Glauben, reiner und tiefer, und derselben Treue. Seine Zurückhaltung und sein großer Takt in unseren Beziehungen, die unserer verschiedenen Leben wegen zu selten waren, konnten die Freundschaft unserer Kindertage nur bereichern und fühlbarer machen. Dieses so plötzliche, so unerwartete Ende ist für mich ein tiefer Kummer. Seit einigen Stunden ist die Welt in meinen Augen verarmt. Ich weiß wohl, daß der Tod für ihn nur ein Übergang war, er verstand es, von einer gewissen Hoffnung zu sprechen. Aber für die Menschen, die ihn wie ich geliebt haben, ohne diese Hoffnung teilen zu können, ist die Bekümmernis vollständig. Es bleibt, da haben Sie recht, die Erinnerung und das Beispiel. Glauben Sie mir, daß ich mit Dankbarkeit einen Teil unserer langen Freundschaft auf die Menschen übertrage, die das Glück

1 Vgl. S. 257, Anm.

hatten, in seiner Nähe zu leben, und zweifeln Sie nicht an meinem in Zukunft treuen Gedenken.

A. C.

■

X. hat im Krankenhaus etwas entdeckt, was ich immer gewußt habe (wegen einer ähnlichen Erfahrung [...][1] Jugend – auch wegen etwas anderem), die Solidarität der Körper, die Einheit inmitten des sterblichen und leidenden Fleisches. Das sind wir und nichts anderes. Wir sind das – plus das menschliche Genie in all seinen Formen, vom Kind bis zu Einstein.

■

Nein, lieber Dominique, es ist nicht demütigend, unglücklich zu sein. Das körperliche Leiden ist es zuweilen. Aber das Leiden des Wesens selbst kann es nicht sein, es ist das Leben genau wie jenes Glück, von dem Bernard in seinem Text mit einer Überzeugung spricht, die mich so tief erschüttert hat.

■

Ich zögere, es Ihnen zu sagen, aber was Sie jetzt tun müssen, ist nichts anderes als leben wie alle. Ihres Wesens wegen haben Sie ein Glück und eine Erfüllung verdient,

1 Drei unleserliche Worte.

die nur wenige Menschen erleben. Noch heute ist diese Erfüllung nicht tot, sie steht auf dem Konto des Lebens, ihm zu Ehren, und sie herrscht über Sie, ob Sie nun wollen oder nicht. Aber in den bevorstehenden Tagen müssen Sie allein leben, mit diesem Loch, dieser Erinnerung, die weh tut. Diese Schlaffheit, die wir alle in uns tragen – mit uns meine ich die Menschen, die sich nicht auf die Höhe des Glücks erhoben haben und sich schmerzlich an ein anderes Glück erinnern, das das Gedächtnis streift.[1]

■

Manchmal ist für die heftigen[2] Gemüter die Zeit, die man für die Arbeit entreißt, die der Zeit entrissen wird, die beste. Eine unselige Leidenschaft.

■

NOTIZEN AUF AGENDA

Gal[3] und ich während der Kundgebung:
Du machst wieder einen Blödsinn
Schön! Kommst du nicht?
Albert, ich hau dir eine runter.

■

1 Fragliches Wort.
2 Fragliches Wort.
3 Pierre Galindo, Camus' Freund aus Oran, der schon in den Tagebüchern von 1939, 1941 und 1950 erwähnt wird.

Dieser hier ist wie mein Bruder, und in meiner Familie ist einer, der an meinen Bruder rührt, ein toter Mann.

■

Der Ruhm ist ein Kloster.

■

X. Einweihung durch den Turnlehrer ihrer Mutter. Auf Wunsch ihrer Mutter gibt er ihr einen sexuellen Einführungskurs (mit 15 Jahren). Dann redet er ihr ein, daß es besser ist, wenn die Sache von einem Fachmann besorgt wird...

X. Ihr Gefährte auf der Tournee liest ein Feuilleton und wiederholt einen Satz der Geschichte: «Jede Stunde so leben, als wäre sie die letzte und die schönste», und ruft aus: «Genau, genau.» Aber, sagt X.: Er verläßt sein Zimmer nicht einmal, um die Stadt zu besichtigen, und verbringt seine Zeit zwischen erlesenen Mahlzeiten und seinem Bett.

Wir sind, sagt X., wie die Leute, die aus dem Gedächtnis Christen sind. Heiden, gewiß, allesamt, aber unser Bekenntnis zum Heidentum ist ebenfalls nur Lippenwerk. Seine Freundin – mit ihrem [...][1], sportlich –, die ihn nicht vor dem Match lieben kann, weil er seine Kräfte sparen muß, und nicht nachher, weil er keine mehr hat, geht aus eben diesen Gründen nicht aus. Am Morgen weckt er sie, indem er sie mit dem Knie in den Rücken

1 Ein unleserliches Wort.

pufft, damit sie das Frühstück macht ... Sie: «Ich ficke nicht, ich gehe nicht aus, ich bin das Dienstmädchen, und das seit drei Jahren.»

■

Mit der Tinte der Gefängnisse
auf die Ketten des Sklaven
auf das sanfte Gesicht der Erschossenen
schreibe ich deinen Namen
Freiheit[1]

Deine Pfosten sind Gitterstäbe
dein Gesicht ist ein Riegel
brüderlich für die Henker
Auf die Befehle der Schalter
Schreibe ich deinen Namen
Freiheit

Freiheit, verratene Freiheit
Wo sind deine Verteidiger?
In der Nacht der Keller
Knisterten deine sanften Augen
Ich schreibe deinen Namen
Kalande stirbt

1 Dieses Gedicht ist eine in spöttischem Ton, denn die Freiheit ist verraten worden, gehaltene Replik auf das berühmte Gedicht von Éluard: *Liberté*.

Leicht ist das Schreiben
Schrecklich das Sterben
Ich schreibe, ich schreibe
Ich schreibe deinen ehebrecherischen Namen
Auf den deinen der verzweifelt

Oh! Was hast du aus meiner jungen
Kalande gemacht? Man stirbt nackt
Wenn eure Brüder euch töten
Schreibe ich deinen tönenden Namen
Mit einer entehrenden Tinte

Um die Zukunft zu verriegeln
Um die Erinnerung auszustreichen
Schreibe ich deinen Namen
Freiheit
Mit Druckbuchstaben aus Schmerz [1]

Pierre Serment

1 Auf französisch «En capitales de douleur» ein deutlicher Hinweis darauf, daß Camus sich auf Éluard beziehen wollte, da er an *Capitale de la douleur* erinnert, den Titel eines Gedichtbands aus Éluards surrealistischer Epoche, und mit «capitales» = Druckbuchstaben und «capitale» = Hauptstadt ein Wortspiel macht.

NEUNTES HEFT

Juli 1958–Dezember 1959

21. Juli. Den ganzen Tag allein, nachdenkend. Abendessen mit B. M. An Stelle von M. habe ich in mir den ganzen Tag eine Leere, die mich bedrückt. Ich schreibe ihm.

■

22. 24.
Nichts. Fall auf mein Tonband aufgenommen. Brief Mi («stürmische und reine Nächte»). Gestern abend durch Saint-Germain-des-Prés geirrt – auf was wartend? Mit einem betrunkenen Maler gesprochen «Was machen Sie im Leben – ich bin nicht im Gefängnis – das ist negativ – nein, das ist positiv» und er verschlingt fünf mit Cognac hinuntergespülte harte Eier. Verzweifelt über meine Unfähigkeit, zu arbeiten. Zum Glück Schiwago und die herzliche Zuneigung, die ich für den Verfasser empfinde. Habe auf die Reise nach Südfrankreich verzichtet.

■

25.

Nichts. Aufnahme Fall. Rollenverteilung Besessene. N. R. F. Abendessen mit A. C. Ihre Liebschaft mit M., der bei seiner Frau impotent ist, und er hat sich ihr anvertraut. «Es geht ihm besser», sagt sie – «das heißt» – «Na schön, er ist noch kein Mann, aber er ist kein Greis mehr.» Diese Schattenzone über den Leben. Allen Leben. Nachdem ich sie heimbegleitet habe, bummle ich durch Saint-Germain-des-Prés. Ich warte, stumpfsinnig. Ah! Wenn meine Arbeitskraft zurückkehrte, wäre es endlich das Licht. Die kleinen als James Dean verkleideten Homos, und die Bewegung der löffelförmigen Hand, die mit dem Ringfinger das angeblich in den zu engen Bluejeans eingezwängte Glied zurechtrücken. Ich denke an die nackten und gebräunten Körper von einst, in meiner verlorenen Heimat. Sie waren rein.

■

26.

Aufnahme Fall. Eben mit dem Vorwort für *Die Inseln* angefangen.[1] Abendessen mit C., faul und zynisch, ausschließlich auf das Genießen ausgerichtet. Aber er lebt auf eigene Rechnung. Zudem ein zweitrangiger Schriftsteller. Aber er gleicht niemand. Ich verlasse ihn früh. Er geht Poker spielen, was mich tödlich langweilt. Und ich gehe

1 Jean Grenier, *Les Îles,* Gallimard 1932. Neuausgabe mit einem Vorwort von Albert Camus, 1959. Vgl. Achtes Heft, S. 219 und S. 294.

nach Hause. Vorher ein recht grobes Mädchen, das einen Araber abweist, der ihr nachläuft. «Ich bin Rassistin», sagt sie ganz schlicht.

■

27.
Aufnahme Fall fertig. Don Giovanni. Den ganzen Tag grauer Himmel. Am Abend Film über die Fußballweltmeisterschaft. Junge brasilianische Neger weinen nach dem Sieg und versuchen, ihre Gesichter vor der Kamera zu verbergen. Das rührt und bewegt mich noch immer wie früher.

■

28.
Abendessen B. M. A. C. gesellt sich zu uns. Das Gewitter lastet auf der Stadt – und bricht nicht aus.

■

29.
Am Morgen von Algerien umgetrieben. Zu spät, zu spät… Wenn ich mein Land verlöre, wäre ich nichts mehr wert.

■

30. Juli.
Einsamer Tag. Gestaltlose Arbeit. Am Abend, bei Nabokov, Narayan, der Gandhis Nachfolger sein sollte und der uns den dörflichen und agrarischen Sozialismus in Indien erklärt.

(Vinôbâ[1]). Ich bewundere, distant. Auf dem Heimweg komme ich am L'Aiglon vorbei und sehe auf der Leuchtreklame den Namen von A. M. Ich trete ein. Vor elf Jahren war ich glücklich mit ihr. Jetzt ist sie mit einem Steward der Air France verheiratet, mit dem sie fischen geht. Und sie singt jeden Abend.

■

31. Juli.
A. M. kommt am Nachmittag für eine halbe Stunde zu mir. Im Tageslicht sehe ich die von den elf Jahren hinterlassenen Spuren. Sie war 22, also ist sie jetzt 33. Aber wir lachen viel miteinander.

■

1. August.
Mittagessen bei Barrault in Chambourcy. Der Himmel ist die ganze Zeit schwarz von einem Gewitter, das kein Ende nimmt. B. schlägt mir erneut die Zusammenarbeit Dantschenko–Stanislawski vor.[2] Am Nachmittag Colin Wilson[3] – ein Baby, offensichtlich hat Europa nunmehr England erobert. «Jetzt geht es um die Anteilnahme am Glauben an» [...][4], das ist mir klar. Dieser Glaube ist

1 Vgl. Lanza del Vasto, *Vinôbâ ou le nouveau pèlerinage*, Denoël 1954.
2 Sie gründeten 1898 das Moskauer Künstler-Theater.
3 Colin Wilson, geb. 1931 in Leicester. Dieser junge Schriftsteller war Autodidakt und hatte einen neuen Heldentypus erfunden, den *Outsider*.
4 Zwei unleserliche Worte.

mein eigener, er hat mich nie verlassen. Aber ich habe den Weg der Zeit mit ihren Prüfungen eingeschlagen, um nicht zu mogeln und nachher zu versichern, Leiden und Weigerung geteilt zu haben, und übrigens empfand ich es so. Jetzt gilt es zu gestalten, und dies eben beängstigt mich vor diesem Buch, das zu schreiben ist, und fesselt mich. Vielleicht hat die Schilderung einer gewissen Not in den Menschen meines Alters alles erschöpft, und wir können unseren wahren Glauben nicht mehr in Worte fassen. Wir werden nur den Boden für die auf uns folgenden jungen Männer vorbereitet haben. Das sage ich C. W., und «wenn es mir nicht gelingt, werde ich bestenfalls ein interessanter Zeuge gewesen sein. Wenn es mir gelingt, werde ich ein Schaffender gewesen sein».

Am Abend esse ich mit A. E. und Karin, dann gehe ich mit Karin allein in Montmartre bummeln. Die Gärten in der Nacht, wie gewaschen unter dem Mond, aber dunkel. Karin ist achtzehn Jahre alt. Eltern geschieden. Sie ist aus unbekannten Gründen aus Schweden fortgegangen und verdient ihr Leben als Mannequin bei einem zweitrangigen Couturier, der sie ausbeutet. 35 000 Francs für sieben Stunden Arbeit am Tag. Der Mut dieser Mädchen der Jahrhundertmitte erfüllt mich immer wieder mit der gleichen Bewunderung. Ein bißchen jungenhafte Schönheit, aber langsam, wie abwesend. Rückkehr. Ihre Natürlichkeit. Sie hält mir sofort ihren frischen Mund entgegen, dann geht sie, bündig und reserviert.

■

2. August.
Ich zwinge mich, dieses Tagebuch zu führen, aber mein Widerwille ist groß. Ich weiß jetzt, warum ich es nie getan habe: Für mich ist das Leben geheim. Geheim für die anderen (und das hat X. so sehr bekümmert), aber es muß es auch in meinen eigenen Augen sein, ich darf es nicht in Worten kundtun. Heimlich und ohne Formulierung, so ist es für mich am reichsten. Wenn ich mich gegenwärtig dazu zwinge, dann aus panischer Angst vor meinem mangelnden Gedächtnis. Aber ich bin nicht sicher, ob ich weitermachen kann. Ich vergesse übrigens so schon viele Dinge aufzuzeichnen. Und ich sage nichts von meinen Gedanken. Zum Beispiel mein langes Nachdenken über K.

■

Samstag 2.
Am Abend M. am Bahnhof bis Sonntagabend. Müde und fern. Gegen Abend wird sie wieder lebendig, und das macht mich glücklich.

■

Montag 4.
Mittagessen M. Am Nachmittag Doktor X. Seiner Ansicht nach lebe ich wegen der Notwendigkeit, die Gesundheit von X. zu schonen, «in einer Glaskugel». Sein Rezept: Freiheit und Egoismus. Ein großartiges Rezept, sage ich. Und bei weitem am leichtesten zu befolgen. Am Abend K.

■

Dienstag 5.
Am Nachmittag M. Langes Gespräch. Wenige Menschen sind in der Bejahung des Lebens weiter gegangen als sie. Der 6. Am Abend gehe ich mit Michel, Anne und M. aus. Tanzen. Am 7. Wieder das Gefühl, daß M. sich distanziert. Das leidenschaftlichste Geschöpf, das ich gekannt habe, ist in Wirklichkeit das keuscheste. Abendessen mit Brice Parain [1] bei ihm zu Hause, mit der russischen Krankenschwester und seiner neunjährigen Enkelin. B. P. versucht wie alle religiösen Menschen, alles Unglück mit der Notwendigkeit der Sühne zu rechtfertigen. Ich sage ihm, daß man im Grenzfall mit dem übereinstimmt, was in der Dialektik am schlimmsten ist. Er weiß es. Er denkt nach.

■

Freitag 8.
Einsamer Tag wie beinahe alle vorhergehenden. Ich versuche, meine Arbeit zu organisieren. Es regnet seit zwei Tagen. Brief von X.: «die geölten und formlosen Gespräche» (am Telefon). Warm, frei, echt.

■

Sonntag 9.
Krank. Sonntag 10. Montag 11. *Das Seil.* Ich lege mich hin und schlafe mit fürchterlichen Kopfschmerzen ein.

1 Brice Parain (1897–1971), Schriftsteller und Philosoph, einer der wichtigsten Mitarbeiter des Verlags Gallimard.

Schlechte Nacht. Im Verlauf des Tages hat Mi mich von Marseille aus angerufen; sie flieht von Stadt zu Stadt, von der Angst und der Panik verfolgt. Ich rate ihr, nach Paris zurückzukehren.

■

Dienstag 12.
Am Morgen Besuch von C. Mittwoch 13. Mittagessen Char. Wir lachen viel. Am Nachmittag Ivernel[1]. Abendessen im Golfklub mit M. G., Anne und R. G. Der Abend auf den Wiesen. Donnerstag 14. Ivernel am Telefon. Er hat meine Bearbeitung der Besessenen in der Nacht gelesen, ohne sich losreißen zu können. Er ist einverstanden, die Rolle Schatows zu spielen. Abendessen mit R. Er ist seit zwanzig Jahren äußerlich der gleiche. Aber seit seiner Nervenkrankheit ist die Feder gesprungen. Er lebt offensichtlich wie aus dem Gedächtnis. Wir treffen K. Ihre Art raubt mir den Atem (die Hand ausgestreckt, und dann kommen Sie, nein, warum, ich habe eine Verabredung), sie ißt ununterbrochen.

■

15., 16., 17. August.
Diese ganze Zeit seit dem 2. ist in Wirklichkeit leer. Man kann nicht schreiben, wenn man die Vitalität und die Energie nicht wiederfindet. Die Gesundheit des Her-

1 Daniel Ivernel spielte in Camus' Bearbeitung des Stücks von Dino Buzzati *Un cas intéressant*. Aber die Rolle Schatows in *Die Besessenen* wurde erstmals von Marc Eyraud gespielt.

zens, selbst wenn das, was man zu sagen hat, tragisch ist. Vor allem. Habe Schiwago mit einer Art zärtlichem Gefühl für den Autor zu Ende gelesen. Es stimmt nicht, daß dieses Buch die künstlerische Tradition des russischen 19. Jahrhunderts aufnimmt. Es ist viel ungeschickter und im übrigen modern in seinem Aufbau, mit den stetigen Momentaufnahmen. Aber es vollbringt etwas Besseres: Es wiedererweckt das von 40 Jahren Slogans und menschlichen Grausamkeiten zermalmte russische Herz. Schiwago ist ein Buch der Liebe. Und zwar einer so großen Liebe, daß sie sich über alle Menschen zugleich ausbreitet. Der Doktor liebt seine Frau, und Lara, und noch andere, und Rußland. Er stirbt, weil er von seiner Frau getrennt ist, von Lara, von Rußland und von allem übrigen.

Namenlose umgeben mich
Bäume, Kinder, Stubenhocker
Von ihnen allen bin ich besiegt
Und einzig darin liegt mein Sieg.

Und Pasternaks Mut besteht darin, diese wahre Quelle des Schaffens neu entdeckt zu haben und in aller Ruhe dafür zu sorgen, daß sie in der dortigen Wüste aufsprudelt.

Was sonst? An den beiden Abenden vom 16. und vom 15. Aufnahmen mit M. Die Gedichte von Char. Nacht des 15. Spaziergang an der Seine. Unter dem Pont Neuf scharen sich junge Ausländer (Nordländer) um zwei von ihnen, eine Trompete und ein Banjo, und liegen auf dem Boden, paarweise umschlungen, und hören ihren Improvisationen zu. Ein wenig weiter entfernt liegt ein Araber auf einer der Bänke des Pont des Arts und drückt ein kleines Radiogerät an seinen Kopf, das ihm arabische Musik spielt. Der Pont de la Cité unter einem warmen und dunstigen Pariser Augusthimmel.

Für Julia. Guibert ist der edle Progressist. Mora die Gestalt der alten Welt.[1]

■

18. August.
Mittagessen M. Habe sie wiedergefunden. Abendessen mit R. Nicht von Depression erholt.

■

19.
Brief von X., der mir ein weiteres Mal Kummer bereitet.

■

21.–23. abends.
Mi. Sie erfüllt ihre Tage mit Schönheit, mit Sanftheit. Diese lange Freude lenkt mich nicht etwa von der Arbeit ab, sie kehrt mich ihr vielmehr zu. Ihre zweiundzwanzigjährige Schwester stirbt an einem Leberkrebs. Ihr Vater befiehlt ihr, die Sonnenuntergänge zu bewundern: «wenn du schon Künstlerin bist».

■

1 Notiz für das geplante Stück über Julie de Lespinasse. Vgl. Siebtes Heft, S. 76 und Achtes Heft, S. 154 und 219.

23. August.
Martin du Gard gestorben. Ich hatte meinen Besuch in Bellême verschoben, und plötzlich ... Ich sehe noch, wie dieser Mann, dem ich herzlich zugetan war, zu mir im Mai in Nizza von seiner Einsamkeit und vom Tod sprach. Er schleppte seinen schweren und gebrochenen Körper vom Tisch zum Sessel. Und sein schöner Blick ... Man konnte ihn lieben, ihn achten. Tiefer Kummer.

■

25.
Abendessen Brisville[1] (und Thérèse). B. M. (und Vivette[2]). Anschließend Spaziergang. Métro La Chapelle und die Ringboulevards. Paris schmutzig.

■

26.–29.
Beispiel Giacometti. Ah! und dann M. und ihr Leben: «Die Menschen, die wie wir sehr jung die höchsten Erfahrungen gemacht haben (der Ruhm und die Liebe inbegriffen), und die im Zeitpunkt ihrer Reife nichts anderes mehr begehren als ganz schlicht das Leben.»

■

1 Jean-Claude Brisville, Romancier und Dramatiker, schrieb für «La Bibliothèque idéale» einen *Camus* (Gallimard, 1959).

2 Der Schriftsteller Jean Bloch-Michel (1912–87), Camus' Mitarbeiter schon am illegalen *Combat*, und seine Frau, die Romanschriftstellerin Vivette Perret.

29.
C. ist zurück.

■

2. September in L'Isle-sur-Sorgue. Grundsätzlich besser für diese Aufzeichnungen, von Zeit zu Zeit (zweimal wöchentlich?) das Wichtigste des vergangenen Zeitabschnitts zusammenzufassen. Samstag 30. habe ich Jamois[1] getroffen und mit ihr abgemacht, daß die Besessenen nicht sofort im Montparnasse aufgeführt werden können. Trotz ihrer Schroffheit und ihrer verbitterten Miene hat sie Charme, mit ihren strengen Sandalen, ihren kleinen, wohlgeformten Füßen, ihrem langen Körper und dem schönen traurigen Blick. Habe anschließend Barrault angerufen, um ihm mein Einverständnis mitzuteilen. Früh ins Bett. Ich kann die ganze Nacht nicht schlafen, schlafe um 3 Uhr ein, wache um 5 Uhr auf, esse tüchtig und fahre im Regen los. Elf Stunden bleibe ich am Steuer, knabbere von Zeit zu Zeit einen Zwieback, und der Regen bleibt die ganze Zeit, bis er in der Drôme langsam schwächer wird, während ungefähr auf der Höhe von Nyons der mächtige Duft des Lavendels mir entgegenkommt, mich weckt und mein Herz munter macht. Die Landschaft, die ich wiedererkenne, nährt mich von neuem, und bei der Ankunft bin ich glücklich. L'Isle, wo ich mich in dem ärmlichen Zimmer des Hotels St Martin unvermittelt beschützt und beschwichtigt fühle.

1 Marguerite Jamois, Direktorin des Théâtre Montparnasse.

In L'Isle René Char wiedergesehen. Traurig, ihn aus seinem Haus und seinem Park (wo jetzt eine scheußliche Gruppe von Sozialwohnungen steht) vertrieben und in diesem kleinen Zimmer des Hotels St Martin eingezwängt zu sehen. Auf Camphoux, bei Mathieus, trägt Madame Mathieu, die gealterte Klytämnestra, jetzt eine Brille. Monsieur Mathieu, der rührige Leiter des landwirtschaftlichen Betriebs, ist jetzt ein gebrechlicher Greis, der nicht einmal mehr seine Entleerungen unter Kontrolle hat. Ich kümmere mich um das gemietete Haus, das ein wenig traurig ist, aber doch reizvoll mit seiner Aussicht auf den Lubéron. Es wird X. bestimmt nicht gefallen. Aber ich versuche, es behaglicher einzurichten. Am 3. großer Spaziergang mit R. C. über den Kamm des Lubéron. Das grelle Licht und die unendliche Weite begeistern mich. Wieder möchte ich hier leben, das für mich richtige Haus finden, endlich ein wenig seßhaft werden. Gleichzeitig denke ich viel an Mi und ihr Leben hier. Beim Abendessen sagt Madame Mathieu: «Sogar die Schwalben sind dumm geworden. Anstatt ihr Nest aus Lehm zu bauen, holen sie die schwere Ackererde. Und zum erstenmal zeit Jahrzehnten sind auf Camphoux zwölf der dreizehn Nester mitsamt den Eiern am Boden zerschellt», und Char: «Man hoffte, daß wenigstens die Vögel die Ehre retten würden.»

Am 4. warte ich immer noch auf ein Telegramm oder einen Anruf von X., um mir ihre Ankunft mit den Kindern mitzuteilen. Von Madame Mathieu erfahre ich, daß sie nur vier Tage bleiben wird und daß die Kinder in Paris bleiben. Zorn und Entfremdung steigen in mir auf, gegen sie und gegen mich, der ich noch immer auf Zeichen der Zärtlichkeit warte, wo es keine gibt und keine geben kann.

■

30. September.
Einen Monat damit verbracht, das Vaucluse wiederzusehen und ein Haus zu finden. Das Haus in Lourmarin gekauft. Dann Abfahrt nach Saint-Jean, um Mi zu sehen. Hunderte von Kilometern durch den Geruch der Weinlese, in der Begeisterung. Dann das große, schäumende Meer. Der Genuß wie jene langen Wellen, die fließen und wundscheuern. Am Morgen Abfahrt nach Paris, und das rosa Heidekraut in den Kiefernwäldern. Noch zwölf Stunden am Steuer und dann Paris.

Besuch des *arrivierten* Schriftstellers bei dem im Elend lebenden Intellektuellen (die armselige Wohnung am Faubourg Saint-Denis).

Pasternak. «... das lebendige und pochende Element des Aristokratischen, das wir in Puschkins Gefolge das höchste mozartsche Prinzip, das mozartsche Element nennen.»

J. de Beer. «Der Ehebruch sollte mit dem Tode bestraft werden. Die wahren Liebenden wären leicht zu zählen.» Das stimmt nicht einmal. Die Schlappheit ist häufig stärker als die Angst.

■

17. Oktober.
Abfahrt Vaucluse. Ich sollte diese 18 Tage zusammenfassen und werde es tun.

■

18. Oktober.
Ich steige im trockenen und kalten Mistral in L'Isle-sur-Sorgue aus dem Nachtzug aus. Den ganzen Tag über im funkelnden Licht eine schöne und große Begeisterung. Ich spüre alle meine Kräfte.

■

19.
Unaufhörliches Licht. In dem leeren Haus, ohne ein einziges Möbelstück, stehe ich lange Stunden da und schaue zu, wie die dürren und roten Blätter des wilden Weins von dem wütenden Wind getrieben in die Zimmer eindringen. Der Mistral.

■

27.
Zurück nach Paris. In der Nacht die beruhigenden Stimmen, die die Namen der Bahnhöfe ankündigen. Nation.

Sich nicht beklagen. Nicht herausstellen, was man ist oder was man tut. Wenn man gibt, bedenken, daß man empfangen hat.

■

5. November.
Brief des Manns von E. B., der mir mitteilt, daß seine

Frau sich das Leben nehmen will, und mich bittet, einzugreifen. Ich, der ich mich so leicht und oft so dumm den anderen gegenüber verantwortlich fühle, empfinde in diesem Fall gar keine Verantwortung. Im Gegenteil der Eindruck eines richtigen Hinterhalts. Und doch muß ich eingreifen.

■

7. November, 45 Jahre alt. Wie beabsichtigt ein Tag des Alleinseins und der Besinnung. Schon jetzt mit der Loslösung beginnen, die mit 50 vollendet sein muß. An dem Tag werde ich herrschen.

■

Die Demokratie ist nicht das Gesetz der Mehrheit, sondern die Beschützung der Minderheit.

■

22. November.
Mittagessen mit Char und Saint-John Perse. Die Inseln. Am Nachmittag Waldo Frank[1] in einem trüben Zimmer.

■

1 Amerikanischer Schriftsteller, der die wirtschaftlichen und sozialen Gegebenheiten seines Landes behandelt hat und von dem zwischen 1920 und 1930 mehrere Werke in Frankreich veröffentlicht wurden. In seinem Reisetagebuch aus den USA sagt Camus von ihm: «Einer der wenigen überragenden Menschen, denen ich hier begegnet bin.»

Dezember.
Proben Besessene[1].

Cuny, der zu alt scheint, um Stawrogin zu spielen, dabei ist er gleich alt wie ich.

M. Wir wechseln die Rolle, weiter nichts.

L. Ja, aber die Frauen werden uns entgleiten, und wir werden sterben.

■

Mi. Ihr wunderbarer Appetit.

■

3. März.
Ich zapple wie der Fisch in den Maschen des Netzes.

■

17. März.
Paul Oettly[2] neunundsechzigjährig gestorben. Am nächsten Tag nimmt seine Mutter (93 Jahre alt) sich das Leben.

■

1 *Die Besessenen* wurden am 30. Januar 1959 im Théâtre Antoine uraufgeführt.

2 Paul Oettly war Albert Camus' angeheirateter Onkel: Er hatte eine Tante von Francine Camus geheiratet. Als Schauspieler und Regisseur war er oft mit Camus' Theaterschaffen verbunden. Seine Mutter führte eine Familienpension in Panelier, in der Nähe von Chambon-sur-Lignon, wo Camus vom August 1942 bis November 1943 lebte.

Catherine ist krank. Ich verschiebe meine Reise nach Südfrankreich. Schweren Herzens.

■

20. März.
Mama wurde operiert. Ich erhalte L.s Telegramm am Samstagmorgen. In der folgenden Nacht Flugzeug um drei Uhr früh. 7 Uhr in Algier. Immer noch der gleiche Eindruck auf dem Feld von Maison-Blanche: mein Land. Dabei ist der Himmel grau, die Luft mild und schwammig. Ich richte mich in der Klinik auf den Höhen von Algier ein.

In dem makellosen Zimmer mit den weißen und kahlen Wänden: nichts. Ein Taschentuch, ein kleiner Kamm. Auf den Bettüchern: ihre knotigen Hände. Draußen die wunderbare Landschaft, die hinabreicht bis zum Golf. Aber das Licht und die Weite tun ihr weh. Sie möchte das Zimmer im Halbdunkel haben.

■

Sie sagt von Philippe, mit dem Paule sich eben verlobt hat: «Sein Vater ist recht, seine Mutter ist recht, seine Schwester ist recht. Es sind Leute wie früher. Er hat seinen Militärdienst geleistet. Er hat Paule in den Ölfeldern gesehen und (Geste ihrer beiden Zeigefinger, die sich treffen). Um so besser.»

«Nachher, wenn ich zu Hause bin, gibt der Doktor mir etwas, damit ich wieder zu Kräften komme.» Sie sagt «Danke, Monsieur Docteur». Sie kann nichts tun: weder lesen, das kann sie nicht, noch nähen oder sticken wegen ihrer Finger, noch zuhören, denn sie ist taub. Die Zeit fließt, schwer, langsam…

Ihre Lippen sind verschwunden. Aber ihre so feine, so gerade Nase – ihre große Stirn voller Adel, ihre schwarzen und glänzenden Augen im knochigen und geglätteten Bogen.

Sie leidet schweigend. Sie *gehorcht*. Um sie herum sitzt die Familie, schwerfällig, stumm, und wartet… Auch ihr Bruder Joseph, der ein paar Jahre jünger ist, wartet – aber als wartete er, an der Reihe zu sein – resigniert und traurig.

■

23. März.
Schlechte Nacht. Es regnet auf den Golfplatz und die Hügel. Die Glyzinen: Sie haben meine Jugend mit ihrem Duft, mit ihrer geheimnisvollen und reichen Glut erfüllt… Erneut und unermüdlich. Sie sind in meinem Leben lebendiger und gegenwärtiger gewesen als manche Menschen… außer diesem hier, der neben mir leidet und dessen Schweigen ein halbes Leben lang nicht aufgehört hat, mit mir zu sprechen.

Sie nennt alle Mineralwasser Vichy.

■

Das Fleisch, das arme Fleisch, erbärmlich, schmutzig, verfallen, erniedrigt. Das heilige Fleisch.

■

Leopold [F...][1] über Nietzsche: «die Bejahung des Lebens, zu der die Verbindung der Geduld und der Revolte geführt hat, ist der Höhepunkt des großen Mittags des Lebens».

■

Die merkwürdige Sitte, dem Namen die Bezeichnung Witwe voranzustellen, die sie ihr Leben lang begleitet hat und die sich noch heute auf den Papieren der Klinik findet.

Sie hat in der Unkenntnis aller Dinge gelebt – abgesehen vom Leiden und der Geduld – und sie fährt noch heute fort, die körperlichen Leiden mit der gleichen Sanftheit auf sich zu nehmen...

Geschöpfe, die keine Zeitung, kein Radio, keinerlei Technik berührt hat. So wie sie vor hundert Jahren waren, und kaum durch die sozialen Verhältnisse verändert.

Es scheint, daß ich Blut spuckte. Nein? Ach so!

Der Geruch der Spritzen. Der Hügel, bedeckt mit Bärenklau, Schilf, Zypressen, Kiefern, Palmen, Orangenbäumen, Mispeln und Glyzinien.

■

29. März.
Zurück nach Paris.

■

1 Ein unleserlicher Name.

Sophokles war ein guter Tänzer und Ballspieler.

■

«Detras de la cruz esta el demonio.» [1]

■

In meinem Leben alles vernichten, was nicht diese Armut ist. Sich zugrunde richten.

■

Pasternak über Skrjabin[2]: «Jeder von uns hat in seinem Leben einen solchen Augenblick erlebt. Jedem von uns hat sich die Offenbarung geboten, hat ihm das Geschenk einer Persönlichkeit verheißen und, auf seine Weise, jedem gegenüber dieses Versprechen gehalten.»

Id.: «Die größten Werke auf der ganzen Welt behandeln zwar die verschiedensten Dinge, aber in Wirklichkeit erzählen sie uns ihre eigene Entstehung.»

Id.: «… man kann tagtäglich zur Verabredung mit einem bebauten Stück Boden eilen, als wäre es ein lebendiger Mensch.»

■

Nietzsche. «Kein Schmerz hat vermocht und soll vermögen, mich zu einem falschen Zeugnis über das Leben, *wie ich es erkenne*, zu verführen.»

1 Hinter dem Kreuz steht der Teufel.

2 In seinem *Essai d'autobiographie* (Gallimard, 1958) hat Pasternak Skrjabin ein Kapitel gewidmet.

Id. «Sechs Einsamkeiten kennt er schon –,
aber das Meer selbst war nicht genug ihm einsam.»

Zur Verwendung des Ruhms als Tarnung, hinter der unser eigenes Ich wieder mit sich selbst spielen und über sich selbst lachen könnte.

Die geistige Freiheit und Freude erobern, um schaffen zu können und nicht mehr von fremden Idealen tyrannisiert zu werden.

Der historische Sinn ist nur eine verkappte Theologie.

N., ein Mann aus dem Norden, sieht eines Abends plötzlich den Himmel von Neapel: Und du hättest sterben können, ohne das gesehen zu haben!

Der Brief an Gast vom 20. August 1880, in dem er die Freundschaft Wagners vermißt «... und was nützt es, in manchen Stücken gegen ihn Recht zu haben».

Ein Mensch mit tiefgründigem Herzen hat Freunde nötig, es sei denn, er hätte seinen Gott.

Die Menschen, die «Weite des Willens» haben.

Dank dem Esprit souterrain[1] hat Nietzsche 1887

1 «Von Dostoiewsky wußte ich vor wenigen Wochen auch selbst den Namen nicht – ich ungebildeter Mensch, der keine ‹Journale› liest! Ein zufälliger Griff in einem Buchladen brachte mir das eben ins Französische übersetzte Werk l'esprit souterrain unter die Augen (ganz so zufällig ist es mir im 21ten Lebensjahre mit Schopenhauer und im 35ten mit Stendhal gegangen!) Der Instinkt der Verwandtschaft (oder wie soll ich's nennen?) sprach sofort, meine Freude war außerordentlich [...].» Nietzsche, Brief an Franz Overbeck vom 23. Februar 1887. *L'Esprit souterrain* war eine der französischen Titelübersetzungen der *Aufzeichnungen aus dem Kellerloch*.

Dostojewski entdeckt; er vergleicht es mit der Entdeckung von Rot und Schwarz.

1888 entdeckt er Die Verheirateten[1] von Strindberg.

■

1. April.

Die Liebe zum Gegenteil, aber unmöglich. Nicht mehr *danach trachten*? Empfangen. Übermächtig in der Schöpfung.

Nietzsche 1887 (43 Jahre): «Mein Leben (steht) gerade jetzt wie im vollen Mittag: eine Thür schließt sich, eine andre thut sich auf.»

■

28. April.

Ankunft Lourmarin. Grauer Himmel. Im Garten wunderbare, von Wasser beschwerte Rosen, köstlich wie Früchte. Der Rosmarin blüht. Spaziergang, und das Violett der Schwertlilien wird am Abend noch dunkler. Erschöpft.

■

Jahrelang wollte ich der allgemeinen Moral gemäß leben. Ich habe mich bemüht, wie alle Leute zu leben, allen Leu-

1 *Die Verheirateten,* ein Novellenband, der wegen Lästerung gerichtlich verfolgt wurde.

ten zu gleichen. Ich habe gesagt, was nötig war, um zu vereinen, auch wenn ich mich getrennt fühlte. Und das Ergebnis war die Katastrophe. Jetzt irre ich durch die Trümmer, ich habe kein Gesetz, ich bin zerrissen, allein und bereit, es zu sein, ich finde mich mit meiner Besonderheit und meinen Unzulänglichkeiten ab. Und ich muß eine neue Wahrheit aufbauen – nachdem ich mein Leben lang in einer Art Lüge gelebt habe.

■

Das Theater hat mir geholfen. Die Parodie ist besser als die Lüge: sie steht der Wahrheit näher, die sie spielt.

■

Mai.
Wieder an der Arbeit. Im ersten Teil von *Erster Mensch* vorangekommen. Dankbarkeit für dieses Land, seine Einsamkeit, seine Schönheit.

■

13. Mai.
Fahrt nach Arles. Prächtige Jugend des Herrn Pfingsten, Fahrt nach Toulon.

■

Fernsehsendung[1]. Ich kann nicht «auftreten», ohne Reaktionen auszulösen. Mich daran erinnern, mir immer

1 Die Sendung *Gros plan* (Großaufnahme) vom 12. Mai 1959, die im Pléiade-Band *Théâtre, Récits, Nouvelles,* S. 1720 unter dem Titel *Pourquoi je fais du théâtre* veröffentlicht wurde.

wiederholen, daß ich jede unnütze Polemik vermeiden muß. Betonen, was dies verdient. Das übrige mit Stillschweigen übergehen. Wenn ich mich nicht an diese Regel halte, muß ich, so wie die Dinge liegen, bereit sein, zu zahlen und bestraft zu werden. Siehe Etappen einer Heilung. Dieses kostbare Beben nicht verlieren, diese erfüllte Stille, die ich hier wiederfinde. Alles übrige existiert nicht.

■

Ich selbst bin es, der seit etwa fünf Jahren alles in Frage stellt, was ich geglaubt und wovon ich gelebt habe. Deshalb fühlen die Menschen, die meine Ideen geteilt haben, sich betroffen und grollen mir; aber nein, ich führe Krieg gegen mich und werde mich vernichten oder auferstehen, Punktum.

■

Die Liebenden von Marseille. Unter dem schönen Himmel, das saftige Meer, die gellende und buntscheckige Stadt, ihr immer neues Verlangen, das anfänglich übersättigt und schließlich in einer unablässigen Trunkenheit endet... Nur die kleinen Buchten, die weißen Steine und das von Licht versengte Meer sind keusch.

■

Grenier. Ermitages Maronites (Un Été au Liban)[1]. «In der gleichen Grotte sieht man eine kleine, leider fast verwischte Kreuzigung, die sehr viel älter ist – wo Christus mit den halb angezogenen Knien eine Pluderhose zu tragen scheint wie die Einwohner des Landes – und sie ist von Inschriften in Strangelo begleitet (was ist das Strangelo).» Unter dem Titel – Das Strangelo – eine wenig verständliche Erzählung schreiben.

■

21. Mai.
Es ist die rote Jahreszeit. Kirschen und Mohn.

■

Am Mittag der Lärm des Traktors in der Talmulde von Lourmarin...Wie der Lärm des Schiffsmotors in dem von der Hitze erdrückten Hafen von Chios, und ich war in der von Schatten erfüllten Kabine und wartete; ja, wie heute, von einer gegenstandslosen Liebe erfüllt.

Ich liebe die kleinen Eidechsen, die so trocken sind wie die Steine, über die sie laufen. Sie sind wie ich, Haut und Knochen.

■

1 *Ermitages maronites* ist ein Kapitel aus *Un été au Liban*, mit dem Jean Grenier 1962 seine 1950 bei Gallimard erschienenen *Lettres d'Égypte* ergänzt hat.

Paris, Juni 59.
Ich habe den moralischen Standpunkt aufgegeben. Die Moral führt zur Abstraktion und zur Ungerechtigkeit. Sie ist die Mutter des Fanatismus und der Verblendung. Wer tugendhaft ist, muß Köpfe abschneiden. Aber was soll man von jemand sagen, der sich zur Moral bekennt, ohne entsprechend leben zu können. Die Köpfe fallen, und er erläßt Gesetze, treulos. Die Moral zerteilt, trennt, zehrt ab. Man muß sie fliehen, annehmen, daß man gerichtet wird, ohne länger zu richten. Ja sagen, die Einheit schaffen – und inzwischen Todesqual ausstehen.

■

Joskis Dänin.
Die vor Hitze trunkene Stadt.

Venedig vom 6. bis am 13. Juli.[1]
Die schwere und tote Hitze erdrückte die Lagune wie ein riesiger Schwamm, schnitt am Ponte della Libertà den Rückzug ab, ließ sich über der Stadt nieder und lastete auf ihr, verstopfte die Ausgänge der Straßen und der Kanäle, füllte jeden freien Raum zwischen den engstehenden Häusern aus. Keine Tür, kein Ausschlupf, eine Falle der Hitze, in der man leben und sich im Kreis bewegen mußte. Eine Armee von gräßlichen Touristen kreiste so wie rasend, verstört, schwitzend, wild, grotesk gekleidet, wie die scheußliche Truppe eines riesigen Zirkus, die

1 Während einer Tournee wurden *Die Besessenen* in Venedig im Fenice gespielt, wo Camus persönlich die Inszenierung übernahm.

plötzlich müßig und über diese Muße entsetzt wäre. Die ganze Stadt war trunken vor Hitze. Am Morgen las man in Il Gazzettino, daß wegen der Hitze wahnsinnig gewordene Venezianer ins Irrenhaus verbracht wurden. Die Katzen lagen überall schlaff herum. Zuweilen erhob sich eine, riskierte ein paar Schritte auf dem brennenden Campo und wurde alsbald von der sie belauernden, weichen und bösartigen Sonne niedergeschlagen. Die Ratten erhoben sich über das faulige Wasser der Kanäle und fielen drei Sekunden später wie ein Klumpen ins Wasser zurück. Diese schlaffe und brennende Hitze schien die immer hinfälligere Stadt, die abbröckelnde Pracht der Paläste, die sengenden Campi, die Fundamente und die verschimmelten Landepfähle bis auf die Knochen abzunagen, und Venedig versank noch ein bißchen mehr in der Lagune.

Wir irrten unsererseits umher, unfähig zu essen, und wir nährten uns von Kaffee und Eis, unfähig zu schlafen, und wir wußten nicht mehr, wo die Tage und die Nächte anfingen und wo sie endeten. Der Tag fand uns am Strand des Lido im lauen und klebrigen Wasser des Morgens oder auf einer durch die verlorenen Kanäle irrenden Gondola, während der Himmel über den plötzlich türkisblauen Ziegeln rosa-grau wurde. Dann war die Stadt leer, aber die Hitze nahm nicht ab, weder zu dieser Stunde noch zu der des Abends, sie blieb sich immer gleich, immer brennend und feucht, und Venedig war nach wie vor eingeschlossen, während wir daran verzweifelten, je wieder herauszukommen, und nur danach trachteten, ein weiteres Mal, und noch einmal zu atmen, kurzum in dieser seltsamen Zeit ohne Anhaltspunkte und ohne Ruhe mit den vom Kaffee und der Schlaflosigkeit gespannten Nerven, dem Leben entrissen, durchzuhalten. Geschöpfe außerhalb der Zeit, aber auch Geschöpfe, die niemand und nichts auf der Welt wünschte, bloß das Andauern dieses verstörten und reglosen Wahnsinns in dem erstarrten Brand, der Venedig verzehrte, Stunde um Stunde, pausenlos, und zwar so sehr, daß man den Augenblick erwartete, in dem die eben noch in Farben und Schönheit prangende Stadt auf einen Schlag nur noch Asche wäre, die der nicht vorhandene Wind nicht einmal verwehen würde. Wir warteten, aneinandergeklammert, unfähig, uns zu trennen, ebenfalls brennend, aber mit einer Art endloser und eigenartiger Freude, auf diesem Scheiterhaufen der Schönheit.

■

D. J. bemerkt eine junge Dänin, die übrigens ziemlich häßlich ist, auf der Terrasse eines Cafés und dann im Theater. Er spricht sie an, setzt sich neben sie, dann ein kleines Weilchen, dann stehen sie gemeinsam auf. Meine Bedrückung, als ich sehe, mit welch ergebener Miene sie ihm folgt. Diese Unterwürfigkeit, die sie alle in diesem Augenblick haben.

■

Dort erfahre ich von J., daß sie ein Kind von P. erwartet; ich rate ihr, es ihm zu sagen. Er lacht, und eine Stunde später kommt er unter den Augen von J. mit X. in sein

Hotel zurück. J. bleibt mit X., die sie gern hat, und schweigt.

■

Roman. Die Liebe bricht zwischen ihnen aus wie eine Leidenschaft von Körper und Herz. Viele bebende Tage und die totale Vermengung, bis die Körper so feinfühlig und bewegt sind wie Herzen. Überall vereint, als Segler, und das Verlangen, das sich unablässig erneuert wie die Rührung. Für ihn ist es ein Kampf gegen den Tod, gegen sich selbst, gegen das Vergessen, gegen sie und ihre schwache Natur, und schließlich läßt er sich gehen, gibt sich in ihre Hände. Und nach ihr wird es niemand mehr geben, das weiß er, er verspricht es an dem einzigen Ort, wo er noch etwas Heiliges wiederfindet. Saint Julien le Pauvre, wo Griechenland sich mit Christus vereint, er beschließt, das Versprechen um jeden Preis zu halten, und so kommt es, daß es hinter diesem Geschöpf, das er an sich drückt, nur noch die Leere gibt, und er drückt es immer stärker an sich, geht in ihm auf, öffnet es bis zum Zerreißen, um endlich dort Zuflucht zu finden, dort für immer Schutz zu suchen, in der endlich wiedergefundenen Liebe, dort, wo sogar die Sinne im Licht erstrahlen, sich in einem steten Scheiterhaufen reinigen oder im Aufsprudeln eines jubilierenden Wassers – sich mit einer grenzenlosen Dankbarkeit krönen. Diese Stunde, da die Grenzen der Körper fallen, da das einzige Wesen endlich in der totalen Nacktheit der tiefen Hingabe geboren wird.

■

13. August.
Abwesenheit, schmerzliche Frustrierung. Aber mein Herz lebt, mein Herz lebt endlich. Es stimmte also nicht, daß die Gleichgültigkeit alles erfaßt hatte. Dankbarkeit, ungestüme Dankbarkeit für Mi. Ja, die Eifersucht legt Zeugnis ab für den Geist. Sie ist das Leiden, den anderen zum Objekt gemacht zu sehen, und der Wunsch, ihn von allen und allem als Subjekt anerkannt zu sehen. Man ist nicht eifersüchtig auf Gott.

■

Der Abend senkte sich auf die Talmulde, die alten Mauern, die Zinnen, die geduldigen Häuser. Das Knistern der Kräuter unter meinen Füßen.

■

September.
Y. Printemps wacht um 11 Uhr auf, bleibt im Bett, ißt gegen 13 oder 14 Uhr im Bett zu Mittag, bleibt bis am Spätnachmittag weiter im Bett, umgeben von France-Dimanche, Match, Noir et Blanc, Cinémonde, usw., usw., die sie verschlingt.

■

Mi, der ich halb lachend, halb im Ernst vom hohen Alter spreche, wenn der Schwung der Dinge, der jubilierenden Sinne vorbei ist, usw., beginnt zu schluchzen, «ich liebe die Liebe so sehr!».

■

Bevor ich einen Roman schreibe, werde ich mich in einen Zustand der Dunkelheit versetzen, und zwar jahrelang. Bemühen um tägliche Konzentration, intellektuelle Askese und höchste Bewußtheit.

■

Schuld eines Volks? (Frankreich wie Deutschland – Judas – die Leute die schlafen, usw.).

■

Wie geht es Ihrer lieben Mutter? Ich hatte vor drei Monaten den Schmerz, sie zu verlieren. Ach, dieses Detail war mir entgangen.

■

Einhundertundvierzigtausend Sterbende am Tag; siebenundneunzig pro Minute; siebenundfünfzig Millionen in einem Jahr.

■

Diese Linke, der ich angehöre, ihr und mir zum Trotz.

■

In Christus geht der Tod zu Ende, der in Adam begann.

■

Das erschöpfendste Bemühen meines Lebens bestand darin, meine eigene Natur zu drosseln, um sie meinen größten Absichten dienstbar zu machen. Von

Zeit zu Zeit, aber nur von Zeit zu Zeit ist es mir gelungen.

■

Für den reifen Mann kann nur eine glückliche Liebe die Jugend verlängern. Jede andere stürzt ihn mit einem Schlag in das Alter.

■

Das Unglück, in das Alter der Verantwortungen einzutreten, ohne den Verlust der Sensibilität, der mit ihm einherzugehen pflegt und der dann erlaubt, diese Verantwortungen ohne besondere Rücksicht auf die anderen zu übernehmen.

■

Monsieur Mathieu[1], der Professor für Literatur, tritt in den Ruhestand. Um dem Tod entgegenzutreten, gibt es nur die Rezepte des klassischen Humanismus.

■

In den Städten aus Stein, wo nur der Wind und der Regen die Erinnerung an die Wiesen und den Himmel bringen.

■

Die körperliche Liebe war für mich immer mit einem unwiderstehlichen Gefühl von Unschuld und Freude ver-

1 Mathieu war 1932 Albert Camus' Professor für Literatur in der Oberprima.

bunden. Ich kann nicht unter Tränen lieben, nur in Begeisterung.

■

Das Meer, eine Gottheit.

Auf der Ur-Erde regnete es *jahrhundertelang* ununterbrochen.

Das Leben ist im Meer entstanden, und während der ganzen unvordenklichen Zeiten, die von der ersten Zelle zum organisierten Lebewesen im Meer führten, war der Kontinent jeglichen tierischen oder pflanzlichen Lebens bar, ein steinernes Land, nur vom Rauschen des Regens und des Winds erfüllt, in einem gewaltigen Schweigen, in dem nichts sich regte außer dem raschen Schatten der großen Wolken und dem Lauf der Gewässer zu den Becken der Ozeane.

Nach Milliarden *Jahren* kam das erste Lebewesen aus dem Meer und faßte auf dem Festland Fuß. Es glich einem Skorpion. Das war vor 350 Millionen Jahren.

Die fliegenden Fische machen ihr Nest in den Abgründen, um ihre Eier zu schützen.

Im Sargassomeer zwei Millionen Tonnen Algen.

Die große rote Meduse, die anfänglich nicht größer ist als ein Würfel, wird im Frühjahr so breit wie ein Regenschirm. Sie bewegt sich mit Pulsionen fort und läßt lange Fangfäden schwimmen, während sie unter ihrem Schirm Gruppen junger Schellfische beherbergt, die sich mit ihr fortbewegen.

Der Fisch, der über die Zone seines Lebensraums aufsteigt, birst, sobald er eine unsichtbare Grenze überquert, und fällt auf die Oberfläche.

Die in den Tiefen lebenden Kalmare scheiden nicht wie die oberflächennahen eine Tinte aus, sondern eine Lichtwolke. Sie verbergen sich im Licht.

Das Festland ist letzten Endes nur eine sehr dünne Platte auf dem Meer. Eines Tages wird der Ozean herrschen.

Es gibt Wogen, die uns vom Kap Horn ausgehend nach einer Reise von 10 000 Kilometern erreichen. Die Sturmflut von 358 erhob sich im östlichen Mittelmeer, überflutete die Inseln und die niedrigen Küsten und hinterließ Schiffe hoch oben auf den Festungen von Alexandria.

■

Ich bin ein Schriftsteller. Nicht ich, sondern die Feder denkt, erinnert sich oder entdeckt.

■

Ich kann nicht lange mit den Menschen zusammen leben. Ich brauche ein wenig Alleinsein, den Anteil an Ewigkeit.

■

Im großen Lubéron lebt ein zahmes Pferd, das durchgebrannt ist, seit Jahren in Freiheit und allein. Novelle? Ein Mann, der von ihm gehört hat, will es holen. Es hat sich zum freien Leben bekehrt.

■

Für Nemesis (in Lourmarin, Dezember 59).

Schwarzes Pferd, weißes Pferd, die gleiche Menschenhand bändigt das Toben der beiden. Wie fröhlich ist die Fahrt mit halsbrecherischer Geschwindigkeit. Die Wahrheit lügt, die Aufrichtigkeit verhehlt. Verbirg dich im Licht.

Die Welt erfüllt dich, und du bist leer: Erfüllung.

Leises Geräusch des Schaums am morgendlichen Strand; es erfüllt die Welt ebensosehr wie das Getöse des Ruhms. Beide kommen aus dem Schweigen.

Wer verweigert, wählt sich, wer begehrt, zieht sich vor. Fordert nicht und verweigert nicht. Akzeptiert, um zu verzichten.

Die Flammen des Eises krönen die Tage; schlafe im reglosen Brand.

Gleichermaßen hart, gleichermaßen weich, der Abhang, der Abhang des Tages. Aber auf dem Scheitel? Ein einziger Berg.

Die Nacht brennt, die Sonne verfinstert. O Erde, die für alles genügt. Von allem befreit, dir selbst untertan. Den anderen untertan: von nichts befreit. Wähle deine Fron.

Hinter dem Kreuz, der Teufel.[1] Laß sie beisammen. Dein leerer Altar steht anderswo.

Das Wasser der Wonne und das Wasser des Meeres sind gleichermaßen salzig. Sogar in der Woge.

Das Exil herrscht, der König liegt auf den Knien. In der Wüste endet die Einsamkeit.

Auf dem Meer, ohne Unterlaß, von Hafen zu Insel, im Licht dahineilend, über den flüssigen Abgründen, Freude, so lang wie das sehr lange Leben.

1 Vgl. S. 333.

Du maskierst dich, nun sind sie nackt.

In dem kurzen Tag, der dir gegeben ist, wärme und erleuchte, ohne deine Bahn zu ändern.

Millionen anderer Sonnen werden für deine Ruhe kommen.

Unter der Fliese der Freude, der erste Schlaf.

Vom Wind gesät, vom Wind geerntet, und dennoch ein Schöpfer, das ist der Mensch durch die Jahrhunderte, und stolz, einen einzigen Augenblick zu leben.

■

«Die Eitelkeit der Menschen errichtet diese prachtvollen Wohnsitze nur, um dort den unvermeidlichen Gast zu empfangen, den Tod, mit dem ganzen Zeremoniell einer abergläubischen Furcht.» (Conrad)

Ignatius (Geistliches Tagebuch) «empört», weil der Himmel ihm die Bestätigung seiner Wahl durch die Dreieinigkeit versagt. Aber er will «lieber mit Jesus sterben als mit einem anderen leben»[1]. Die Hölle machte ihn eher wegen der dort üblichen Lästerung des Namens Gottes unglücklich als wegen der Leiden, die man dort erduldet.

1 Camus hat mehrfach solche Glaubensbekenntnisse notiert. In *Der Mensch in der Revolte* zitiert er Meister Eckhart, der versicherte, daß er die Hölle mit Jesus dem Himmel ohne ihn vorzöge. In *Die Besessenen* erklärt Stawrogin Schatow, daß er, falls man mathematisch bewiese, daß die Wahrheit sich außerhalb Christi befindet, lieber mit Christus bliebe als mit der Wahrheit.

Id.: Er sagt zum Teufel, der ihn in Versuchung führt: «An deinen Platz.» An anderer Stelle: daß Gott unwandelbar ist und der Teufel unbeweglich und veränderlich.

■

Zu Don Faust[1]. Es gibt keinen Don Juan mehr, da die Liebe frei ist. Es gibt Männer, die besser gefallen als andere. Aber weder Sünde noch Heroismus.

Es gibt einen Don Juan von Lope de Vega: *Das eingelöste Versprechen* (zu übersetzen sowie den Zorrilla[2]). Das Liebesverhältnis Philipps IV. und der Nonne Margarita de la Cruz[3] (siehe die berühmten Prozesse Spaniens[4]), siehe auch (S. 189 ff.) Don Juan und der Don Juan von Gregorio Marañon[5].

■

1 Vgl. Siebtes Heft, S. 133 und Achtes Heft, S. 153, 183, 234 und 250.

2 José Zorrilla (1817–93), spanischer Dichter und Dramatiker. Sein *Don Juan Tenorio* ist ein romantisches Stück, in dem der verdammte Verführer durch die Liebe einer Frau losgekauft wird. Seit seiner Uraufführung im Jahre 1844 wird in Spanien dieses Drama jedes Jahr am 1. November gespielt.

3 Philipp IV. verliebte sich in eine hübsche Nonne des Klosters San Placido in Madrid. Um zu ihr zu gelangen, ließ er bis zum Keller des Klosters einen Gang graben. Aber die von der Nonne benachrichtigte Oberin organisierte eine Szene. Der König fand seine Geliebte wie tot mit geschlossenen Augen und von Kerzen umgeben auf einem Bett liegend. Er entfloh. Obwohl die Affäre vertuscht wurde, bekam die Inquisition Wind davon, und es gab einen großen Skandal.

4 Verlag Payot.

5 Gregorio Marañon (1887–1960), spanischer Arzt und Schrift-

In «Eine Legende»[1] der zum Tode Verurteilte, der gesagt hatte, er sei unschuldig, und dann zugab, nicht unschuldig zu sein, und resignierte. Dann, mit der Schlinge um den Hals, sieht er, wie ein Vogel zu einem Zweig fliegt, sich dort niederläßt und zu singen beginnt, und er packt die Schlinge und brüllt, daß er unschuldig ist.

■

Ich habe dich so gewählt, und das wird mir helfen, dieses gefährliche Kap zu passieren und nicht mehr unter dem Detail dessen zu leiden, was ich grundsätzlich als gerecht und rechtmäßig anerkenne...

■

Was mir ebenfalls – die Billigkeit – bei diesem schwierigen Annehmen seiner selbst und der anderen half, ist die Schöpfung. Aber seit ich in dieser Krise stecke, in dieser Art Unfähigkeit, begreife ich das gemeine Verlangen nach Besitz, das mich bei den anderen allezeit empört hat. Man kann einen Menschen erobern, weil man selber nicht erobert worden ist. Und es stimmt, daß ich in genau diesem Augenblick dieses Angehören nötig hatte, das du mir geschenkt hattest. Deswegen habe ich ebenso sehr unter deiner Flucht gelitten wie unter deiner Lüge. Aber es wird vorbeigehen. Noch ein bißchen mehr Pessi-

steller, der historische Gestalten wie Don Juan wissenschaftlich untersucht hat.

1 William Faulkners Roman *A Fable* (1954) erschien 1958 in französischer Übersetzung u.d.T. *Parabole*.

mismus, und das Unglück wird die Herrschaft übernehmen: Ich werde wieder ich selber.

■

Ich habe unter dem gelitten, was du mir enthüllt hast; das stimmt. Aber du darfst nicht meiner Traurigkeit wegen traurig sein. Ich habe unrecht, das weiß ich, und wenn ich mein Herz nicht hindern kann, ungerecht zu sein, vermag ich es doch auch der Billigkeit fähig zu machen. Es wird mir nicht schwerfallen, die Ungerechtigkeit zu überwinden, die ich dir in meinem Herzen zufüge. Ich weiß, daß ich alles getan habe, um dich von mir loszulösen. Ich habe mein Leben lang, sobald ein Mensch mir Zuneigung entgegenbrachte, alles getan, damit er sich zurückzog. Natürlich gibt es meine Unfähigkeit, Verpflichtungen einzugehen, mein Gefallen an den Menschen, an der Vielfalt, meinen Pessimismus, was mich betrifft. Aber vielleicht war ich weniger leichtfertig, als ich behaupte. Das erste Geschöpf, das ich geliebt habe und dem ich treu war, ist mir in den Drogen, im Verrat entglitten. Vielleicht rührt vieles von dort her, aus Eitelkeit, aus Furcht, wieder zu leiden, dabei habe ich doch viele Leiden auf mich genommen. Aber seitdem bin ich meinerseits allen entglitten, und irgendwie wollte ich, daß mir alle entglitten. Sogar mit X. habe ich alles getan, was nötig war, um sie zu entmutigen. Ich glaube nicht, daß sie mir entglitten ist, daß sie sich wenn auch nur flüchtig einem anderen Mann hingegeben hat. Ich bin dessen nicht sicher [...][1]. Aber wenn sie

1 Ein unleserliches Wort.

es nicht getan hat, war es auf Grund einer von ihrem inneren Heroismus getroffenen Entscheidung und nicht wegen eines Übermaßes an Liebe, die geben will, ohne irgend etwas dafür zu verlangen. So habe ich denn auch alles getan, was nötig war, damit du mir entgleitest. Und je größer der Bann jenes alten September war, desto mehr wollte ich einen gewissen Zauber brechen. Du bist mir also in gewissem Sinn entglitten. Das ist die manchmal scheußliche Gerechtigkeit dieser Welt. Auf den Verrat antwortet der Verrat, auf die Maske der Liebe die Flucht der Liebe. Und in diesem besonderen Fall weiß ich, der ich alle Freiheiten beansprucht und gelebt habe, und gebe zu, daß es gerecht und gut ist, wenn du deinerseits eine oder zwei Freiheiten gelebt hast. Die Rechnung geht noch nicht einmal auf.

Um mir zu helfen, werde ich mich jedenfalls nicht nur jener kalten Billigkeit des Herzens bedienen, sondern auch der Vorliebe und der Zärtlichkeit, die ich dir entgegenbringe. Manchmal klage ich mich an, unfähig zu sein, jemand zu lieben. Vielleicht stimmt das, aber ich war fähig, ein paar Menschen zu *erwählen* und ihnen, unabhängig, von ihrem Tun, getreulich das Beste meiner selbst zu bewahren.

Register

Die römische Ziffer I verweist auf die Ausgabe «Tagebücher 1935–1951» (1972; rororo Nr. 1474), II auf den vorliegenden Band «Tagebuch März 1951–Dezember 1959».

PROJEKTE

Inhalt

Albert Camus

(Nobelpreisträger)

Tagebücher 1935–1951

Deutsch von Guido G. Meister
rororo Band 1474

Reisetagebücher

Herausgegeben und mit einer Einführung
von Roger Quilliot
Deutsch von Guido G. Meister
128 Seiten. Gebunden und als
rororo Band 5842